中公文庫

上京小説傑作選

岡崎武志編

中央公論新社

目次

上京小説傑作選

東京初上り〈抄〉

生方敏郎

生方敏郎（うぶかた　としろう）

一八八二（明治十五）年群馬県沼田生まれ。一九〇六年早稲田大学英文科卒業。朝日新聞社に入社し、のち『早稲田文学』の編集に携わる。多くの新聞雑誌に随筆・小説・翻訳等を発表し、風刺の効いたユーモア作家として名を挙げる。戦時中は個人雑誌『古人今人』を発行して軍国主義に抵抗した。六九年死去。『明治大正見聞史』はかつて中公文庫に収録。

底本

『東京初上り』（現代ユウモア全集第五巻）現代ユウモア全集刊行会　一九二八年

底本の正字は新字に、旧かなは新かなに改めた。また、底本にはほぼすべての漢字にルビが振られているが、適宜削除した。

ここでは、全十三節のうち、「一」「二」「一二」の三節を抄録した。

一

ブルジョワもプロレタリアも青息吐息の、打つづく不景気の、唯《ただ》一つ取って置きの挽回策として、春から東京に平和記念博覧会が開かれる。それがまた、とても太《でっ》かく空前絶後の大規模に催されるとやら、日頃記事の種不足に苦しむ都下の新聞屋さん達が、特別書き入れの種として、はたまた銘々販路拡張の好餌として、毎日々々にぎにぎしく写真入りで書き立てる。汽車から十五里、山又山にかこまれた井中村の村長さんの杢《もく》右衛《え》門《もん》殿は、明治元年生れ、年甫《はじ》めて五十五の中老爺《ちゅうろうや》ではあるが、憚《はばか》り乍《なが》ら正真正銘の明治ッ児《こ》、つい先年まで青年団の団長をさえつとめていた位の新らしさだ。去年の冬、長男に嫁をとってから、家事は万端若夫婦に一任し、朝から炉辺で一日後《おく》れの新聞を朗読する気楽な身の上

「エエ……トウ……若ァわかァ若槻氏に突っ込まれェ、だるだるだるま宰相はァ、但し連帯責任とォ云うことォとを、一蓮托生ォいちいち一蓮托生とはァ……」

恁《こう》しているところへ村会議員の何がしくれがし等ポッポッ訪ね来り、米の売方の話から

養蚕はき下《おろ》しの話、肥料のはなし議会の話とつづく中《うち》に、しまいは博覧会の話に落ちる。村からも五六人は見物に上《のぼ》る者があるという。そこで杢右衛門老も老妻と末娘とを伴い、出京することに決定したが、由来、年寄は急《せ》っかちなものと、昔から極《き》めてある例に洩れず、これまで絶えて一度も自分の国境の外へ出なかった杢右衛門老も、さあ一度《ひとたび》上京すると決心したが最後、矢も楯もたまらず、旅装をととのえ、大きな乾柿《ほしがき》を一連手土産に持って、まだ博覧会の開会前三日というに、村を出た。乾柿一連といえば十個ずつ刺した串を横に五つ並べて上に五つ重ねたものだ。数にしても二百五十個である。外《ほか》に餅が五升搗《つ》きと黒胡麻一升、自慢の蕎麺《そば》粉が、これも二升。こんな重荷を作男《さくおとこ》の音造《おとぞう》にかつがせて、まだ夜の明けきらぬ中に村を出た。村境の道端に立つ道祖神と馬頭観世音にお暇乞《いとまごい》をし、急ぐほどにガタ馬車の有る町まで来た。

三里がほどはガタ馬車の上に、それから電車で又三里、ようやく汽車に乗り込めば、汽笛一声高く鳴って、雷さまよりも恐ろしくお芋《いも》夫人をたまげさせた。考えて見れば、高いようで安く、安いようで高いのは汽車賃、三十里の道をわずか四時間半位で一行は日暮れに上野ステーションに着いた。

赤羽あたりから乗り込む男女の顔容《かおかたち》でも着物でも、国で見る人々とは、全く人種が違うようだと、老夫婦は不安な眼付で眺めた。田端まで来ると、気早な人々は、棚から荷物を下ろし、身仕度をする。杢右衛門は荷物を纏《まと》めた。

　上野駅に着くと、人々に遅れぬ様に杢右衛門の一行は急いで慌てて下車した。乾柿は杢右衛門が持ち、お芋夫人は餅の袋、おとめ嬢は黒胡麻と蕎麺の包みと各《おのおの》手別けして、而《し》かも青い絹張のパラソルを片手に携えた杢右衛門は声を励し、

「お芋、そんなに急がねえでも、もうここまで来てしまえば東京だ。慌てずにゆっくり歩《ええ》べ、おとめも、そんなに急《せ》くなよ」

「おとっさんこそ、急いてるくせに」

　石のタタキ道の長いこと。そして電燈がそこにもここにも点《つ》いている。改札口にはまァ何という大変の人だろう。我れがちまんがちに押しっくらをして、ようやく出口を出ようとすれば、切符を何処《どこ》へ蔵《しま》ったか、片手に重い物を下げて別の片手でそこらじゅう探すがチョックラ一寸《ちょっと》出て来ない。あんまり大切にして財布の中へしまい込んだのだ。駅夫は苦笑して、

「何《ど》うしました」

と急き立てる。

　そこをようやく通り抜けると、まるで国会議員の選挙の時のように、何処を何うして集めて来たか、数え切れないほど沢山の人力車がズラリと並べてあって、小気味の悪い車夫

がウジョウジョいる。

「旦那、お供しましょう。そこで切符を売っていますよ。何地《どちら》です」

と車夫が訊く。

しかし、三人で人力なんかに乗たらば、何んなに太《でか》いことを吹っかけられるか知れたもんでねえ。それにステーションの車夫にはポンピキだのモウロウだの悪漢が多いと聞いた。杢右衛門は、構わずズンズンそこを過ぎた。自動車が何だいもそこに在る。見れば向うにゴーゴーと音をさせて来た電車が上の闇に青い火花を散らして止ったところだ。

東京は昼の中、雨が降ったと見えて、ステーションの前の広場はグチャグチャぬかっていて、急げば跳《はね》が上りそうなのに、おとめ嬢もお芋夫人も、生憎低い下駄と来ているから、仲々早くは歩かれない。ようやく電車道へ辿りついて、さて何地《どっち》へ行く方の電車に乗ったものかと思う間もなく、止った電車はチリンチリンガタガタと出て行ってしまう。

ようよう人に訊いて線路の向う側の電車に乗り、広小路まで行って乗り換えればいいと分った時には、今度は何うしたものか、電車が来ない。待てどくらせど一台も来ない。忽《たちま》ち人は山のように溜ってしまった。

「また脱線かな」

「チェッ、何うしやがったか。こんなことなら広小路まで歩いてしまった方が、よっぽど早いや」

などとつぶやきつつ、行ってしまう人も少くない。杢右衛門は、

「俺も、広小路まで歩《あえ》ぶとしべいか」

と泥《ぬか》るみを歩き出した。丈《せい》の高い三階の料理屋や旅館が軒を並べ、恐ろしいようだ。中には又達磨《だるま》の鉢巻した形を屋根の上に飾り立てた滑稽な家もある。右手は山で便所の傍に碑が建っているのが、夜目にもそれと著しい。

「忠魂之碑、乃木希典《のぎまれすけ》書……ウム、こりゃあ、はあ、乃木さんの……ふうーン、これお芋待て、これを見ろ、乃木さんだ。乃木さんだ」

感心して立っていると、プップップウッ、ピウーウと恐ろしい音と共に二つの目玉を光らせた自動車が泥をはねかし乍《なが》ら、駆けて来る。

山下から広小路までの道幅の広さ！　両側の家のイルミネーション！　三人は全く夢心地で辿った。

何度も何度も人に訊いて、大塚行の電車を待ついとう松坂屋呉服店の前。

娘はショウ・ウインドウを眺めているが、杢右衛門老は今にも崩れて上から押かぶさって来そうな松坂屋の高い高い建物を仰いで、小気味悪く思っている。青い巾《きれ》を腕に巻いた交通巡査の世話の焼けること！　骨の折れること！　電車が出たり自動車が行ったり人が

通ったり自転車荷馬車《ばりき》さて人力車。お芋夫人の眼はくらくらする。

大塚行に乗ろうとすれば、一人も乗らない中から満員だ。次のを待つと又満員だ。前からも後からも満員の上に又乗り込む。労働者は後《うしろ》の台にブラ下がる。絵に描いた天女のように美しい、と驚いた眼でお芋夫人が先刻から見惚れていた奥さんが、前の方から何うか恁《こ》うか乗った。

あの奥さんさえ乗ったのだから、いくら田舎者だとて、乗れないことが有るものか、という気に成って、杢右衛門は、連《つれ》をはげまし、乗ろうとすると、車掌は意地悪く鎖を張り

(もう乗れません。後から直《す》ぐすいたのが来ます)

と云って遮る。

いくら待っても、果しが無い。

待っていた洋服の紳士が、それでも深切《しんせつ》に、

「お爺さん。少し待ってると、ここから引返しの車があります。それになら乗れますよ」

と教えてくれた。地獄で仏さま。

その引返しの電車にも、ようやくの事で乗り、乗り過ぎぬように、

「大塚仲町はまだですか」と何度もくどく周囲の人々に問い、ようやく無事に仲町で下車した。

富士見坂の上から護国寺の方を見ると、今度はまた真暗闇だ。いよいよ護国寺前まで来ると、一寸先も分らぬほど暗い。こりゃ、もう来過ぎて、東京を出てしまったのじゃないか、と不安に成る。

交番で聞いて郵便局の裏と教えられ、ようやく甥の家《うち》まで漕ぎ付けた時は、生き返ったほど嬉しかったが、グッタリするほど精も根も尽き果てた。やれやれ。

二

甥「でも、よく家が分りましたなあ」

お芋「はあ、とっても骨を折りました。電車に仲々乗れないでねえ」

甥「そうでしたろう。こんなに沢山荷物を持ってさ。東京の人だって、あの込んだ電車には容易のことじゃあ乗れやしませんよ」

花子（甥の嫁）「ほんとうに、まあ、大変でしたわねえ。一寸《ちょっと》、電報を打っといて下さると、上野まで迎いに出ましたのに」

杢老「電報を打ったら、びっくらすべえ、と思ってな。博覧けえを見物に行ぐくれえなこんで、皆をたまげさしても悪かんべえと思ってさ。ほんに前《めえ》から何時《いっ》の汽車でいぐと、委細手紙でも出しとくとよかったになあ。それも年い取ると面倒で」

甥「電報なんかに驚きゃあ、しませんよ。この通り今も原稿の催促が電報で来たところです」
杢老「そうか。俺がい電報が来りゃあ、村中の者が、何事か、と訊きに来る」
甥「うん、そりゃあ、そうと、伯父さん。夕飯はまだでしょうな」
お芋「はい。まだだけれど、私達はもう一向欲しかあないから、何《どう》ぞお構いしないでおくれ。まだ、ちっともお腹がすいていないから」
花子「でも、まだでござんしょう。伯母さん。そんな水臭い御遠慮なんか、東京へ来てなさるものじゃ、ありませんよ」
お芋「遠慮は申さないけれど、本当にお腹が一ぱいだから……」
甥「オイ、親子丼か何か、早く出来るものを、何でもいい、註文してこい」
お芋「あの、それなら、何卒《どうぞ》止《よ》しておくれ。私は頂かない。鶏の入った物は」
花子「伯母さん。おきらいでしたかね」
杢老「なあに、これは酉歳《とりどし》の生れだから、昔者《むかしもの》は迷信で自分の年のものは喰べないのさ」
花子「オヤ、そうでしたか。ではお蕎麺でよろしゅうございましょうか」
杢老「ああ、何でも結構だ」
花子「じゃあ、そういたしましょう」

（と下座敷へ行く）

杢老「まだ土産も出さなかったっけが……これは内でこせえた柿だ。それに、餅を少《ちっ》とべえと、胡麻と蕎麺粉を持って来た」

甥「いや、それは何うも沢山、いろいろ恐れ入ります」

お芋「いいえ、本当に詰らない物を少しばかり」

甥「こりゃあ、兎に角、珍らしい。柿を一々買って喰べると成ると、家にいた時分の様には喰べられませんよ。うん、餅のことを云えば、これは粟餅《あわもち》ですか」

お芋「いいえ、白い餅ですよ。お前の手紙には、あわ餅が欲しい、とあったけれど、東京の人にあわ餅は喰べられまいと思って、白いのを搗《つ》かせて来たのだよ」

甥「なあに、あわ餅は軽くって結構ですから、誰も悦びますよ。その中、泉《せん》がく寺へいらっしゃるでしょうが、あの門前にも、たしか粟餅を売る店がある筈《はず》です」

お芋「へええ、粟餅をかね」

甥「そうですとも、東京の人は却って田舎趣味の物を悦ぶのです。京阪とちがい、東京は田舎から発達した都会ですから、料理でも何でも田舎風です。京阪の料理は立派な伝統のある茶料理ですけれども、東京の物は、寿司だとか、鰻《うなぎ》だとか、天ぷらだとか、そばだとか、はま鍋だとか、そういう類のものばかりです」

（そんな話をしているところへ女中がそばを運んで来る。つづいて花子も来る）
花子「さあ、何卒《どうぞ》。おとめさん、伯父さん、伸びない中に召し上って下さい」
杢老「じゃあ、お辞儀なしに、頂こう」
（それでもお芋夫人は二三度辞退してから、ようやく箸を採る）
杢老「（喰べ乍ら）うん、こりゃあ、何というものだね」
甥「天ぷらでしょう」
杢老「天ぷらはこの腐った様な塊だろう。この麺類は、そうめんとも付かず、そばとも付かぬが」
甥「それが東京流のそばです。沢山饂飩粉《うどんこ》が混っているのでしょう。大分《だいぶ》、国のそばとは違いますよ」
杢老「じゃあ、そばの綿入《めんいり》ちうところだな」
お芋「なあに、おいしいよ。伯父さんは、口が悪いから何処でもこんな遠慮なしばかり云ってさ」
花子「およろしければ、伯母さん、どうか沢山召し上って下さいまし」
お芋「もうお辞儀なしに沢山頂きました」
花子「伯父さん、お風呂は如何でございます。唯今加減を見て参りましたら、丁度いい位に沸きましたから」

杢老「今喰べたばかりだから、私《わし》は寝る時貰うことにしよう。雪隠《せっちん》は何地《どっち》だね」

（杢右衛門老人花子に案内されて下の便所へ行く。話が杜絶《とだ》えて静《しずか》になった時、はねつるべの轢《きし》むような音聞ゆ）

お芋「はて、今の音は何ですね」

甥「雉子《きじ》の鳴く声です」

お芋「私も、何うも雉子らしいと思ったけれど、何処か近所に雉子を飼っている家があるのかね」

甥「なあに、ついこの後の山にいる雉子が鳴くのです。月が出るのでしょう。夜明けと暮れ方と月の出る前とには、いつでも鳴きます」

おとめ（驚いた顔をして）「雉子の鳴く様な山が近くに有りますの」

甥「ええ、村にいる時だって、そんなに雉子の声を聞くことは出来ますまい。東京っていうところは妙なところで、様々な小禽《ことり》もいますしね。そうさ、先《せん》には植物園の近くにいたので、矢張《やはり》あの時も雉子を聞いた。それから五位鷺《ごいさぎ》は毎晩鳴いた。昼間見ると分りますが、この家の傍は山で下を小川が流れている。そこへ鶺鴒《せきれい》もよく来るし、秋は終日《いちんち》百舌《もず》が鳴いていた。春は又鶯《うぐいす》が家の庭へ来て囀《さえず》ります。全く田舎の人の想像しないことでしょう」

お芋「そうすると、もう此所《ここ》は、東京の端《はじ》なんだね」
甥「端は端ですけれど、まだ郡部にはなっていない、市内なんですがね。一つは護国寺が近いからです。誰も東京へ一寸来た者は、浅草だの人形町だの賑かなところばかり見て帰りますが、実は恁《こ》ういう山や森なんか沢山有るところが、東京の特色なんです。まあ、明治神宮へ行って御覧なさい。田舎にだって、あんな田舎々々したところは有りませんから、あの裏の代々木の練兵場の方まで、ずいぶん広いところが原っぱだの林だのです。小石川の砲兵工廠を御存知ですか。造兵とかいう……」
おとめ「ええ、村からもあすこへ来て職工をしている人が有るでしょう。え、お母《つか》さん」
甥「あの砲兵工廠は元水戸様のお屋敷だったので、あの中に後楽園という広い幽邃《ゆうすい》な庭が有って、それこそ山の中へ行ったような気がするところです。私が御案内しますから、今度は伯母さんも御ゆっくりなすって、成るたけ、いろんな所を御見物なすったらいいでしょう」
（杢右衛門便所から帰って来る）
杢老「ひどい雪隠だ。ポチャーンと音がして尻へハネがひっ付いた。あんなに肥《こえ》を溜めずに、もっとマメに汲み出したら何《ど》うだな。金持と何とかは溜るほど汚くなると、云う諺《ことわざ》があるのを手前《てめえ》も知ってるだんべえ」

甥「東京の人は便所には、始終弱らせられてますよ。仲々汲取人が来ないものだから……それに内のは、一穴《いっけつ》と云いましてねえ。田舎には無いことですけれども、小便と大便と瓶が一つしか無くって、場所は別々でも下で一緒に成るように出来ているもんですから、あんなにガシャガシャしているんです」

杢老「そうか。成程東京には珍らしい物が有る。だが、あれでも困るだろうから、明日朝私《わし》が一寸汲み取ってやろうよ」

甥「いや、もう二三日の中に汲取りに参りましょう。それに、内にはひしゃくだって有りゃしませんから、そんなことより、明日何所《どこ》か見物なすったら宜《よ》いでしょう。まだ博覧会が開けるまで二三日間《あいだ》が有りますから」

杢老「何処から何う見物していいか、一向此方《こっち》には分らないから、手前《てめえ》、よく道順を考えてくれ」

おとめ「お母《つか》さん。三越へも行くでしょう」

甥「左様、三越も御婦人方は何《いず》れ一日見物しなければなりますまいが、明日は、明治神宮としたら何うですかね。でなければ、宮城前から日比谷芝公園泉岳寺と行って、帰りに銀座へ廻ってもいい。又は浅草向島方面も十分一日見物する物はある」

お芋「何《ど》れがいいかね」

杢老「そうさ。九段は遠いかな」
甥「ええ、九段も有りましたね。併《しか》し、あすこは近いから、何時でも一寸行って来られます」
おとめ「矢張、明治神宮がいいわ。九段は私この前来た時見たから、何うでもいいわ」
甥「なに、此前来た時？ うん、修学旅行で来たね。女学校の先生に引っぱられて、明治神宮はあの時参拝しなかったかい」
おとめ「あの時分、まだ無かったんですもの」
甥「そう、そう、じゃあ、伯父さん。明日は明治神宮になさい」
杢老「そうしようかな。じゃあ、肥を汲むのは止《よ》してか」
甥「おあいには、大分《だいぶ》未練が有りますね。あはハハハ……」
皆々「あはハハ……」

一二

いよいよ今日から平和博覧会も開会される運びと成り、発会式がすめば、午後二時からは、一般民衆の入場を許可するという。朝から、不忍池畔《しのばずちはん》で打上げる花火のドカンドカンという音が、音羽《おとわ》の甚松《じんまつ》の家の方までよく聞えた。杢右衛門は例の老人の急《せ》っかちから、

頻《しき》りに行こうと促すので、甚松も、

「では御案内しますが、もう直《じ》き十二時ですから、おひるでも召し上ってからにしては何《ど》うです」

「なあに、出懸けた先でやろう」

「併し、上野まわりの飲食店は、今日らは何んなに込み合うか、註文してから一時間やそこら待つ気で無いと、迚《とて》も口に這入《はい》りゃしません。伯父さんみたいに直《す》ぐと「私《わし》は腹がへった」と来るのじゃ、実にああ云う場所では厄介ですよ」

と甚松が言えば、花子も調子を合せて、

「伯父さん。本当に内で召し上っていらしった方が、ようござんすよ。今日みたいな日に迚も上野附近では召し上られやしませんよ。こないだも広小路へ参りました帰りに、あすこの松栄《まつえい》寿司がおいしうございますから這入りましたら、勘定する時に成って気がつくと、何うでしょう、材料騰貴に就き値上げ致候なんて張紙がしてあるのでしょう。憎らしいじゃありませんか」

と憤慨する。甚松は、

「それでも、あすこのはまだ材料を落さないだけいいさ。中には、材料を下げて価《あたい》を上げる家さえあるんだ。だから博覧会開期中は、上野で浮《う》っかり食事は出来ない。この前の大正博覧会の時、揚げ出しへ這入った時のことをお前覚えているか。さんざ待たされた上句《あげく》に、食べもしない物までうんと附け掛けされてさ。混雑している時だから、言ったって分りゃしないし、お前が頻りに忌々《いまいま》しがった、あの時のお前の顔付ったら無かったぜ。ほんとうに二タ目と見られない顔をしたっけ」

「何んな顔だってようござんすよ」

と花子は膨れ出す。杢右衛門は、

「これこれ、喧嘩は止しにさっしゃい。私が降参して午飯《ひるめし》を食べて行ぐことにするから」

大塚仲町からは、折よく上野万世橋と札をかけた電車があったので、一行それに乗った。博覧会の開会日でも、この線ばかりは終点に近いから、電車には楽々のれた。

上野へ近づくとドカンドカンという花火の音が益々よく聞こえて来る。もう上野だ。下りると先夜初めてステーションへ下車した時の賑いよりは、又一層の大混雑で、杢右衛門は何処へ足を踏んごんでよいやら、殆んど見当も付かぬ位であった。上野の山へ登る高い石段を下りる人、上る人、まるで蟻《あり》が砂糖の塊にたかったように見える。甚松は、

「これから、真直《まっすぐ》行けば博覧会の会場ですが、私達もあの石の段々を上って上野第一等の名物西郷さんの銅像を見ましょう」

と云い、丘の上へ案内した。

「あら、何うしたのでしょう」

とおとめ嬢は、銅像を見ている。

「誰のいたずらだ。西郷さんは瘡《かさ》かきみるようだぞ」

「紙の玉を吐き付けたものでしょう。見っとも無いことをしたものだ」

と甚松も見ている。

　お芋夫人は小さい声で、

「ねぇ、お父さん、去年迄《まで》いたポンつくの作男に似ているね。眼玉ばかりギョロギョロしている助蔵《すけぞう》どんにさ」

とささやく。杢老は、

「バカ。西郷さんと云や、維新に一等の豪傑だ。伊藤や山県なんざあ西郷さんの前に出りゃ小僧ッ子みたいなものだちうぞよ。作男と一つにされて堪るもんか。西南戦争に賊となって城山の土と消えたけれども、それでも贈正三位陸軍大将だ」

「でも、あの様子は小作人みたいじゃないかね。大将だちうに服も着ねえで、あんな不《ぶ》ざまな犬を引っぱってさ」

とお芋夫人は少しも感心しない。

　その中におとめは甚松と、もう、崖の上の杙《くい》の垣のところへ行って、遠く市街を眺望し

ていた。甚松は、

「あの背の高いのが浅草の十二階ですよ。そのすぐ右に見えるのが本願寺の屋根だ。観音様の五重の塔の頂辺《てっぺん》が少し見えるが、分るかね」

などと説明している。

一行は、縁台に赤毛氈《もうせん》を布《し》いた多くの休み茶屋を左右に見つつ過ぎて、清水《きよみず》堂の後の彼岸桜の傍を通った。蕾は大分膨らんでいるが、まだ咲かない。

「井の元の、桜あぶなし酒の酔い、という秋色女《しゅうしきじょ》の俳句があるので、秋色桜というのです。さあ清水堂へ登ってみましょう」

と甚松が先に立ち堂に登る。樹々の梢の間から不忍の池、弁天堂博覧会の第二会場が見える。平和塔はすぐ眼の前に高く立っている。杢右衛門夫婦は鰐口《わにぐち》を交々《こもごも》力一ぱいたたいて堂へ入り、銀貨を投げて手を合わせた。

これは千手観音を安置した御堂《みどう》で、東郷平八郎大将の書いた額が上っている。又明治四十年に居合抜《いあいぬき》の開祖日比野雷風《ひびのらいふう》の献上した絵馬、上野の戦争を描いた素敵に大きな絵馬などが懸っている。正面は昼間なのに蠟燭《ろうそく》を照らし、片隅には結願《けちがん》の人々からの人形が沢山飾られ、尼だか僧だか分らぬような、人間ばなれした顔付の坊主がボンヤリ立って博覧会の方を見ている。

終着駅

稲見一良

稲見一良（いなみ　いつら）

一九三一（昭和六）年大阪市生まれ。記録映画のマネージメントをつとめる傍ら、創作を続ける。八九年『ダブルオー・バック』で本格的にデビュー。九一年『ダック・コール』にて山本周五郎賞、日本冒険小説協会大賞最優秀短編賞を受賞。一〇年にわたるガン闘病の末、九四年死去。「猟犬探偵」シリーズは谷口ジロー作画により全二巻で漫画化されている。

底本

『セント・メリーのリボン』新潮社　一九九三年

1

　重い革のトランクを二箇、振り分けにして肩に担ぎ、さらに鞄を一つ手に提げてプラットホームを下りた。五十キロはあるだろう。妙なもので制服だと力が出る。

　外人の老夫婦がついてくるのを確かめながら階段を下り、荷物を八重洲口のタクシーに載せてやった。一箇運んで四百円、だから千二百円のところを、外人は三千円くれて笑顔で礼を言ってくれた。

　今の新幹線から降りた客の荷物をもう一回運べるかもしれないと思いながら、急いでホームへ戻った。

「雷三さん」

　と名を呼ばれたような気がした。ふり向いてみると、四十歳くらいの和服の婦人が笑顔でわたしを見つめていた。

「杉田さんでしょう」

　ふくよかな上品な顔だちの、満面に笑みを浮かべたその人が誰なのか、わたしにはわからなかった。

「忘れちゃったの？」

　と言った人に、おかっぱ頭の少女の顔が重なった。

「お、お嬢ちゃん！」

「そう、七穂よ」

　わたしは絶句した。高名な茶道の宗家の令嬢である。

「あの可愛いお嬢ちゃんが！」

「もうお嬢ちゃんもないでしょうけど……貴方に荷物をお願いしたくて、探してたの」

「いやぁ、驚いた……あの頃、お嬢ちゃんは小学生だった」

「三十年経ったわ」

　足もとに五、六箇の鞄があった。おつきの人らしい娘さんが、にこやかな笑顔で控えていた。ちょうど階段を上ってきた甥にわたしは声をかけた。

「治三郎、手伝え」

　お嬢さんは、丸の内の南口に迎えの車が待っているはずだと言った。

　わたしは荷物を運びながら、お嬢さんに言った。

「それにしても随分月日が経ちましたが、どうなさっておられたのですか」

「アメリカに十年ほどいたの。兄が亡くなったので家元を継ぐことになって、先月帰ってきたのよ」

「そうでしたか……先代には、いろいろ良くしていただいて」

「雷三さんは、あの頃のままよ」

「まさか……爺いになりました」

「まだ二十歳《はたち》だったわね」

「はい。二十五、六でした」

　別荘の花見の会に、仲間と共に招かれて御馳走になり、お土産までいただいた日のことが、昨日のように思い出された。

「赤帽さんも、すっかり少くなったようね」

「はい。今はわたしをふくめて六人だけになりました」

「じゃあ、雷三さんは最古参でしょう」

「そうなってしまいました」

　運転手も手伝って、迎えの車に荷物を積んだ。

「じゃあ、お忙しくてたいへんですね」

「この年で、家元のことを一生懸命勉強しながら、なんとかやってるわ」

わたしは、しみじみとお嬢さんを見た。赤い制帽をとって頭を下げた。

「よく覚えていて下さいました」

「また遊びに来てほしいわ」

おつきの娘さんが、チップの祝儀《ポチ》袋を渡してくれた。

わたしは、見えなくなるまで車を見送った。

「三十年か……」

つぶやいてふり返れば、そこは赤レンガの東京駅である。

赤帽、昔は手廻品運搬人といったポーターをやって三十七年になる。様々な日々があり、様々な人に会った。高貴な人、大政治家、映画や演劇のスーパースター、音楽家、スポーツ選手……様々な人の荷物を運んだ。

ほんのひと言の中に人柄の優しさや温かさを感じさせる人、思わぬ嫌な素顔を見せてしまう人……数えられないほど多くの人と出会った。だが、ほとんどは一期一会の出会いだった。今日のような嬉しいことはめったにない。

2

発車までに二時間もある列車の名を告げて、

「これ運んでんか」

と三、四人の若者が、それぞれスキー板や大きなバッグを預けた。リュックを三つ、紐で一まとめにして、

「これで一箇に数えてや」

と言った。

「そういうわけにはいきません」

俺はこたえた。

「なんでや。大きいのも小さいのも同じ値段か」

「一箇は一箇です」

「ふん。固いこと言いよる」

捨てぜりふを残して若者たちは去った。

俺は手荷物預りの木の棚に荷物を積み、改めて所定のロープで一まとめにした。針金のついた小さな荷札に列車の名を書いてロープに結んだ。昔はこの紙札をエフといったと叔

父から教わったことがある。

俺はこの仕事の全てを雷三叔父から教わった。叔父を頼って上京して、ほぼ二十年になる。故郷の出雲浜田では喧嘩ばかりして職をなくし、食い詰めた。すぐかっとなる性格を、客を相手の赤帽の仕事で修業して改めたい、というような殊勝な考えがあったわけではない。狭い土地柄で評判を悪くして、仕事につけなくなって、仕方なく叔父を頼ったのだった。

だが、叔父の尻にくっつくようにして見習ううちに、俺は俺なりにいろんなことを教わった。男は我慢するものだとまず知った。

叔父と日々接するうちに気づいたことがある。雷三叔父は芯の強さとともに、俺なんか及びもつかない烈しい気性の人だということだ。闘志というか、怒りのようなものを肚《はら》の底に漲《みなぎ》らせた男だと俺は思う。思慮分別のある落着いた言動がそれを隠しているが、よく見れば、その吊り上がった眦《まなじり》の辺りに本来の気性が現れていると俺は思う。

今日の午後は、俺は手荷物一時預り所の当番だった。赤帽の本来の仕事は激減した。いつしかこうやって預り所の方もやるようになった。たった六人しかいない仲間が交替でこちらもやり、また交替で休みの日をとるのだ。だから実際は、常時五人でやっている現状である。

俺はこれでも最年少で、あとの五人は皆五十代だ。昔はチップで実入りの多い仕事だったそうだ。並みのサラリーマンより、はるかに良い収入だったという。

俺なんか名前も知らない何とかいう関取は、独りでゴルフに行くのに、切符も買わずに列車に乗ったそうだ。付人が切符を持ってると言って、大手を振って改札を通ったという。よく知られた顔の力士だし、駅員も気を呑まれて何も言えなかったと叔父は笑って話した。肥満した動きの鈍そうな巨体なのに、思わぬ軽快さで歩き、早口で良く喋ったという。そしてゴルフバッグを運んだ叔父に、当時の料金の百倍にも当たるチップをくれたという話だった。

だが今はチップをはずむ人もなくなった。そもそもチップという慣習を、知らない人が多い。

こんな食うのがやっとの日陰の仕事をやろうと思う者はいない。御多聞に洩れず後継者はなく、俺たちで赤帽はなくなる。

その後はどうするのか。雷三叔父と俺は、よくそんな話をしてきた。

「わたしはもう、何もしないさ」

叔父はそう言う。

「いずれにしても六十か、それに近い齢になってるだろう。だけどお前は若い。何か考えておけ。今からでも手に職をつけろ」

　そんなわけで、俺は六日に一度の休みの日を、とんかつ屋で働いている。そこも叔父の紹介だが、新橋にある大きな店で働きながら調理士の資格を取ろうとしているのだ。

　叔父はそれでも、時には夢のような話をすることもある。

　叔父のすぐ上の兄、竜二は入り婿して出雲市に住んでおり、観光客相手の土産物屋をやっている。長兄の光一は故郷の大田に住み、祖父伝来の山林と、寝たきりの両親をかかえて細々と百姓をやっている。相続税や固定資産税に追われる山林はいっそ売ってしまいたいのだが、二束三文の評価で思うほどの金にはならないのだ。

　雷三叔父が茶飲み話でする夢は、この山林にペンションと老人用ハウスを建てたいということだった。広い山林の中を流れる水のきれいな小川で、セリやクレソンを育てる。自分で耕して薯《いも》や葱やトマトを作る。すぐ目の前の海の魚は、この上なく新鮮だ。山羊の乳をしぼって手製のチーズを作る。そしてこれらをふんだんに使った手料理で、ペンションの客をもてなしたい。

　兄弟で働くのだ。治三郎、お前がコックをやれ。何の感動もない土産物屋なんかたたんで、やる気があるなら竜二夫婦も一緒に働けばいい。兄弟や従弟が集って、一つの場所で同じ仕事をするのだ……そう話す叔父のまなざしは、遠くはるかなものを見ているように和《なご》むのだった。

一方老人ホームでは、両親をはじめ、一生働きづめに働いて倒れた老人たちを看護して、人生の最後の日々を心穏かに過ごさせてやりたいとも言った。それが叔父の夢想だった。

もちろん所詮かなわぬ夢物語である。実現させるには億という金が要るだろう。

「億か……」

先ほど叔父からもらった軽い封筒のことを思い、俺は独り苦笑いした。昨日の稼ぎが入ったものだ。

赤帽は昔から国鉄やJRに属さない。職員ではないのだ。独自の組合を作って、わずかにせよ鉄道に金を払って、場所を借りて働いている。休めば収入はない。その日稼いだ金を一括して、頭割りにして翌日分配する。今はその世話人を雷三叔父がやっているのだ。

みな叔父を信頼していた。いろんな相談事を持ち込んだ。叔父は独特の洞察や考えで、人の迷いや悩みに一つ一つ明快にこたえてやっていた。時には思いもつかない視点でものを見て、びっくりするようなことを言ったりするが、結局はそれが正当だったと知ることになるのである。こういう一種の見識を持った人が、何故こんな仕事に甘んじているのか、考えれば不思議だった。

赤帽の勤務時間は、午前七時から午後十時までである。手荷物預り所も閉める。今夜は叔父につきあって、丸の内のビルのレストランでビールでも飲もう。

叔父は丸の内側の赤レンガの東京駅が大好きなのだ。惚れこんでいるといってもいい。十八歳で上京してきた日、ふとこの駅を見て、その壮麗な姿に感動したそうだ。列車が好きだったことと重なり、ここで働きたいと念願したのだという。その話を、もう何十回聞いてきたことだろう。

3

わたしにとって東京駅は、丸の内側のこの赤レンガ駅舎である。八重洲口の方は単なるコンクリートの塊だ。ふくれ上がった輸送の、巨大な容器《うつわ》でしかない。

丸の内側の東京駅は、世界に誇る建築物だ。もともと皇居つまり江戸城に正対して作られたものだから、明治の日本人の思想がバックボーンを貫いている。日本国有鉄道、いや大日本帝国の誇りがある。

南北に三百メートルを越す横に長い構造は、皇居を威圧することのないよう配慮された設計だという。この横に長い構造と赤レンガが美しさを決定づけている。

そして左右対称の位置に築いた八角形のドームでもって、建物は古典的な典雅豪壮な姿となった。また青いスレート葺きの屋根や、白い花崗石や漆喰の窓枠が、赤レンガと絶妙のコントラストとなっている。

　大正時代の関東大震災、そして第二次大戦の戦災にもびくともしなかった赤レンガは、東京は足立区の土を使った国産である。その赤レンガ九百万個を一つ一つ入念に積上げた明治、大正の職人たち……。東京駅はまさに手仕事の一大作品であり、当時の日本の職人の心意気の結晶である。

　この無類の堅固さとともに、悠然たる鷹揚さや品格を持った建物を作り上げた日本人の仕事を、二度と望むことは出来ないだろう。

　東京駅だけが日本の中央駅だとわたしは思う。だが大正三年、一九一四年に開業して、すでに八十年近く経った。レンガ建築の耐久年数は半世紀とされている。東京駅も齢をとった。とり壊して再開発するという話もあるようだ。外形だけ残して補修するより、ぶっ壊して新しいものを作る方が効率がいいのだとも聞いた。だがそんな愚かなことをしでかすようでは、日本も終《しま》いだと思う。

　わたしは、何十回いや何百回この建物を眺めただろう。駅の中央から皇居外苑に向かって、一直線に延びる道路から眺めるのがいい。また雨上がりの姿は最高だ。雨に洗われて、赤レンガの色がひときわ鮮かになる。駅前の水溜まりに、その姿が逆さに映っている。灯ともし頃も美しい。見ていると、ここで働いていることが、しみじみと幸せに思えるのだ。

だがわたしの思いに反して、いずれはなくなるものだろう。なくなる建物と、わたしの代でなくなる赤帽という職業……亡びゆくもの同士の共感がわたしにはある。

東京駅は終着駅であると同時に、全国への始発駅であることは言うまでもない。だがわたしにとって東京駅は、わたしの人生の終着駅である。

「気をつけてよ、高価な物ばかりだから」

前を行く女が、ふり向いて言った。寄り添って歩いている、女よりはるかに若い男が女の尻に腰をすりつけ、女の首筋に口をつけた。女はのけぞって呻《うめ》いた。白昼の駅の中でである。

女の顔に覚えがあった。確か元は歌手かなんかだった。タイツ姿や裸の写真集を出したこともあったように思う。盛りを過ぎた裸身を、人前によくさらしていた。年下のいかにも軽薄なバカ面の男をくわえこんできて一緒になり、芸能レポーターの前で嬉し泣きに泣いた……その女だ。

八重洲口のタクシーに四個の重い荷物を押し込んで、千六百円ですとわたしは言った。男がズボンのポケットから千円札を二枚引きずり出した。

「今、釣り銭がありませんので、細かいのでお願いします」

とわたしは言った。

「何時もその手を使ってるのか」

と男がわたしを見下ろして言った。わたしは黙って金を男の手に戻し、後を向いて立ち去った。

こんな嫌な思いをすることもある。しこりが一日中残ったりする。千六百円は自分の金を出して、売上げに加えておこう。

プロ野球の選手の一団が、どっとホームに降り立った。若い大きな男たちは、精気を発散させていた。どの顔もテレビで馴染みのスター選手ばかりだ。わたしは仲間三人と荷物を運んだ。

あと一勝すれば日本シリーズに優勝することになるチームが、敵地に乗り込んできたのだ。優勝を目前にした気負いが若者たちを包んでいる。

「こっちは雨が降ったんですか」

監督が気さくに声をかけてきた。

「はい。おしめり程度ですが」

待機していたマイクロバスに荷物を積んだ。たちまちファンが群らがった。

「いつもお世話になります」

と監督は言った。マネージャーは別の車で先に行ったので……とつぶやきながら三万円を握らせてくれた。

「優勝、祈ってます」

わたしは心からそう言った。

おふくろが危篤だと、今朝故郷の長兄が知らせてきた。

すぐにも行ってやりたかった。一目会っておきたかった。何もしてやれなかったという思いで切なかった。

わたしは18時28分のひかり86号を待っていた。京都宝ケ池での国際的な学会が終わって、東京見物にやってくる外国人たちの荷物を運んで、チップを稼ごうとしていたのだ。

だが外国の学者たちより一足早くわたしの前に降り立ったのは、二人の日本人の男だった。ダークスーツに白のネクタイ、黒革のコート、いずれも屈強そうな体格、兇暴な目つきで、一目で商売が知れた。

トランクを二個、大きな黒いズックのボストンバッグ、それにやや小ぶりな革鞄を積上げた。丸の内の南口で待っている白いリンカーン・コンチネンタルまで運んでくれと言われた。気は進まなかったが、断わるわけにはいかなかった。

トランクを振り分けにして肩に担ぎ、革の鞄を小脇にかかえ、ボストンバッグを下げて歩きだした。ボストンバッグが重かった。男たちは声高に喋りながら、少し離れてついてきていた。階段を二、三段下りた所で、何か異変の気配のようなものを感じてわたしはふり返った。荷物の主たちが数人の男に取り囲まれていた。その男たちが刑事だというのも一目で見抜けた。

　わたしは騒ぎに構わず階段を下りた。下りた所でボストンバッグを下ろした。あまりにも重くて、持つ手を替えようとしたのだ。その時、バッグのファスナーが少し開いているのに気づいた。閉めてやろうとした。中味が見えた。使い古しの一万円紙幣の束が、ぎっしりと詰まっていた。

　わたしは驚いた。億という金を見たことはないが、瞬間的に三億という数字が頭に閃《ひら》めいた。

　その時、交替しようとしてやって来た甥に会った。とっさにわたしは決心した。階段の方に体を向けたまま甥に言った。

「このボストンバッグを持って一緒に歩け」

　バッグを持って並んで歩く甥に言った。

「いいか、治三郎、しっかり聞け。そのバッグを18時45分発の出雲の網棚に載せてしまえ」

　驚いてわたしを見ている甥の視線を感じながら、うむを言わせずわたしは言った。

「荷札《エフ》に竜二兄貴の名を書いてバッグにつけろ。車椅子用のレンガ道を使え。荷物を載せた車輛のナンバーを覚えておけ」

わたしは肩越しに後を見て連中が現れないのを確かめて、甥に言った。

「行け！」

4

俺は信じられなかった。何が何だかわからなかった。だが雷三叔父には従うだけだ。事情はわからなかったが、事は出来るだけ目立たずしかも素早くやるに如《し》くはない。俺は本能的にそう思った。チラと腕時計を見た。急ぐ必要がある。

俺は地下道の端の古いエレベーターに乗り込んだ。ポケットを探って、手荷物預り所の荷札を取り出した。ボールペンで田端竜二と書き、ボストンバッグの取っ手に結んだ。田端は竜二さんの養子先の姓だ。

エレベーターを下りると、赤レンガの地下道だ。昔は郵便や小荷物運搬用として、一日九万個の荷物を運んだそうだ。今は車椅子を利用する人を運ぶ専用通路である。

水洩れの滴に濡れる壁のランプが、人の影を大きく映す。だが今は地下道を通る人影は全くなかった。

レンガの長手という側面の長い方ばかり積み上げた層に、今度は小口という一番短い面ばかり積み重ねてある。なだらかな丸味を持ったアーチ状の壁面は〝五分《ごぶ》の跳ね出し積み〟という珍しい手法がとられているという。五分つまり約十五ミリずつずらしながら積み上げてあるのだ。そのために壁は少しずつせり出しながらアーチをなし、独特の雰囲気を作っている。手間隙かけた明治のレンガ職人の名人芸である。

古いヨーロッパ映画に出てきそうな、時代を封じこんだ風情のレンガ道を俺は急いだ。走りだしたいのを我慢しながら、10番のホームに上がった。

出雲が待っていた。寝台車である。俺は乗客の多い車輛を選んで乗り込み、他人の荷物にまぎらせて重いボストンバッグを棚に載せた。車輛番号とバッグの位置を、頭に刻みこんで降りた。

5

わたしは、リンカーン・コンチネンタルの二人の男に荷物を渡した。男のひとりがわたしの背後を鋭い目で探しながら言った。

「これを預けた二人はどうした？」

わたしはふり返って、ついてくる人がないのに初めて気づいたふりをした。

「さあ、存知ませんが……さっきまでは御一緒でした」

二人はさっと表情をこわばらせて顔を見合わせた。

「荷物はこれだけか」

「御覧のように、それだけです」

荷物を車のトランクに入れた男に、もうひとりの方が言った。

「行ってみろ」

男は走って行った。

わたしは気力をふるって言った。

「千二百円、いただきます」

男は無造作にポケットから引き抜いた五千円札をわたしに渡した。

「御苦労」

と言い、もう眼中にわたしはないようだった。いらいらした表情で車に乗りこんだ。

わたしは遠回りして10番のホームに向かった。階段を下りてきた甥をつかまえた。治三郎が言った。

「出雲は出ました」

「よし」

わたしはバッグを載せた車輌番号を聞いて、公衆電話のボックスに入った。出雲市に住む兄竜二を呼び出した。

「雷三だ。兄貴、気を入れてしっかり聞いてくれ」

一言一言、言い聞かせるように、強い口調でわたしは言った。

「明朝8時10分着の出雲の網棚の、黒い大きなボストンバッグを引き取ってくれ。兄貴の名の紙の荷札がつけてある。絶対に遅れることのないよう早目にホームに行って待つんだ。わたしを信じて、黙ってやってくれ。わたしたちの将来がかかっている」

治三郎から聞いた車輌番号とバッグのある位置を教えて電話を切った。

「何があったんです？　俺たちは一体何をやったんですか」

治三郎が蒼《あお》ざめてわたしを見つめた。

「大金を強奪した」

わたしは言った。

「多分、やくざの金だ。麻薬の金か政治献金かもしれん。数億ある」

治三郎がよろめいた。

「奴らは警察には届けられないだろう。わたしを追及しても証拠はない。名誉毀損で訴えると言ってやってもいい。治三郎、老人ハウスやペンションを実現させるんだ」

治三郎が浮かぬ顔で言った。

「やくざなら、叔父貴を殺《や》ろうとするかも知れませんよ」

わたしは言った。

「やってみるさ。むざむざとやられていない」

耳輪のついた馬

林芙美子

林芙美子（はやし　ふみこ）

一九〇三（明治三十六）年福岡県門司市生まれ。幼少より両親とともに、行商の生活を重ねて九州一円を転々とし、後に広島県尾道市に落ち着く。高等女学校在学中から文才を示し、卒業後上京して多数の作品を発表する。三〇年『放浪記』がベストセラーに。日中戦争が勃発した三七年以降、女流の従軍作家として活躍。終戦後、文学的生涯の頂点を迎え、『松葉牡丹』『浮雲』などの秀作を残した。五一年死去。東京都新宿区中井に芙美子の旧邸がそのまま文学館となり公開されている。

底本

『風琴と魚の町・清貧の書』新潮文庫　一九五三年

一

雪の霽《は》れた晩であった。

海添いの小さなまちで女の子が生まれた。八汐《やしお》となづけられた。

別に此《こ》の八汐のために、よろこんで飛んで来るような者もなく、贈物を祝ってくれる程の、豪勢な家庭でもないと見え、八汐は赤い着物を着せられずに、只《ただ》、道具のように投げ出されて、垢《あか》に汚れた靨《えくぼ》のある手をしゃぶりながら、毎日部屋の隅に寝かされていた。

時々瞼《まぶた》を開けると、呆《ぼう》ッとした黄いろい雲のようなものが、八汐の眼も鼻も押しつぶしてしまって、唇の中へは薄甘いものが沁《し》みて流れ込んで来る。

腹がくちくなって眼を閉じると、温かく柔かい雲は、暗い天井の上へ伸び上って、八汐の腹の上を、二三度風のようにハタハタと叩《たた》いて去ってしまう。その微風のようにハタハタと云《い》う音と一緒に、唄声《うたごえ》が小さくよどんで来て、八汐は自然と耳が遠くなった。二枚の唇がかたくりの花のように開いていった。

八汐の寝床はまるで鶏の巣のように、襤褸布《ぼろぬの》だけで囲ってあったが、壁が荒れて薄いせいか、どこからか風が這入《はい》って来て、時々八汐の柔かい赤毛の髪を吹いている。

「此の子は、まア誰に似たのンやら、可愛気《かわいげ》のない顔じゃ」

誰も、此の八汐を草花のようには喩《たと》えなかった。まるで、松の花かなんぞのようにツンツンしたものを感じ、皺《しわ》の多い額を見て、「猿よりはましな」と、笑いものにしていたのであったが、八汐の父親も母親も、それを別に口惜《くや》しい事にも思わず、まるで風媒植物ででもあるかのように、風が運んで来た種子だろう、それ故《ゆえ》、此の様に雨風にあたって分別臭い皺も寄り、鼻と云えば水浸しの椎茸《しいたけ》よりもおかしくなったのだろうと考えていた。――さして美しいと云えば、唇がきつく小さく結ばれていた。それに何度も濡《ぬ》れているせいか、赤い花のようにフクフクして見えたが、此の唇は、大して問題にはならなかった。

「コンな子供は売り物にもならぬ」

八汐の飲んだくれの若い叔父は、洋燈《ランプ》の芯《しん》をかきたてて八汐に酒の息を吹きかけた。八汐は薄い眉《まゆ》を顰《しか》めて、まるで貧相な老人のような顔をしてみせる。すると、此の飲んだくれの叔父は汚れた人差指を八汐の唇の中へ押し込んで、「ホラ、うまかろうがや、乳だぞ、乳吸わんか」と咽喉《のど》が押される程、きつく、八汐の舌の上を押すのであった。

「そんな無理な事せンでな」

　八汐の母親は片口から赤ザラメの砂糖をサラサラと掌《てのひら》にあけて、飲んだくれの義弟にわたした。——八汐の父親は、もうよっぽど、酒がまわっていたのであろう、寝転んで、だるそうにさんがい節を唸《うな》っている。

「やれ、俺ア酒を呑《の》みすぎたりゃ、何時《いつ》もの声が出ンぞ」

皆笑った。

　八汐の父親は歪《ゆが》んだ障子を思い切り開けて、海へ向って唾《つば》を吐いた。

風が強く当ったのか、赤ザラメが咽喉にむせたのか、急に八汐が悲し気な声をあげた。

八汐の父親は、ギョッとした風で、蒼《あお》い顔を振りむけると、

「八汐は三吉によう似とる」

「兄貴ア何云いよる、気味の悪か、俺は、こげな猿のようじゃなか」

「鼻ば見い、茄子《なす》は茄子たい」

三人のうち、誰かが笑い声をあげねばならぬ場合であったのであろうが、梯子段《はしごだん》の上り口から、猫が這い込んで来たので、八汐の若い母親は、手きびしい声で猫を叱《しか》った。

　その頃、八汐の家族達は、塗り物の膳《ぜん》や重箱を売って歩く行商人であった。

二

八汐が六ッになった。額の老人じみた皺も消えて、頬が蜜柑《みかん》のように円く冷かった。——その頃、八汐の家族は八汐の生まれた海添いのまちよりもまだ小さいまちに住んでいた。道も川も小さかった。夕方になると軒燈《けんとう》屋が梯子を持って街を走っていた。春になると、どの家の背戸にも黄いろい枇杷《びわ》の花が咲いた。又、此のまちには朽ちかけた広い墓原が山添いにあって、紫のかきどおしや、白菫《しろすみれ》、幽霊草などが叢《む》れていた。——八汐は此の山のまちへ来て初めて眼鏡を掛けた女のひとを見た。頭が雨傘のように拡《ひろ》がった大きな黒々とした束髪に結って、何時も赤い紐《ひも》飾りのついた月琴を弾いていた。八汐にはその曲が何の曲かは判《わか》らなかったが、その月琴の音はひどく孤独な八汐をよろこばせた。

「八汐ちゃんはいくつ？」

銀縁の眼鏡を掛けた女のひとが、時たま、縁側へ出て来て、八汐へ菓子をくれるのであったが、八汐は自分の年齢がいくつになったのかも知らなかった。

此の家は、昔、神主のものであったと云うだけに、家の縁側は八汐の頭よりも高かった。その高い縁側にぶらさがって、八汐は眼鏡の女のひとを見る事が楽しかった。縁側が高く、部屋が暗いせいか、眼鏡が何時も白く光って見えるので、八汐は家へ帰って来るたび、白い紙さえ見ると円く切って、瞼へ唾で張っては遊んだ。

「八汐、何ばしよッとかい？」

荷車の後押しをして帰って来ると、八汐が、瞼の上に白い紙をビラビラくっつけているので、母親は笑いながら、乳房を拡げて、八汐の背を叩いた。

「メガネたい、メガネばしとッと、メガネば買《こ》うてくれンかい」

「ホウ、それが眼鏡か、母さんはまた梟《ふくろう》の真似《まね》でもしとッたかと思うた……」

「メガネたい、山ンところの姉さんなよかメガネしとンさる……メガネば買うてナ」

「按摩《あんま》さんのごつある、おかしか、おかしか、八汐はこげん大きな眼ば持っちょッて、眼鏡が笑うばい」

「笑うてもよか、眼鏡ばかけて遊びたか」

「よか思いつきがある、……お父《てて》さんよッ。そこなあらい粉の箱ば貸してくれンな……」

古いボール紙でつくったメガネを鼻のさきにぶらさげて、八汐は月琴を弾く女のひとの家へ行って、得意になって見えない眼鏡を見せた。

「フンに、まア、ひょうげた子じゃよ」

八汐の母親は、自分で、見えない眼鏡をつくってやりながら、おかしい子供だと云うては一人で時々淋《さび》し気に笑っていた。

雨が降らないかぎり、八汐は母親と家にいる事はなかった。戸外が明るくなりかけると、八汐の枕元《まくらもと》で、八汐の父や母親や叔父の三吉が、急がしそうに飯を食べていた。何かごそごそと、八汐の眼には、まるで戦争のように思えた。形《かた》ばかりの神棚には、油壺《あぶらつぼ》に燈《とう》心《しん》がゆらゆら燃えている。

「サア、行こうか、おみよや、弁当詰めたかい」

「もう、とうに出来とオる。——八汐！　行って来るぞな、待っとンぞ、まンまここにあるでな」

「八汐！　ほいしョ、赤か銭ばやろッ」

八汐は、犬のように跳ねて叔父の投げてくれた二銭銅貨をひらって口の中へ入れた。

「ええな、無駄なもの買うじゃなかぞい」

——三人の大人達が出て行くと、部屋の中は急に森閑として、鼠《ねずみ》の音がひどくガサガサと鳴った。八汐は、毎朝感じる事ではあったが、此の気持ちが一番厭《いや》だった。——口から銭を出すと、母親の真似をして、それを敷蒲団《しきぶとん》の下にしいた。膳の上には、小さい干魚《ざこ》に醤油《しょうゆ》がかけてあった。八汐は何時《いつ》かまちの料理店で見た海苔巻《のりまき》が食べたいと思った。彼女は新聞紙を小さく剪《き》って、それに飯を並べ、干魚を入れて海苔巻のようにくるくると巻いて見た。だが、巻いては見たが、八汐の空想した海苔巻の味ではなかった。

三

三たび、八汐の家族は居をうつしていた。梯子段の上り口の窓を開けると、広い広い海の見える家であった。——叔父の三吉は坑山のまちから、老《ふ》けた娼婦《しょうふ》を連れて来て、八汐の近所に、ささやかな世帯をつくっていた。「三吉さんにゃ、ちと不足だな」八汐の母は、そう、三吉の世帯に好意を寄せている風でもなかった。

八汐は、毎日、北の窓を開けて海を見ていた。「此の海の水は、どこさ行ってこぼれおつとじゃろうか……」——夢を見るといえば、大きな波に呑まれるところや、魚に追いかけられては、足を食われそうになるところなぞ、八汐にとって海はおそろしく神秘なところであった。

風が吹く晩は波が荒れた。

「ナ、海の神さん、ぐずねよッとかい？」

八汐の母親は馬鹿気《ばかげ》た事を云うとでも思ったのか、八汐の虱《しらみ》を取りながら返事もしなかった。——その頃、子供の着物の衿《えり》には、色繻子《いろじゅす》を掛ける事が流行《はや》っていた。八汐も、春にはまちの小学校へ上るので、海色の繻子の衿を掛けて貰《もら》っていた。

八汐には、八歳と云う言葉の記憶が、非常に強く頭に残っていた。それは、一人も遊び友達を持たなかった記憶から、一足飛びに、小学校の門をくぐって、群れる程な自分の同輩を見出《みいだ》した驚きが、妙に強く心に焼かれていたのであろう。

「母《かか》さ、どぎゃンして、あげン子供達が沢山おッとじゃろかい？」

立派な小学校のあるまちへ住むのは始めてのせいか、何も彼《か》も八汐には出世した事に感じられるのであった。

八汐は初めて新しい読本を手にした。

「お母《かか》さん、此の読本は、坑山の警察とよう似とるウ」

「まンの悪かこと云うもンじゃなかッ」

「坑山の警察の壁ば持って来たごつある」

八汐の父親が塗りの若い重箱を売って、坑山の警察へ呼ばれた時、八汐は母の背に負《おぶ》さって、山の上の警察に、父を迎いに行った記憶があったのだ。

此の灰色の読本から八汐は冷いものを感じて、手にしようとする情熱を失っているかたちであった。——八汐は絵を描く事が好きな子供であった。小遣いを貯《た》めてはロウ鉛筆を買った。色のついた絵本が欲しかったが、八汐の身分では買えそうもなかった。絵本が欲

しいと云っても、八汐の母親は、てんからとりあげようともせず、たまに強《きつ》くねだると、

「洋燈のほやでも磨いておきなはい、何じゃ、銭つかうことばっかし考えて……」

　で、八汐は、絵本に対する情熱を何としても断念するより外なく、自分で芝居小屋の看板絵なぞを見て来てはコツコツ描いては遊んだ。——そのまちには、火屋祭りと云うものがあった。小さい社殿を郊外の野原へつくって火を放つ祭りで、まち中大変にぎおうた。此の火屋祭りには、まちの商家は田舎から出て来る人で溢《あふ》れた。小学校の傍の新本屋も、田舎の青年達で、店の中はまるで植木屋の市のように暗くなっていた。八汐は、その暗がりの中で、絵本の前に立った。絵本には野鴨《のがも》が薔薇《ばら》の花をくわえている。空の色が眼に沁みる程赤く、池の水が青かった。又、次の絵本には狐《きつね》の嫁入りだの、鼠《ねずみ》の親子だの、八汐の胸の中は、妙に息苦しかった。「欲しい」と思った。どうしても「欲しい」のであった。八汐は一番赤の美しい野鴨の絵本を前掛に包んで外へ出た。花火が大きく上った。八汐はいっとき走って銀行の赤煉瓦《れんが》の横町へ隠れた。

「おとろしかッ！」本当に恐ろしかったのであろう、八汐は黄昏《たそがれ》の空の下で、野鴨の絵本に話しかけていた。

　野鴨の絵をめくると、狼《おおかみ》が老婆《ろうば》に化けて、少女の小屋を尋ねている図である。花火が、まるで衿元へ降ちて来るように急にパチパチと空で弾《はじ》けた。巡査が迷子を連れ

て通っている。八汐は、巡査のチカチカした剣光を見ると、急にぺたぺたとしゃがんで尿を漏らした。

「おとろしかなア……」

家へ帰れば、巡査が縄を持って、待っているような気がした。坑山の警察の事を考えると侘《わび》しかったが、薔薇の花をくわえた野鴨の絵本は死んでも離したくはなかった。

四

八汐の幼年期にとって、或《ある》不幸な一ヶ年があった。丁度十二歳の頃ででもあったろう、八汐の父親は、或行商先の浜辺の芸者を連れて四国の方へ去ってしまった。

八汐は、母親をしみじみと視《み》つめるようになったが、只《ただ》でさえ笑顔の薄い母親のみよは、もう、全く笑わなくなって、前よりもいっそうかいがいしく働いている。――八汐が母と二人で残されたまちは、北九州のはずれで、潮臭い寒村であった。

もはや、その住居が幾度目になるのか、八汐は記憶をさかのぼる勇気もなく、只、空気が非常に澄んでいるのに、八汐らしい愕《おどろ》きを持つのみであった。

「母《かか》さ、此の村には花が咲いとるばい」

「ほンにゃ」

「きれいかな、何の花じゃろ……」
「大根の花ヨ」
「美しかア、こげン花が咲いて、大根はええな」

村道を帰りながら、しみじみと母と娘は自然を眺めた。此の様に美しい風景を、いまだかつて知らないだけに、八汐は胸をはだけて樹《き》の中を吹いて来た風を吸った。

此の村には陳列箱を持った商店が一ッもない。村の径路《こみち》には長閑《のどか》そうに牛や鶏が遊んでいる。八汐は、此の村が好きになった。一里程行くと、丘に麦畑を持った入江の海が見え、雨の日も天気の日も、まるでホラ貝が鳴っているように殷々《いんいん》と海が鳴っていた。雲雀《ひばり》の巣を探す事も覚えた。

丘の麦畑の裏には廃園のような異人屋敷が一軒あって、十二三の男の子が、広い庭で何時も一人で何かして遊んでいる。庭には楠木《くすのき》の若木が植えてあって、その樹蔭《こかげ》には白い椅《い》子《す》が点々と置いてある。

八汐は、時々その少年と眼を合わせた。少年は西洋人よりも端麗な顔つきをしていて、手には、紅いジャムのついたパンを持っていた。八汐は珍しいその菓子と、少年の澄んだ瞳《ひとみ》を忘れる事が出来なかった。

或晩、母親のみよは、八汐と添い寝をしながら、此の様な事を云い出した。

「お母さんな、とてもこうしてやって行けぬで、いっとき、お前は婆《ばば》さのところへいンどるか」

祖母があると云う事は聞いていたが、八汐はまだ会った事はなかった。その祖母のもとには父違いの姉が二人も居る、と云う事を聞いてはいたが、八汐は長い間、ひとりで馴《な》らされていたせいか、どのように辛《つら》い思いをしても、そんな、借りたような古里へは帰りたくないと思った。

「いンにゃ、いかンばい。母さ、俺ば離してしもてどぎゃンすッとかい？」

八汐の母親はいっとき瞼《まぶた》の上に腕を載せて洋燈の灯影《ほかげ》を除《よ》けていた。何時までたっても話をしなかった。八汐は涙が溢れた。

「何ば泣くとか、泣くこたなかが、母さが死ンでもしたらどうすッかッ！」

八汐は声をあげて泣いた。暗澹《あんたん》としたものが自分達二人の前途を塞《ふさ》いでしまったように悲しかった。

「そンなら、三吉叔父さんとこばしいっとれ、あア、八汐」

「厭《いや》ばい、母さと一緒におッと……」

「そぎゃン無理ばよう云《い》いよれッ！」

母親はくるりと背をむけてしまうと、又だまってしまう。八汐は、母の云った「無理だ」と云う言葉が解《げ》せなかった。

五

もう、その日、八汐は走って海の見える丘へ行った。初夏のぬるい風が、八汐のきびすで砂煙を巻いていた。異人屋敷の庭には少年の影は見えなかったが、遊び疲れて部屋へ這《は》入《い》ったのか、楠木の向うの白いブランコがゆるく揺れていた。

八汐は麦畑の上から出鱈目《でたらめ》に唄《うた》をうたってみたが、洋館の窓々《まどまど》はまるで昼寝したように静もりかえっている。

最後の日なのに、……八汐は麦畑を降りて悄気《しょげ》て汚い家へ帰った。母親は八汐の弁当の中へ竹輪を入れて、固く新聞紙で包んでいるところだ。

「すぐ、迎えに行ってやるばい、体ば大事せンといかんぞ、アアン」

夕方の汽車で八汐は鹿児島へ旅立って行くのだ。八汐は男の子のような絣《かすり》一枚で、弁当を大事にかかえながら、早くから母親に連れられて停車場に行った。——停車場には学校の生徒が遠足から丁度帰って来たところなのであろう、改札口をぞろぞろと出て来るところで、あの異人屋敷の美しい少年も、葉桜を肩にして魔法壜《びん》の光ったのを女中に持たして、八汐の方へ向って来ていた。

八汐は、みすぼらしい自分の姿に顔が赧《あか》くなる思いで母の腰に隠れたが、少年はおだやかな顔で八汐の前を通り過ぎて行った。

「周章《あわ》てるンじゃなかぞ、ええか、婆さに可愛《かわい》がられるンぞ、ええか」

八汐は、もう何も云いたくなかったに違いない。涙はいっぱい心にたまっていながら、知らない世界へ行く恐怖で胸はわくわくしていた。

汽車の中では、ポツンと固くなって、八汐は暫《しばら》く窓を見ていたが、人家が途切れて、茫々《ぼうぼう》たる海に出ると、初めて大粒な涙が八汐の頬を濡《ぬ》らした。

車室の中に、ポツポツと電燈《でんとう》がついた。灯がついてくると、まるでしめなわのような浜《はま》縮緬《ちりめん》の兵《へ》古《こ》帯《おび》をした男が、金指輪や、時計の鎖や、衿止めなンぞを鞄《かばん》から出して売り始める。金属類が売れないとなると、その男は、又、絵本を十冊位も出して売り始めた。表紙には美しい女の絵がついていた。

八汐は腹がへると、竹輪を摘まんでは出して食べる。握り飯の中には桃色のおぼろが這入っていた。だが、ふと、あの侘しい部屋の母親の姿を思い浮かべると、又、新しく悲しみの涙がつのり、葉桜を肩にした少年の姿を考えると、握り飯を食べていても、竹輪をたべていても、少しもおいしく咽喉《のど》を通らなかった。

青竹色の兵古帯の中には、母親から貰った五銭白銅が這入っている。腰には切符や、本を包んだ風呂敷《ふろしき》包みがくくりつけてあった。此《こ》の風呂敷包みの本については、鹿児島へ着くと早々、二人の姉達から冷かされたもので、八汐には、かえって辛い思い出の種になった。

「まア、此の子は、十二にもなって、まだ、小学二年の読本しか持っていないのねエ、学校へも行かず、何をしていたのだろう……」

二人とも美しく、派手な姉に見えた。坐《すわ》っていると、八汐の風体はまるで子守女のようにつんつるてんに見え、八汐の祖母には、落魄《らくはく》している娘の姿を見せつけられているように思えたのであろう、八汐を見ると、ことごとに叱《しか》った。

「箸《はし》は三分より深く唇へ入れてはなりませぬ」

「もう十二にもなったら御飯焚《た》きして貰わねばならぬ」

八汐は朝々一升の米を磨《と》ぎ、火吹竹を吹いた。飯が焚ける間、庭の雑草を摘んだ。母屋《おもや》からは祖母のコンコンと咳《せ》き入る声が聞えて来たが、八汐は、夜明けの靄《もや》の中で、草を摘む仕事が一番楽しい時間であった。雑草の中にはかにつりぐさ、じゅずすげなぞが多く、川添いのせいか、取っても取っても腰が強かった。かにつりぐさからは、入江の丘の麦畑を連想して、八汐は小さい声で唱歌をうたってみたが、それは甘く悲しくなるばかりであった。

六

末の姉、峰尾は馬に乗る事が上手で、それが武士魂の祖母には自慢でもあったのであろう。若い軍人達が、馬をひいて来ては峰尾を誘いに来た。

八汐と姉達との距離は、これはもう益々《ますます》遠いものになって、姉の部屋へ遊びに来る青年達は、八汐に度々足を拭《ふ》かせて平気でいたのだ。おおかた女中とでも考えていたのであろう。それほど八汐の姿は、遠い汽車の向うから持って来たままのうらぶれた姿であった。

度々母親みよへは手紙と云うものを書いたが、郵便を出すと云う事は八汐にとっては、一ツの大冒険のようなもので恐ろしかった。

小学校へも入れてもらったが、八汐は学校へは行かず、城山へ登っては、かつての想《おも》い出の木、楠の木蔭に凭《もた》れて、流れて行く雲や、小鳥の飛ぶ姿を見て暮した。小鳥達は、枝をすべるようにキッキッとはしゃいで見えた。「どうしてあンなに動くンだろう」雲を見ればみるでまた、「どこへ行くンだろう、お天道《てんとう》様の上には、もうひとつの、こんなところがあるんだろう、きっと餅棚《もちだな》のように土のある世界が上へ上へ並べてあるんだろう。お天道様は懐中電燈じゃないだろうか、——八汐がなまけているのを見てるンだろうか」八汐の胸の中には「何故《なぜ》だろう」「どうしてだろう」こんな気持ちばかりであるのに、大人は誰も教えてくれないで素通りして行ってしまう。大人に話せない不思議な気持ち、母親でさえ、一緒にいたい事を、此の子は「無理を云う」と片づけて叱っている。――八汐は、飢えていても母といられるのにと考えていた。知りもしない肉親の中へ這入って、どうして、母親は自分にばかり辛い思いをさせるのだろうと考えていた。

八汐はまた、色々な人に汽車道はどこかと聞いてみたが、誰も彼も遠いいと云うだけで、一緒に連れて行ってくれるような親切者はなかった。――或日八汐は、道路で二銭玉をひらって、城山へ行く道でうどんを食った。千杯位も食べてみたいものだと思った。八汐は、台所の土間に立って、あわただしい食事ばかりしていたのだ。それでも、上の姉の小峰は、時々菓子なぞを八汐に与えていたが、それも祖母にみつかれば、大変な叱責《しっせき》をこうむるので段々菓子を与える事も少くなった。

八汐の祖母は菜園に、楽しみに豆を植えていた。八汐は時々、ふところにいっぱい此の豆の葉を摘んでは学校へ行った。

此の、豆の葉は、掌《てのひら》でくるくる巻いてふくらますと、プッと河豚《ふぐ》のようにふくれあがって、子供達は争って欲しがった。八汐は得意であったのだろう。誰にも一ッずつ分けてやった。すると、まちの気前のいい子が、護謨毬《ゴムまり》をやるから、八汐の持っている豆の葉をみんな欲しいと云うのだ。八汐は、うれしくて仕方がなかった。で、すぐ毬と豆の葉を交換したのだが、その毬には大きな穴があいていて使えるものではなかった。それでも玩具《がんぐ》を持った事は嬉《うれ》しい事であった。八汐は、その護謨毬に空気を入れて運動場でひい、ふう、みい、よおと、突いて遊んだ。

「先生あのこです」

ふと顔をあげると、八汐の先生がきつい眼をして立っていた。

「豆の葉なンぞを盗んで来て、友達を欺《だま》して毬を取ってはいかん、返しなさい！」

豆の葉をみんな貰《もら》った女の子は、只ニヤニヤ笑っていた。

「馬鹿《ばか》！」

先生は大喝して、八汐の頬を毬で打った。八汐はよろよろして、壁に凭れたが、土の上には鼻血が火の粉のように散った。

「自分が悪いことをしているンじゃ、馬鹿がッ、天井向いとれッ、学校を懶《なま》けては、こんな悪戯《いたずら》をするからじゃ」

子供達が金魚のように寄って来たが、毬を持った女の子はとっくに逃げてしまっていなかった。

此の様な学校へ行かなければ、いい臣民にはなれないのだろうかと思った。八汐を殴った男の先生は、もう、はや、池の向うで女の先生と金魚を眺めて笑っている。——八汐は頭の芯《しん》が打たれるように痛かった。で、綴方《つづりかた》の時間、思わず、「親愛なるお母様」と書き始めた。お母様と云う字を見ると、八汐は老人のように背を曲げて、歪《ゆが》んだ机に伏さってしまった。伏さったまま指の隙《す》き間《ま》から黒い机の肌を見ると、スケベと書いてあった。その字の上にコロコロした涙の粒が三ツ四ツ溢れる。舌を出して嘗《な》めると、母親のように甘い味であった。

七

十四歳の秋、八汐はひとりで母の住むまちへ帰って行った。――母親のみよの眼には、八汐がまぶしい位、辛酸にきたえられている事を感じた。縞目《しまめ》が透きとおる程疲れている小豆色のセルを着ていたが、洗いがゆきとどいて、こざっぱりと見え、身丈が伸びているだけに、急に雨戸を繰って雪景色に驚いたような、そんな空虚さが、娘との間に長い距離となって感じられた。だが、八汐を手元に呼んだ事は、何にしても嬉しい事に違いない。

「元気であったかや」

「はい」

「よう、大きゅうなってのウ……」

八汐の母親は、祖母の事も、二人の姉達の事もことさらには尋ねなかった。尋ねなくとも、八汐の風呂敷包みを開いて見れば、歴然と判《わか》る事であったからだろう。——その風呂敷は、かつて自分が持たしてやった風呂敷であった。包の中には、外に、着て行った時の絣の着物が、綺麗《きれい》にたたんで這入っていた。羽織が一枚、読本、母親の手紙、どれもこれも、八汐がたんねんにつづくって大切にもちいた品物であった。

「まア、むごいのウ……」

八汐の母は、此の包みを見ただけで、頭痛がすると云って横を向いてしまった。自分の昔の姿をみせつけられているようであったに違いない——いまの、八汐の母親は、美しくなって、人妻であった。

その家は、鰻《うなぎ》の寝床のように奥深い構えで、中庭には、大きな甕《かめ》が三ツも並んでいて、背戸には柿《かき》の実が小判型に赤く熟していた。

「ここは九州より大きな所じゃろか？」

「そりゃもう大きな所よ、地続きで、東京も大阪も京都もある」

「四国は遠かとじゃろか？」

「お父さんに会いたかか？」

「会いとうはなかが、どこじゃろかと思うてさ……」

「船に乗って行けば、半日で行ける。おおかた大酒食《くら》いよっとじゃろさ」

「頭も禿《は》げたろ、……三吉叔父さんも、どこにおンなさるとじゃろうかナ」

「さて、此の間のこと、こなたに寄りなさったが、商売も思わしゅうなかごとあった。お前のこと尋ねてあったが……」

八汐の二番目の父は白髪の美しい人で、奥座敷の縁端で、日がな日中《ひなか》、刀を磨いていた。店には、春昇と云う酒を商っていたが、番頭も小僧もいないつつましい家族で、店のきりもりは、八汐の母ひとりがやっていたが、台所のことはすぐに八汐に任せられた。土間の流しの上には、煤《すす》だらけな狐格子《きつねごうし》があって、ガラガラした砂若布《すなわかめ》が、すだれのようにぶらさがっていた。

八汐は、此の静かな生活を、温かく仕合せに思った。誰も彼も思いやりの多い心づかいをかよわせて、夕べの膳《ぜん》の上には、八汐の前にも、時として刺身が並ぶ事がある。

「わたしいいから、お父さんに上げてナ」

と、片よせると、八汐の母親はヒクッに肩をすぼめて、夫へ笑い掛けながら、娘には強《きつ》く唇を曲げて見せた。

静かで、まるで時計のように整然とした夕食の卓子の前に、十四歳の八汐は、初めて少女をとりもどしたかのように、時々面白い話を始めるのであった。――四国へ去った父の記憶よりも、二番目の父は、おおらかで上品なひとであったせいか、八汐は、此の父にもじきになついて愛せられた。

「八汐は此の頃ふとりましたろ？」

「娘らしくなった」

「ほンのこと、御飯がうまいもン」

「沢山沢山たべよ」

「はい」

或《ある》夕べのこと、店の間で母親は八汐に云った。

「八汐！　お前は学校さ行きとうはなかか？」

「行きとうなか、――台所すればよかろうがナ」

「お父さんな、女学校さ上げてやりたか云いよンなさるが……」

「女学校な？」

「そうよ」

「どぎゃンところか、行ってもよかごたる」

「此の子は、ひとンことのように思うとる、我が身の為《ため》ぞナ、学校を出りゃ郵便局い勤めても二十五円や三十円にゃなるてぞ」

八汐は、ひとり胸が波立った。いままで考えた事もないもやもやしたものが虹《にじ》となって、八汐の心の中に燃え上った、その気持ちを、何年かたったあと、まるで鳩《はと》がパタパタと飛びたつようにすがすがしいものであったと、八汐は或男に告げた事である。——だがその鳩の飛びたつ気持ちの中には、たぶんに、あの上品な父の為に、あの教育のない母のためにと云ったお義理な気持ちもあったのに違いない。だいたい、八汐は学校の門と云うものを好かなかった。あの門の中には、笞《むち》を持った男や女の教師が、叱る為にのみつったっているように思えたからだ。……

八

八汐にとって、途中入学の女学生生活は、空想した程楽しいものではなかった。好きな学課も選べなかった。体操も裁縫も共に苦手なのであったが、数学はもう苦痛であった。その苦痛な数学にもまして、幾何は、これは命を縮める程な溜息《ためいき》もので、四角の上に帽子を乗っけたピタゴラスの定理なンぞは、理窟《りくつ》なしに腹が立った。家へ帰って、父へ訊《き》いてもみたが、解いてはくれなかった。

「或日、散歩のついでに、ピタゴラス氏は、河原で此の定理を発見したと云《い》う事であります」

八汐は、余計なことだと思った。ピタゴラス氏の頭上に唾《つば》を吐いてやりたかった。

八汐は、ひどく孤独家で、ケッペキ屋で、そのくせ淋《さび》しンぼうであったが、その孤独の中には、たぶんに学生生活に対する幻滅が、再び季節風のように心に吹いて来ていたのであろう――。

八汐は梅乃と云う友達を得た。これは転々とした小官吏の娘で、ひどく無口な少女である。

野茨《のいばら》の這《は》った石垣に寄り添って、色々な珍しい都会の話をした。

「雪が一丈も積って、道を歩く時は、雪の下のトンネルを行くンですよ。軒が二三尺も出ッぱっていて、まちの人達はまるで達磨《だるま》さんのよう……」

八汐のかつてまだ行った事もないまちを此の少女は知っている。八汐にとっては、一番楽しい豊かな時間であったろう。

「だけど、とても疲弊していて暗いまちなのよ。夜になると人ッこ一人通りゃアしない、本当につまらないまちなのよ。私、その土地へ三年も住んでいたンですけれど、年がら年中冬ごもりのように淋しかったわ。でも、五月頃になると、梅も桃も桜もいっときに花が出るの……そりァ綺麗、見事なのよ。――東京には二年程いたわ、東京では、ここみたいにしみじみ空なンか見ているひまがなかったの、とてもお友達が多くて……」

梅乃は、袴《はかま》の紐《ひも》に銀の十字架を吊《つる》していた。――梅乃の家は、山の上の寺の中にあって、何時《いつ》行っても、水出しした沢庵《たくあん》と油揚げの煮たお茶受けを出してくれた。火鉢には湯が煮えたぎっていて、家族の人達は誰も彼もよく茶をのんでいた。此の梅乃には、絵を描く兄があって、家族の人達は龍三さんと呼んでいた。北国人らしい血色のいい青年で、部屋の中には壁中、点々と錆《さ》びた鋲《びょう》で絵が止めてあった。八汐には中々興味のある面白い部屋であった。


三年生になると、八汐は、梅乃と離れたクラスにうつって、合同体操とか、休みの時間でもなければ顔をあわせなかった。

十六歳の夏の休み、八汐は四国の祖父の訃《ふ》を聞いた。

「八汐、お祖父《じい》さんが死んだと、行って来るか？」

台所の暗がりで、行水をつかっている背中から、八汐の母が白い封筒を出した。

「本当かねエ母さん？」

「そら見てみろ」

まずいかな文字で訃を報じてあった。八汐の頭の中には、八汐のおさない頃、よく唄をうたった淋しげな、父のおもかげがふと浮かんで来た。

「わし、行って見ようか？」

「ここのお父さんに、どう云うて行くゥ、梅乃さんの家にでも泊るとでも云うナ？」

八汐は、父のおもかげをさっさと拭《ふ》き消してしまった。

厭《いや》な思いが胸を走った。

なアんだ、お母さんが本気に行かせたいんじゃないか、そのような、うまい計画なんぞ、此《こ》の母親がとっさに考え出すものかと思うと、八汐は、母から何か不逞《ふてい》なものを感じて、変に、気持ちが何十里も離れて興覚めてしまった。

「ここのお父さんに済むまい、わたし止《や》めておこう」

「フン、行きとうなかとなら、それもよしヨ、只、梅乃さんの家に行く事にすれば、二三日行って来らるッとに……此の子は親子の情愛の薄か子じゃ」

三和土《たたき》をカタカタと音させて店の間へ行った母親の肩の淋しさを思うと、八汐は強《きつ》すぎる自分にいまさら驚きながら、心のなかでは、子供らしくベソをかいていた。——本当は父親へも会いたかった。旅する事も得意に考えられた。梅乃に四国の風景を語る事も愉快だと思ったが、それよりも、ふと、又梅乃の兄に、旅から手紙が送れると云う事を思いつくと、それがもう、此の上もなく抒情的《じょじょうてき》な事に考えられて来るのであった。

九

四国へ船が出るまで、八汐は母と二人で波止場の小さい船宿で氷を飲んでいた。点々とした島の上には、まるで日の丸のように大きな月が上って、夜の船出が八汐にはひどく感傷的だ。

八汐の母親は、雑貨屋に預ってあったバスケットを取りに行った。此の様な隠し事も、みんな夫への気兼ねではあったろうが、何も隠してまでわざわざ、新しいバスケットをさげて行く程の事もないと、八汐は、それが不服で不服で、母親が商い店からバスケットを取って来ても、有難い顔なんぞしてやるものかと、妙に少女らしく力んでいた。

海は凪《な》いでいた。

八汐は船の間中、力んでいたが、朝になって、違った波止場の姿を見ると、もう、あんなに力んでいたこともサラリと忘れて、バスケットを大切にかかえていた。

そこは、波止場と云っても、八汐の住んでいるまちの波止場とはくらべようもない。油滴のように光った桑畑がうねうねと続いて、白い木綿のパラソルが、緑色に染まる程、樹《き》の葉の色が澄んでいる。

八汐の父の家は波止場から半町も離れていて、街道添いに自転車修繕の看板を出していた。まるで、河童《かっぱ》が首をもたげたような草屋根で、家の四囲には浜朝顔や、いよかずらの花が浴衣《ゆかた》の柄のように咲いていた。

軒には忌中の提灯《ちょうちん》がさがっている。

母屋《おもや》では、叔父の三吉が、眼ざとく八汐をみつけて走って来た。

「よう来た、何時の船でや？　知っておればおぬしの迎い位やったに……」

「ポツリポツリ歩いて来たン」

「ほうかや、まア上れや、皆そろオとる」

「お祖父さんナ？」

「もうお寺へ行きなさったよ、そいでも、来た事はええ、皆よろこぶぞ」

台所からは蠅《はえ》のように女達が出て来た。どの顔も知らぬ顔であった。

「ホウ。これが一郎さんの娘かや、……伸々としとる」

「八汐か、よウ来たな」

写真でうろ覚えの、祖母が、八汐の白いパラソルを突いた姿をみると、まるで子供のように涙を流して、袖《そで》を眼にあてた。

「八汐かア、上れよッ」

長い間聞かなかった父の声だ。

母屋では、仏壇の前に八汐の父親が安坐《あんざ》して、三吉と酒を呑《の》んでいる。膳の上には膾《なます》や、刺身なぞが並んでいて、八汐を驚かせた。

その座には、八汐の知らない若い叔父達が三人もいて、何か、ひどく八汐の父親や三吉と口論している風であった。

時々、八汐の父が呶鳴《どな》った。

「兎《と》に角《かく》、こんな襤褸家《ぼろや》でも、炉の灰まで俺のものじゃ、俺にまかせておけッ」

五人の男の兄弟を囲って、何か財産争いなのかも知れなかったが、八汐には興味のないことであった。

台所では、初めて義母に当るひとを見たが、八汐は別に反感もおきなかった。ひどく垢《あか》抜《ぬ》けていて、蠅のような一群の中では、まるで秋の蝶々《ちょうちょう》のように澄んで見えた。

「きつう御座いましたろう？」

「いンえ……」

「お寺へは後で私がお連れしますで、まア、二階で寝なさッたらええ」

八汐は、母をこよなく美しいと思っていたが、此の義母も亦《また》こよなく美しいことに思った。

八汐は見惚《みと》れて、いっとき、人蔘《にんじん》を刻んでいる義母の手つきを眺めていた。

十

四国へ来て二日目。

八汐は、あのように楽しみにしていた龍三への手紙も失念してしまって、毎日散歩と寺参りに日をおくっていたが、八汐にとって、ここでは、まことに不思議な世界が展《ひら》けて行った。

一番末の叔父は六意と呼ばれていて、八汐とは三つ違いであった。都から講義録を取って勉強している程な、真面目《まじめ》な青年で、飲んだくればかりの叔父の中に、此の六意だけは酒も煙草《たばこ》ものまなかった。

だだっぴろい二階の片隅の壁には、馬上姿のナポレオンの写真が掛っていて、その下の小さい書架には、まるで電話帳のような、青い講義録が詰まっていた。——八汐は、此の部屋で、父や叔父達と一緒に寝るのであったが、幾日か泊った或夜更《よふ》け、八汐は息苦しい夢から醒《さ》めて眼を瞠《みは》った。

戸外では、小糠雨《こぬかあめ》が降っている。

八汐は、頬に熱い男の息を感じた。激しい安ポマードの匂《にお》いだ。八汐は血潮が逆流するような思いで、破れるように大きく大きく眼を瞠った。

部屋の中は酒にむれて、酔っぱらいばかりの鼾《いびき》が縞《しま》になって静かに流れている。時鳥《ほととぎす》がけたたましく、窓近く鳴いて走った。

「八汐ちゃん！」

六意の手が、八汐の唇の上を被《おお》うた。

「八汐ちゃん、起きているか……」

八汐は、電気の走るような掌《てのひら》で六意の手を払った。

暫《しばら》く何事もなく通り過ぎた。だが、部屋の中まで、雨の音がぬれそぼっているのに、八汐の心臓は雨よりも激しい音をかきたてている。——八汐は眼を瞠ったまま暗がりを見ていた。その暗がりの中には雪の結晶のような紅色の花火がパッパッと散って、八汐は、自分の肌に不思議な自分自身の体温を感じていた。

その体温は切ないものだった。落ちつかない息苦しさが、十六の少女には苦痛であったのだろう。八汐はやがてクックッと泣き出していた。咽《むせ》び声を立てまいと我慢しても、その声は妙に哀傷をおびて、暗がりの中に砂のようにこぼれていった。

「八汐ちゃん！　泣いているのか？」

「……………」

「泣いているの？　夢を見たねや」

六意は爽《さわ》やかな声で、八汐に呼びかけながら、団扇《うちわ》をバタバタつかっていた。だが、団扇の音がふと止まると、六意は蚊帳《かや》のカンをチリチリ鳴らしながら、八汐の方へ転がって来た。小さい声で云う。

「怒った？」

「………」

「馬鹿《ばか》だナ、何もせンがよ、八汐は兄貴に似て馬鹿だ」

「馬鹿でもええたい！」

「どうして馬鹿がええか？」

「明日の朝早う帰ッちゃるウ」

「何を八汐は怒っとるンじゃ、何もしやせンが……」

「知らん！ お父さんに云うてやる」

「何もせンもの云う事はないけに」

雨ではあったが、夜が仄々《ほのぼの》明け始めた。下の祖母の部屋からは、石を打つように木魚の音が鳴って、コツコツ……起きている二人の耳底にこころよく響いて来た。

遠くで鶏が鳴いた。街道を、早く波止場へ行く人なのか、鼻唄をうたった自転車の人が一瞬に過ぎて行った。

朝。

八汐は、龍三へ宛《あ》ててまるで自殺でもしかねまじき手紙を書いた。芝居じみた感傷ではあったが、書いてしまうと、まことに気持ちが晴々として、八汐は変に浮き浮きと、台所等を手伝った。

仏壇の前では、もう酒の場が開けて、八汐の父は、村の人を相手に、日露戦争の話をしている。

十一

当座は、変な風に浮き浮きしていたが、その調子ッぱずれも、過去へ去ってしまうと、潮が引いて行ったように、妙にザラザラした厭な記憶に苦しめられ、八汐は、益々《ますます》孤独を楽しむようになった。

「八汐、気分でも悪りかとか？」

「ンにゃア……」

「ぐウずぐずして、心配するじゃなッか」

「どぎゃンもせん。心配せンでよかッ」

六意からは、一度、八汐に詫《わ》びた手紙が来た。短い文章で、お前には何もしてはおらん、心配せぬようにとあったが、十六の八汐にとっては、どこまでが心配でない境界なのか見当がつかなかった。

　八汐は十八で、初めて初潮を見た。梅乃と龍三と三人、郊外へ芹《せり》を摘みに行ってのかえり、ひどくむかむかして眩暈《めまい》がたびたびであった。脚には、何か熱いものが糸になって流れている。だが、夕暮れのせいか、梅乃達は勿論《もちろん》、八汐自身にも、それが初潮だとは判《わか》らなかった。家へ帰ると、八汐の母親は、それをすぐ発見して蒲団《ふとん》部屋へ連れて行って衣裳《いしょう》を脱がせた。

「女子《おなご》は、これがなからな嘘《うそ》たい、八汐はひとよッか遅か位どナ」

「恥かしかア……どぎゃンして、こんなものあるとじゃろか、厭のこつ」

　八汐は、梅乃に此《こ》の話をしたが、梅乃は去年からあると云《い》っていた。――八汐は、こういう神秘さが不思議でならなかった。だが、不思議ではあったが、女になったと云う事だけでも、ひどく、八汐を女らしくさしたものであった。

　もう、あと一ヶ月あまりで卒業をひかえている頃、八汐は父に呼びつけられて、一枚の写真を見せられた。セピヤの名刺型に、チマチマした商人風な若い男が写っていた。父親は、別に何とも云うのではなかったが、眼色の中には、これを婿《むこ》に貰《もら》ってやろうと云った風な、一家の主らしい高飛車な態度が見えていた。

　いままでに、かつて見なかった父の態度であるだけに、八汐はひどく不安も感じたが、その不安の片隅には書生流な反抗心も湧《わ》いて、夕食も食べずに部屋に籠《こも》ってしまった。——母は母でまた、急に変った娘の原因をよく知っているだけに、娘らしい羞恥《しゅうち》からとのみ解釈して、年を取った女らしく一人呑み込みをしている。

「コン畜生！　誰があンな盃《さかずき》のような眼をした男と一緒になるものか……」

　部屋の中では、八汐がこんな毒口を吐いていたのであった。

「あンなで、父《てて》さんは悧巧《りこう》なンだろうか、本当に、何も知りもせんくせに勿体ぶって生意気な、わしをまるで猫の子のように思うとンなはる……」

　こんな、いっぱし大人ぶった心の後から、落ちつかない不安が、創口《きずぐち》の血のように滲《にじ》み出して来た。——八汐にとっても、いまのところ、自分に好意を寄せてくれる人と云えば、梅乃と龍三だけであったが、なかでも龍三は、異性であるだけに、何となく心惹《ひ》かされるものを感じ、しかも長い間の交際であるだけに、理想の男性と云えば、対象が何も彼《か》も、此の龍三の癖の方へとかたむいていってしまうのであった。

八汐にとって、これは初恋であったに違いない。そのくせ、手を差しのべられる近くにありながら、八汐は龍三に対しては、何時《いつ》も子供らしくありすぎていたのだ。

十二

八汐が学校を出た三月の或晩《あるばん》、八汐の二度目の父親は、湯殿へ這入《はい》ったまま脳溢血《のういっけつ》でなくなってしまった。動脈硬化も手伝っていたのであろうが、他愛のない程楽な死にかたで、八汐親子は呆然《ぼうぜん》として話も出来なかった。――八汐は、まるで学校へ入れて貰う為《ため》にいたような、ここ四ヶ年あまりの生活を振り返って見て、妙に心済まなさを感じ、濡《ぬ》れた犬のようにしょんぼりとしていた。ひどく心にこたえたのだ。そのせいか、母親よりも、他人の眼には八汐の方がはるかに勝気にも見えたし、娘らしい愁《うれ》いをも感じられたのであった。

手伝いの中には、生前の父が見せたあの写真の主が、如何《いか》にも物馴《ものな》れた恰好《かっこう》で、出這入りの人達に何や彼やと指図していた。その指図振りの中には、やがて俺は此の家の主人だぞと云った風な気配がプンプンと匂っていて、八汐の心のなかには、おだやかならぬ癇《かん》癪《しゃく》が持ちあがった。

「母さん、ありゃ何ナ」

「ここば手伝うて貰う人よ」

「そンならええが、わしゃ、あンな人と一緒にされるンやったら、どっかい行ってやる」

八汐の母親は黙っていたが、思い出したように、強い眼をして八汐を睨《にら》んだ。

まちの山では桜の花が咲いた。

夜になると灯が簪《かんざし》のようにキラキラして綺麗《きれい》であった。——梅乃の家では、東京へ再び転任すると云うので、此の桜の花でヒラヒラしている夜、家族中で荷造りに余念がなかった。

「八汐さんや、そのうち東京へ出てお出《い》でよ、わし達も居《お》るし、それはもう此のまちのようにせせこましゅうはないでナ、隣りは何をする人ぞで、全く呑気《のんき》なところですからなア、都は都だけの事はありますよ……」

梅乃の父親は、まるで百姓のように、腰に鋸《のこぎり》や金槌《かなづち》を挟んで、時々背伸びしながらこんな事を云った。

梅乃は梅乃で、台所でも片づけているのであろう、珍しく大きな声で旅愁の歌をうたっている。

龍三は部屋へ引っこんだきり、絵を巻いたり、書架をくずしたりして、整理に追われている風であった。龍三は今度の東京行きが不意であっただけに、絵の勉強が出来るのが、あまり早く来すぎて、はしゃぎきっていた。八汐も、龍三の部屋の整理を手伝いながら、ひどく部屋の主の気持ちが、もう此のまちから、八汐の上から、遠くに飛びのいている事を感じて、それをはかなく考えていた。

窓の外の椹《さわら》の垣根越しに、桜に集っているまちの人達の灯が、線香花火のように美しく滲んで見えた。

「八汐さん、窓へお出でよ」

「何かあるン？」

「何もないさ、山がこッから見ると綺麗だからさア」

「見とうないわッ」

八汐の強い声に、龍三は黙って窓の障子をピシャリと閉めてしまった。お互に黙っていた。だが、八汐にとって此の場合の沈黙は、やりばもない程、辛《つら》く切《せつ》なかった。八汐は涙がいっぱい溢《あふ》れそうになったので障子の外に出た。

「八汐さん！」

逞《たくま》しい龍三の腕が伸びた。

障子の外の暗がりの広い廊下には、色々な型の荷物が山のように積み重ねてあった。その一ッの大きな荷物に八汐は体を押されて、火のような龍三の唇を瞼《まぶた》にうけた。八汐は、まるで子供に土足で這入られたような、周章《あわ》てた思いで、なす術《すべ》もなく呆然としていた。

「兄さアん火事よウ！」

梯子段《はしごだん》をトントン上って来る梅乃の声だ。龍三は力いっぱい八汐の手を握った。消極的ではあったが、龍三よりはすぐ平静になって八汐はすれッからしの女のように、白ばくれて唄をうたい始めた。

十三

梅乃達の汽車がホームを出はずれてしまってからも、八汐は構内の鈴蘭燈《すずらんとう》に凭《もた》れて、いっとき眺めていた。土の上に飛び散った糊《のり》のように、動く事もとどまる事も厭《いや》であった。八汐が、いまだに憶《おも》い出すのは、此の梅乃達の汽車の姿である。眼の中に流れ込んで来た二本の太い線路、線路の向うの若葉の山々、八汐は此の青春を、長い間文箱《ふばこ》のように大切にしていた。

都へ去った龍三からは、四五度も音信があったであろうか。蛙《かえる》の啼《な》き声が激しくなって、背戸の柿《かき》の梢《こずえ》に時々蟻《あり》の大軍が這いあがって来た。

或日、八汐の母は、八汐がまだ眠っている枕元《まくらもと》に坐《すわ》って、大きな泣き声をあげた。

「八汐や、どぎゃンしたものじゃろか！　八汐や、起きてくれんか、お母さんは人に追っかかッとるように恐ろしかが……」

「何したと？」

「お父さんのおンなはる時からじゃあッたが、大きな借銭が出来とッてのう。今日明日にゃ、差し押えが来ッとし」

八汐は別に吃驚《びっくり》もしなかった。――こうした蛆《うじ》のように平和な生活が耐えられなかった。無理に我慢していると体に亀裂《きれつ》が出来そうに苦しかった。

「押えられたらよかろう……」

「此のひとわるメが！」

長い間軒に配されていた春昇の酒の看板がはずされた。店の間の樽《たる》の中には、おおかた火のはしった酒ばかりで、酢よりも始末の悪い代物《しろもの》が残っている。

八汐の母親は死んだ夫の籍へ這入っていなかったので、責を負う必要もなかったが、それでも衣類なんぞは、みんな押えられてしまう事になった。

八汐は、めっきり歳《とし》を取って条理の薄くなった母親を連れて、死んだ父の故郷に近い小村に居をうつした。

笹藪《ささやぶ》の多い村で、家の近くには、臨済派の禅宗寺があった。庭には百羅漢が苔《こけ》を着て並んでいる。春や秋になると、方々から修学旅行の子供達が雀《すずめ》のように集って来た。

葺《ふ》きたての草屋根ではあったが、寝ていると、どこからともなく風が這入って来た。丁度枕元をすり足で人が通るような森閑とした家構えで、朝々、八汐の母親は早く起きて芋《いも》粥《がゆ》を炊《た》いた。

もうそろそろ八汐が働かねばならぬ。子供のように何もかも八汐に凭れきっている母の姿を見ると、八汐はかえって、大人になったような嬉《うれ》しさを感じるのであった。

その頃、八汐には小学校の先生になる口が一ツあった。これとてもオルガンが弾けなければいけず、裁縫が出来ないと都合が悪かった。

「お前、先生は良かろう、百姓家から葱《ねぎ》や卵が貰えるもの……」

八汐の母親は乞食《こじき》のように哀れになっていたが、……いまさら九州の古里へ帰れる身の上でもなし、頼りとするものは只《ただ》娘の八汐一人なのであった。

「先生もよかが母さん、わしを東京さやってくれンな」

「何ば云いよっッと！　俺やらん」

「ぜっぴとは云わンが、わし東京さ行って働いてみたか」

「ほンにひとわるウ、母《かか》さんを苦しめるつもりか、俺一人になって、どぎゃンすッとかッ、よう考えてみい。お前が行ってしもうたりゃ、わしゃ、父さんのお墓参りもおぼつかないぞ、さッち行くと云うのか」

「さッち行きとうはなかが、わしは先生なンぞよう出来ン。先生云うてもむつかしかとよ……東京さ行けば、働きながら勉強出来るもン、まだ、少しばかり残ッとるじゃけん、母さんな一人で我慢しよンなはい、すぐ呼んで上げる」

「切なやのウ、われが言い出した事、止まる事はない、行ってしまえ」

十四

十九歳の初冬、霧の濃い朝、八汐は飄然《ひょうぜん》と東京の街を歩いていた。

耳鳴りのするような静かな田舎にいて昆布のようにつるつるした都会の歩道を歩くと、八汐はしみじみと自分の力なさ、侘《わび》しさを感じた。何と云う街か判らなかったが、街路樹の右側には、白い異人屋敷が船のように肩を寄せて、虫籠《むしかご》のような窓々には、薄く登り始めた薔薇《ばら》色の太陽が、ほのかに影を投じていた。

紅色の肩掛けをした女が眼につく。
その肩掛けの先には、コロコロとした飾り玉がくっついていて、女の人達は誰も彼も牛のような角ピンをさしていた。
八汐の眼には、ひどく粋《いき》に見え、流行の都へ来た感じを強くした。——体がぐらぐらする程、色々な電車に乗った。梅乃の家へ、まず落ちつく考えでいる八汐には、此の体の疲れも、張りつめているので、そう身に応《こた》えなかったが、遠い昔、鹿児島へ行った時のような、シュンとした悲しさが胸いっぱい流れて来るのは、何としても仕方がない。

もう、此の辺は多分郊外なのでもあろう、菊の花が垣根から溢れている静かな邸町《やしきまち》を通った。幾ツも同じような四辻《よつつじ》を曲って、やっと梅乃の住む家を八汐はみいだす事が出来た。

あの海添いのまちにいる頃よりも、ずっと構えのみすぼらしい家に住んでいて、軒燈は壊れて球がなかった。玄関の障子はビラビラして砂が座敷の奥までザラザラしている感じであった。

八汐は、色々に変って行く知人の生活の姿を佗しく思いながら、梅乃に声を掛けたが、あのように親しかった梅乃は、出て来るなり八汐に眉《まゆ》を顰《しか》めて見せた。

東京へ来てから、その海添いのまちの家よりも大きいお邸に住んでいる風な手紙を書いた手前、梅乃は羞恥《しゅうち》を感じたのでもあろうが、不意に出て来た八汐の太々《ふてぶて》しさが憎らしかった。

「困る」とは云わなかったが、その態度は如何《いか》にも「困るわ」と云ったそぶりであった。梅乃の親達も何時でも出ていらっしゃいと云った、あの素朴な顔色ではなく、都会の片隅の生活に歪《ゆが》められた、これはまた、ひどくそっけない様子を示した。

だが、八汐は、たった一人頼る人を求めて部屋中にきき耳をたてていた。三間ばかりの、背のつつきあう小舎《こや》のような家であったが、梅乃の両親の外は、人の気配も感じられなかった。

梅乃はふとそれに気づいたのであろうが、八汐の田舎者らしい図々《ずうずう》しさに反感を持ったのであろう、茶をつぐ手を止めずに、はっきりと云った。

「兄さんは結婚しちゃったのよ。別居しているの、近いとこだから御知らせしときますわ」

邪慳《じゃけん》な言葉であった。全くとりつくしまがなかった。——菓子には菜漬けが出た。茶はぬるくして出された。

家の人達は、丁寧な言葉で、八汐の来たまちの風景を尋ねた。昼になっても、誰も食卓の用意をしようとするものはなかった。まして、「泊っていらっしゃい」なぞとは、ここでは飛んでもない寓話《ぐうわ》であったろう。八汐は、兎《と》に角《かく》、戸外に出たいと思った。いっときも坐《すわ》っている気がしなかった。

「では、失礼いたします。お大事に……龍三さんによろしくおっしゃって下さいまし、いずれ、又、そのうち……」

「そのうちに……」と云っている言葉がやっとであった。手をついてお辞儀をしている自分自身が哀れになって来た。折も折、また、不用意に母の姿を思い浮かべて、八汐はハラハラと涙をこぼした。

「まア今いらしたばかり……いいではありませんか」と云ってくれる人もなかった。玄関に出て土産物の風呂敷《ふろしき》包みを開いていると、手の甲の上に玉になって涙が溢れた。玄関の横の茶の間には、何か内職でもやっていたのだろう、下駄の畳表が、山のように積み重ねてある。

八汐は、畳の上に青い蜜柑《みかん》や、干し魚なぞを並べて下駄をはいた。下駄はまだ温かく、ぬいだままの姿でいた。

十五

笹藪の村に住む母へは、もう三度ほど八汐は手紙を書いた。地味な手紙であった。派手な事を書いてやる気力がなかったのだ。

あれから、八汐は五六里も当もなくほッつき歩いて、上野の池《いけ》の端《はた》の小さなアパートに貸間をみつけていた。部屋の中に坐ってみれば、自分の姿がいまさらヤッカイ者に見え、あのような気ずつない家に、一夜の泊りを乞《こ》わなかったことを、八汐はそれこそ、幸だと思った。――アパートのであろう、小さい瀬戸火鉢が一ッあった。朝日の吸い口がペンキの杭《くい》のように突きさしてあって、どれもこれも薄く紅がついている。

田舎から出たばかりの八汐にとって、それが、どのような人に吸われたものであるか、見当もつかないのだ。それよりも粒々した灰を見ていると、その灰の影から、今にも風に鳴りそうな藪の寺の屋根が見えそうになったり、縁側で、馬の肉の計り売りを買っているであろう、母の姿などが、髣髴《ほうふつ》として来るのであった。

悲しかった。

外聞もない、恥もない、八汐は、「お母さん、堪忍《かんにん》してや」と声をあげた。

八汐は蒲団《ふとん》を持たなかった。――こうして幾度か人生の峠の苦難を嘗《な》めて来た八汐には、この日の事を思い出すたび、出かかっているゼイタクな言葉もつい、引っこんでしまって、「ああつらや」と誤魔化してしまえた。

　その夜は、帯を敷いて、それを敷蒲団とした。羽織を脱いで肩にかけた。深々と底冷えしたが、八汐は、都の屋根の下で、不思議に長閑《のどか》に子供のように眠る事が出来た。

　朝になると、此《こ》のアパート中の焦点は、八汐の壁隣りの台所に集るらしく、子供が泣いた。それも、食べる事ばかり云《い》って泣いているのだ。金盥《かなだらい》が飛んだ、水道の栓が抜けて、水沫が廊下の障子まで濡《ぬ》らしている。

「一寸《ちょっと》！　御免よ、あンたばかりのガスこんろじゃないンだろう、こっちアお勤め人だい、三文絵描きと違うんだから、えッへッ首が飛ばア」

　障子の隙《す》き間《ま》から覗《のぞ》いて見ると、フライパンの中で飯をたいていたらしい長髪の男が、お神さん連中の尻《しり》の後でうろうろして、空いたこんろを探していた。

　台所には、葱の腐ったのがずるずる光っていた。断髪で子供を背にした女が、鼻唄《はなうた》をうたっている。

　　アアア明日も雨かよウ
　　窓見てなげけどオ……

誰もそッぽむいて傘さして逃げるウ

何の唄か判《わか》らなかった。おおかた出鱈目《でたらめ》の唄であろうが、八汐にとっては心痛い唄の一節であった。

七日目に古里から蒲団が着くと、八汐は子供のように、ほどいたままの蒲団にくるまって寝てみた。

故郷の匂《にお》いがした。

果《はて》は、八汐は裸になって、ぬくぬくとその蒲団に埋れて見るのであった。

表蒲団の模様には、大きい菊の花が散っている。

「ああ今日も生きている」そのような日が続く。

八汐は、来る日も来る日も新聞の職業欄をあさった。

初めは、まず女事務員と云う字が眼を射るのであったが、その次は店員、女中、そのような順で、女給と云う職業は、八汐にはよく判らなかった。

職業紹介所にも出掛けたが、まるで日向《ひなた》ぼっこに行くようなもので、只雑然と女達の声を聞いて帰って来るようであった。

八汐の財布には、二十五円あまりしかない。アパートの生活は、やたらに、どん底へ追いまくられるようで、八汐には苦しすぎた。

上野の公園には、平和博覧会が出来た。アパートの窓から見ると、白い鳩《はと》が、赤い糸を足にひらひらつけては、何百羽となく煙のように空へ放された。

東京へ来て一ヶ月あまり、八汐は、職業を探す事にくたびれ切って、ツクネンと部屋に端坐《たんざ》して暮すようになったが、

「どうにかなろうたい」

よれよれな気持ちで、今ではもう前のように新鮮な心で、田舎も思い出さなくなってしまっていた。何もかもが遠いところへ去ってしまって、ここには、痩《や》せた狼《おおかみ》のような自分をみいだすきりである。

龍三に対する恋情も泡雪のようなものであったにしても、梅乃へ対する友情だけは信じていたが、それも学校へ行っている時だけのはかないもので、八汐はつくづく女友達の友情を薄いものに判り始めた。

赤羽モンマルトル

司 修

司　修（つかさ　おさむ）

一九三六（昭和十一）年群馬県前橋市生まれ。中学校卒業後、映画看板師の助手として働きながら、独学で絵を描きはじめる。上京後は絵本や装画・装幀にも携わり、作家としても活躍。『金子光晴全集』の装幀で講談社出版文化賞ブックデザイン賞、『風船乗りの夢』で小学館絵画賞など絵画・絵本分野の受賞多数。また、小説では『バー螺旋のホステス笑子の周辺』が芥川賞候補となり、『犬（影について、その一）』で川端康成文学賞を受賞した。

底本

『赤羽モンマルトル』河出書房新社　一九八六年

一

赤羽駅のプラットホームに立つと、軍の被服廠《ひふくしょう》だったレンガの建物が、夕方、陽の陰となってエキゾチックな景色に見え、僕たちはその丘のことを赤羽モンマルトルといっていた。ついでのことなので、町からだいぶ離れて流れる荒川をセーヌの代用にして土手を歩き、スーチンを語り、モディリアニやピカソ、それにゴッホ、ゴーギャンなどエコール・ド・パリの画家たちの生きざまを語った。彼等の絵に惹かれるというより、恵まれぬ境遇に自分たちの姿を重ね、慰めていたのであろう。だから彼等の絵の影響は少しも受けてはいない。僕はメキシコのタマヨや、マッタのアフリカ的な幻想で頭の中を一杯にしていたし、友人たちは四人とも抽象画を描いていた。池袋にはアトリエ村があり、誰いうとなく池袋モンパルナスといっていたのでそのあたりから平凡な丘を指して赤羽モンマルトルというようになったのかもしれない。これも誰がいいだしたのか分からない。どちらも戦後をどこかに引きずっている景色だった。特別のといってもいい友人が貨客船でフランスへ向かうのが羨ましく、外国といえば巴里《パリ》と思っていたが、もっと近いアジアの面白い国がいろいろあって、フランスへの費用の十分の一で行けたのだろうに、と反省するが遅い。

二

久しぶりに赤羽に来てみると、新幹線が通過する高架線のすぐ下に、赤羽線のホームができて、上越線と同じ地上にあったホームが一挙に三階へ上がってしまい、二階だった京浜東北線のホームを見下ろすようになっていた。何度か夜中に酔って来て、画友の折口さんの家で飲んで帰ったが、闇と酒のせいで町が変わったことなど分からなかった。そういうのを抜かせば二十年ぶりであった。赤羽モンマルトルを見ようとしたがコンクリートの遮蔽物があって見られず、駅ビルらしい建物が建築中だった。その右手にガラス張りの隙間があったので覗いてみると、丘の上には団地の建物が建ち並んでいた。大野屋とか赤羽荘というホテルの看板も見える。そんなのが昔からあったのかどうか覚えがない。僕が赤羽を出る時は、丘の右に都内で初めてという高層の団地が出来たばかりだった。建築中の団地を見ながら、僕はよく大野五郎さんのお宅へ遊びに行き、画家の生活を覗き、そのエッセンスを自分のものにしようとしていた。駅を過ぎて丘に掛かると道はまだ泥道で、都会の感じがまったくなく、田舎道を行くような親しみがあった。

赤羽モンマルトルは、コンクリートの建物のおかげで姿がすっかり変わっていて、丘という感じもなかった。赤羽モンマルトルといった時代には、京浜東北線のホームで見たことを思い出し、そこへ行ってみるが、丘はなお見えなくなっていた。新幹線の線路はビルにして六、七階の高さであろうか。さっき駅ビルだと思った建築中の建物は、その上に頭を出していて、垂れ幕に、公団の分譲住宅であることが書いてあった。

昔、僕の住んでいた稲付は、南口の階段を降りて王子の方へ三、四分歩いたところだった。通りに立ってみると記憶にない建物ばかりになっていた。たった一つへび屋入口とあるビルの所に、昔アルコオル漬けの白蛇やまむしがウインドウに飾ってあったのを思い出す。薬屋が右手にあったと思うのだが、左手にしかないので、記憶違いのようなのだが、絵にしたくて通った特徴ある薬剤師の少女がいたので、思い違いとはとても思えない。が確かに左側にしか薬屋はなかった。新天地のネオンの路地に、クラブ調サロン、ソープランドの看板が並んでいる。そこを通り抜けると足利銀行の裏に突き当る。驚いたことにその通りもキャバレーやマッサージサロンがずらっと並び、まだ午後の三時だというのに客引きの若い男がパンパーンと手をはたきながら、エッイラッシャアイとやっている。僕が見ている間に、二人の中年男が呼び込まれて入っていった。三十三軒のスナックが入ったビルがあったり、派手なキャバレーの入口の隣りに、私設の保育園があったりする。生後一カ月から預かるとある看板の上を見ると、キャバレーの三階にその保育園はある。子持ちのホステスが、子供を預けて仕事にでるために出来た保育園のようである。高級ベビーホテルとうたってあり、かなりの人数を預かるようである。僕がいた頃はキャバレー一つなかった。小さなバーと一杯飲み屋、焼き鳥屋などしかなかった。団地ができ、人口が増えたのでこうなったのだろう。

僕は、昔住んでいた所へ行ってみたくなり、行こうと思ったが、道もすっかり変わってしまい、方角は分かっても、何時も歩いて通った感覚と合わなかった。あやめ食堂という小さな看板のある家は記憶にあった。寂れて、人が住んでいるのかも分からない仕舞屋《しもたや》で、軒下につゆ草や紫しそ、ほおずきなどが繁っていた。中華食堂はあったのかなかったのか記憶にない。とにかくこの辺りだと思える所に歯科医院があった。入口に移動先が紙切れに書いてあり、人気はない。虫歯を抜いてもらった記憶がある。臆病な僕は、先生と親しくなるまで口を開けることができなく、痛いのを我慢して何日か通い、抜いてもらった後、先生に新宿へ飲みに連れて行ってもらったりした。先生が料金をとってくれないので、自分でもいいのか悪いのか分からぬ絵をとってもらった覚えがある。平べったい顔のイタリア女優に似た看護婦がいて、僕はまぶしく見ていた覚えがある。マリナ・ブラディという名であったと思う。一重に近い二重の眼と、薄い唇は、どの女優よりもセクシーだった。歯科医院の横を入ってすぐの所に、ベアーというバーと、大八寿司という寿司屋があったはずだが跡形もなく、寿司屋の親父さんの顔や、客であったセミストリッパーの片恋の女の顔、バーの女の顔などがちらついて、女性を求める気持と、行動とが一致しない中途半端な悩ましい日々を送った思いやらが込み上げた。間借りした家は寿司屋の真裏にあったので行ってみると、道を間違えたとしか思えず、何の手掛かりもない道なのに驚いた。僕はしばらく行ったり来たりしていたが、プラスチック工場の建物のある場所がそうであったと思うしか考えようがなく、二十年という年月がいかに忘却させるかを痛感させられたのだった。そこから、毎日のように通った銭湯への道を辿ると、玉の湯という銭湯はあった。道の幅や建物が変わっただけで、工場のあるところが僕の住んでいた所だったのだ。酒屋に入ってトマトジュースを飲み、おかみさんに寿司屋の所在を聞くと「そういえばありましたねぇ」と言い、何時頃どこへ行ったのかも知らない様子だった。

「この近くに間借りしていたエカキがいたのを知りませんか」

いまでも一年に一度は会うことのある主体美術の仲間上野実さんのことを聞いた。

「そう、居ましたねぇ。こうやって歩く人」

おかみさんは上野さんの歩き方を巧みに真似た。

「家《うち》のすぐ前ですよ。お婆さんと娘さんがいてね、あのお婆さんも八十越えていたですよね。ここを引越しされてから二た月もしないで亡くなられたと聞きましたが。あなた上野さん知ってるの？　あの人、日展入選したんですってね。私たちには分からない絵でしたが、あれでもいい絵なんですねぇ」

おかみさんは三十年前にここへ来たと言い、「その頃は稲付田圃とこの辺はいって本当に田圃だったけれど、今は赤羽南、何で町名変更なんかするんですかねぇ」と、いかにも悔しそうに言った。おかみさんは切れめなく話し続けていた。

僕の居た部屋は、仕舞屋を改造して四世帯住めるようにしたうちの、応接間だった。四畳半一間で玄関を入ってすぐの右手に、他の三つの部屋とは離れてあった。天井が高く、出窓が三方にある洒落た部屋だった。長い炊事場が便所と並んであり、水道が四軒分あった。四世帯住んではいるが、見た眼には一軒家で、外から帰ると家族が待っている家のように感じられた。しかし、独身の僕を除く三部屋の女房たちは、一番古く口うるさい女と水道や洗濯の干場のことなどでしょっちゅう口喧嘩をしていた。

僕は一人で生活するのは初めてだった。何もない部屋に寝転び、裸電球に照らされた天井を飽きもせず眺め、絵画とは一体何だろう。何をどう描くことによって絵になるのだろう。エカキはどうやってなれるのだろう。憧れに似た単純な疑問を繰返しつつ、朝日を受けて、電球が異常に大きくなった夢で眼覚めていた。夕方になると、友人の家に押しかけて行き、そこに酒がなければ、そのまた友人の家に行くのだが、金のないのは同じなのにある所にはあるもので、巴里館の横尾の所には間違いなく酒があった。一番貧乏臭い奴の所にオタカラがあるのは不思議でならなかったが、何となく集まっちまうんだからしようがないよ、と横尾はよく笑いながら言っていた。その、なんとなくが、僕には何時まで待ってもやってこなかった。

巴里館には「うんの先生」というあだ名の、僕のアルバイトの雇用主田村秀峰さんもいた。彼は、風呂屋の背景描きだった。一リットル入りのペンキ缶を六、七個とよれよれの筆十二、三本が彼の商売道具だった。僕は風呂屋の古い絵を落として、白ペンキで下塗りをする。時には帆掛け舟のいくつかを描かされることもあった。

「うんの先生」は、僕が東京に出て初めて知り合った人である。

稲付に部屋を見つけてから毎日のように仕事を探しに出ては徒労に終わり、その日は上野で独立展を見て、芸大の前を通って根津の坂をふらふらと歩いていた。どこを歩いても、僕の眼にはめずらしく、外国を旅しているように感じていた。特に下町の雰囲気は田舎者の僕にも親しみが湧き、店が並ぶ通りを買物客に混じって歩くと、都会にでた不安や緊張が解けて気持が安らぐのだった。言問通りから不忍通りに出て、商店の並ぶ路地を見つけては歩いていると、魚屋の隣りのアパートらしき建物の窓に貼り紙があって、「誰にでも出来る芸術的仕事、子細面談、厚遇、当家」とあった。僕は玄関を入らずに、貼り紙のある硝子戸を叩いた。

「うんの先生」の部屋は信じられないほど汚かった。ぼくも絵を描きだすと、坐るところもなくなる散らかしようだが、「うんの先生」の部屋はさらに年季の入った汚さだった。

「丁度弟子がいなくなってしまいましてね、うん。ま、逃げられてしまったといった方が正直ですかね、うん。君、絵は分かりますか？　うんうん」

「うんの先生」は顎鬚を撫でながら、顔を小刻みに振って、僕がまだなにも答えない内に、うんうんと一人うなずき、

「いいんですわ、別に何も知らなくても。うん」と一人合点して、又すぐに、

「うん、君は描いていますね。わたしにはすぐ分かりますよ、うん、うん」と言った。

「銭湯、知ってますね。湯船の上に絵がありますね、あの大きなカンパスに絵を描くのがわたしたちの仕事です。君の仕事はカンパスの下塗りをすることです、うん。油（絵具）と違ってペンキは易しい、うん。初めだけわたしが教えますから、うん、うん」

　週に三日という条件は僕の望む所だった。「うんの先生」の見せてくれた背景の下絵は、ほとんど銭湯でよく見る湖の景色で、平凡な物だった。粗末なアルバムに、描きあげた絵

をバックに「うんの先生」が一人湯に入っている写真が、何十枚となく貼ってあった。

「うんの先生」の顔は四角く、眉が濃く下がっていた。眼は羊のように優しかった。四十五、六だろうか。占い師のような顎鬚を五センチほど伸ばし、まるで和凧のようなのだ。

「うんの先生」の人のよさそうな顔つきに僕は仕事をやらせて貰うことにした。逃げた弟子と同じ待遇で弟子にしてくれると「うんの先生」は言ったが、逃げるにはそれなりの理由があってのことだろうと思うと、「うんの先生」の早合点やゲイジュツの理解度から怪しいと思ったが、自分の時間が取れる仕事などそうざらにないのでご厄介になることにしたのだった。

「うんの先生」は、履歴書代わりの事柄を口頭で聞いていて、僕の住んでいるアパートの方が家賃が安いと知ると、一週間後には根津のアパートを引き払って、赤羽の僕の部屋へやってきたのだった。部屋が見つかるまでいいだろう、と、狭い四畳半の僕の部屋に居候を決め、その素早さに僕は驚く間もなかった。弟子が逃げたといったが、追い出したのではあるまいかと思った。都会は馬の眼も抜かれると聞いていたが、旨い話に乗ってとんでもないことになったと思った。しかしその時はすでに遅く、「うんの先生」は自分の家の如く、壁面の一つを使ってペンキ絵の新しい構図を描きまくり始めたのだった。雇用主であり先生であるから彼は遠慮などしない。まるで僕の方が居候のようになったのだった。

「うんの先生」は黒いベレー帽を部屋の中に居ても被り、歯型のぎしぎしついたマドロスパイプを、くわえているか手にしていた。それがいかにもガカというスタイルなのでたまったものではない。僕の大嫌いなスタイルだった。占い師がよくつけているような顎鬚も出来たら取ってもらいたい鬚だった。しかし「うんの先生」の話すことすること全てが、無邪気なので文句も言えない。遂に僕は、二週間目にはたまらなくなって家探しを始めたのだった。絵を描くどころではなくなって、逃げる弟子の二代目になったのだった。

「君は画家志望だといったが、僕に遠慮せずにどんどん描いていいよ、うん。僕も昔は沢山絵を描いたものですが、生活に負けましたね、うん。自分自身に負けたといった方がいいでしょうかね。人間一度負けるとなかなか元に戻れない、うん、特に自分に負けた時はね。他人との勝負は別ですがね。負けるが勝ちっていう手もあるからね、うんうん」

「うんの先生」は香りのいい煙草をパッパッと音たてて巻き散らし、スイスのレマン湖だという絵葉書を見ながら、水彩絵具を鉛筆画の上に塗っていた。

「僕はもう、何の役にも立たない絵しか描けなくなってしまってね、うん」

「そんなことないですよ。風呂の絵だって誰かが見て気持が安らいでいるということだってありますから」と僕はお世辞を言った。

「まあ、そのくらいの役には立つでしょうね、うん。僕はこれも芸術だと思っておりますよ。民衆芸術の華だとね、うん。僕の描いた絵を誰が見ても見たとは思わない、何も感じない、しかしゆったりした気分で毎日その絵に包まれていると、知らず知らず僕の絵の中毒にかかっていてそこへ来ることがいい気分になるんですね、うん。ところがその絵を誰も欲しくなることはない。風呂屋にあれば満足なんだ。どうだい、いいだろう、うん。新聞に絵のニュースが掲載される時は、何百万円の絵が盗まれたの、何千万円でゴッホの絵が落札されたのと、金額のことばかりでしょ。絵は、中身について書かれたことはない、うん。せいぜい、贋の絵師が登場するくらいの記事ですね人間的なニュースは」

　先生は笑いながら言っているがどれも本気のようなのである。

「君、どこかへ出品しているの？　これからだったら、自由美術がいいですね、うん。あそこの人達は挫けなかった。絵を見ても分かりますが、負けなかった。僕には出来ないですが、若いこれからの人はああいう会から育ってほしいですね、うん」

　先生は急に真面目な顔をすると、「本当はこんなことしていてはだめなんだ！」と大声を上げて、せっかく出来上がったレマン湖の水彩画を破って丸めて足で踏みつけた。僕は驚いて先生の顔を見ると、先生はすぐにいつもの笑顔に戻って、

「ハハハ、役に立つ絵は危険ですよ」と言って破ったレマン湖の絵を繋ぎ合せ始めた。僕は「うんの先生」の気が落着いたのを見て、部屋を見つけてきた話をし、「うんの先生」

の邪魔になるといけないから出ていくと言った。「うんの先生」は僕の見つけてきた巴里館という変わったアパートの名が気に入って、「君に迷惑かける訳にいかない。僕が出ていくから」と、僕の所よりまだ安い家賃の巴里館へ移る事を勝手に決めたのだった。その自然な態度は、相手を黙らせておくに十分な力があった。

三

巴里館に居た横尾の奥さんが亡くなった知らせを受けたまま一年も過ぎていた。僕は赤羽に来てそれを思い出した。これから行ってみよう。彼女は横尾の奥さんというより、絵を描く仲間の一人だった。せっかくだから、巴里館を見て近況を伝えてやろうと思った。

王子からの道は、カトリック赤羽教会のある大通りに繋がっていた。尖塔のあるゴシック式の建物は、そこだけが外国のような印象で僕の眼に残っていた。宗教的環境で生活を持たなかった僕には、美しい建物と、そこに出入りするみなりのいい人たちを見て、寄せつけない場所と思えていた。それは今でもあって中を覗いたらいけないような厳かな雰囲気が感じられた。教会は入口の正面にあったと思っていたが、左に逸れてあり、新しい建物が右に増築されたようだった。「あわれみぶかい人は幸い／その人はあわれみを受けるマタイ5・7」黒板に書かれた文字を小さな男の子が読んでいた。あわれみという意味にもいろいろあろうが、僕の子供の頃、私生児である僕に、近所に住む「父」という人の友人が哀れみの言葉をよくかけてくれていたが、子供ながらにあれほどいやなものはなかった。哀れむ心を失ったのは、僕の場合、哀れみを受けたことからだった。

　教会の前に大きなパチンコ屋があるが、その隣り辺りに映画館があったはずなのに今は西友ストアに変わっていた。駅前からの通りにも映画館があった。それも西友になっている。あのころ、町で大きくて派手な建物といえば映画館だったが、大きいのはストアに変わり、派手なのはピンクサロンに変わった。それにしてもストアの大きなのがいくつも建っている。

　巴里館への道を行くと、次第に昔のままの感じになって、トラックが激しく行き来する国道を渡ると、二十年前と少しも変わらぬ町並になった。国道に面して戦後はやばやと出来たと思える市場の建物が、風化を待つかのように閉鎖されて立っていた。わずかに文化市場という文字が見える。その横の道を入り、左へ左へと曲がりながら行くと、荒川の少し手前に巴里館はあるはずだった。しかし、想像したとおり、巴里館は取り壊されて、スペインスタイルの二階建て住宅がコの字型に建ち並んでいた。当時の面影もなにもない。大きな建物の塊と思っていた巴里館は、意外に狭い所にあったという思いだけを持った。住宅はどうせ建て売りだろうから、住んでいる人に聞いても巴里館がどうなったのかいきさつは分かるはずもない。諦めて僕は荒川を見て横尾の所へ行こうと思った。この辺りには珍しい洋館が、工場の物置きか何かになってあった。荒川への曲がり角から、買物帰りの老婆が出てきたので、僕は巴里館のことを尋ねてみた。老婆は初めいぶかっていたが、

「モモさんは五年前に亡くなりましたが」とつぶやくように言った。

「それでは権之助さんという旦那さんというかおじさんがいましたでしょう。あの方はどちらへ行かれたか知りませんか」

老婆は首を後ろに倒すようにして考えていたが、

「たしかね、死になさいましたよ。モモさんのことを先生とよばっていました旦那さんでしょう。モモさんが亡くなる少し前に、アパートに居た若い夫婦者を養子に取られましてね。あの旦那さんも、一年でしたか二年でしたか後に病気に罹って寝込んでいられたっていうことですがねぇ。私の家は弁天さまの奥の方の家ですがね、夜になると旦那さんが嘆いておいでしたよ。その声がよく聞こえてね、ご近所でも気持悪がっていましたよ。もうね、悔しい悔しいって泣く声がよくしてました。せっかくモモさんの財産を自分の物にできると思ったら、知らない養子に持っていかれるってね、土地の権利書を握って泣いていなすったようですよ。モモさんの言うことをハイハイといってよく仕事をなすっていた方でしたが、気の毒にねぇ。何でもあの方が亡くなるとすぐに若い養子の方たちは売り払

って川口の方かどっかへ行ったそうですが」

「そうですか、それは何時頃のことですか」

「さあねぇ、もう、随分前のことですよ」

老婆は自分が若いものに邪険にされているかのように怖い表情を作って話してくれた。

「それじゃあ、沢山あったアパートもなにも皆壊されて……」

「そう、この辺はおかしなところですよ。その先にお店屋さんが店終いしていたでしょう。入口を板で塞いで。そちらから来れば見たでしょう。あの二階にはお婆さんが閉じこめられているんですよ。鬼みたいな息子夫婦がしているんですよ。泣く声が今でも聞こえます。おなかすかせているんですね、可哀相に」

老婆は僕を放しそうになかった。上品な洋服を着た温和な感じの老婆だが、他人の話をすることで自分の身の上話をしているようにも思えるのだった。

ご無沙汰している横尾に土産話をと思って見に来たのに、これでは来ない方がよかったかと思った。老婆はもっと話を聞いてほしい感じだった。引き留めておいて悪いと思ったが、もう一度巴里館を見て帰りますのでと断って別れ、回り道をして荒川土手に出た。岩淵水門の上で川風を浴びた。

四

部屋の隅の一ヵ所にどういうわけか塵が集まる。除けても除けてもそこが好きで集まるのは不思議である。うっすらと畳全体に綿埃が付いているのを見ることはあっても、あちこちにそれが寄り集まっているのは見たことがない。何時も同じ一と所に吹き寄せられている。理由を考えるに、小さな窓からの風と、僕が歩く時に出す風ぐらいしかない。窓からの風は、たとえ同じ北風であっても、吹きようによっては右からも左からも部屋を回るだろうから、綿埃が決まった場所に溜ることは不自然である。とすると僕が歩いて出す風しかない。そう思って部屋をよく見ると、一度も足を乗せた事のない箇所があるように思える。そういう所は文庫本一冊置いたこともない。しょっちゅう来る友達も壁に背をもたせて坐り、朝方まで酒を飲んで帰るのに、そこだけは避けている。塵があるせいだろうか、偶然だろうか。何ヵ月も寝起きして、布団をしいたり畳んだりする時に出る綿埃も舞い上がっては落ちると、いつもの所へ落着くようなのである。結局何年居ても同じような所しか僕は歩かないのかもしれない。もしもそこに穴が開いていても、僕は落ちることはないだろう。鼠色の綿埃は、子供の頃、ポケットに何時の間にか溜っていた堅いのを思い出す。足や手に傷を作ると、そいつを出して傷口に詰めて治したものだった。子供心に、知らない内に溜っている不思議に、利目があると信じていたのだ。

汚らしい綿埃は、誰も気づかぬ寂しく暗いところにそっと積もるのだ。巴里館は、吹き寄せられた人々を受け止め、安住の地にしてくれた場所のように思う。吹き溜りの雪のように脹《ふく》れ上がり、その溶ける姿は泥を被っていて汚らしく、春にはすっかり溶けてなくなるのに又冬が来ればそこは一番に雪が積もる。人もまたどこからか来てどこへか消えていく。僕はそうしたエネルギッシュな巴里館の存在を、あの頃も今も不思議に思っている。何かは知らぬが、僕の生きることへの大事なものがそこで植えつけられ、育ってきたようにも思う。赤羽モンマルトルと僕の記憶にある、懐しくも甘い響きの源として。

巴里館に永く居た横尾の奥さんが亡くなった知らせを赤羽在住の折口さんから受けたとき、僕が留守をしていたので一と月遅れだったこともあって葬儀にも出られず、焼香にも行かずに過ぎてしまっていた。彼女が亡くなる半年前だった。石神井《しゃくじい》の横尾の家の近くの版画工房へ行ったのでふらっと訪ねたことがあった。畑の中に建った家に引越してすぐの頃一度行っただけだったので、すっかり住宅街に変わった彼の家がなかなか見つからなかった。駄菓子屋や小鳥屋があったりして、十年前にそこが畑だったかけらも見えない。酒の好きな彼のことだからと思って酒屋で尋ねても分からず、諦めて帰ろうとして、自転車に乗った奥さんにばったり出会ったのだった。彼女は、昔と少しも変わらず、三人も子供を生んだようには見えなかった。彼女は、横尾より六つ年上の姉さん女房で、初めて会ったときはずいぶん年取った奥さんだと思ったが、それは彼女の顔の作りで、別に老けてそうなったのではなかった。何度も会っているうちに、彼女が美しく見えてきて、何で初印象が悪かったのか不思議に思ったことがあった。「あらしばらくね、うちの人居ないけど寄ってお茶でも飲んで行って、夕方には戻ると思うから」彼女は、昨日別れて再び会ったかのような印象を与えた。僕は、彼が居ないならまたくると、しばらく立話をして別れた。

五

横尾の家かどうか確かではなかったが、わずかに覚えのある家の玄関の前で僕はさっきから「こんにちは」と言い続けていた。開け放しの戸の奥に、人の気配のようなのを感じてさらに大声を上げたが、彼の家であるという自信はなかった。そのうち、「えっ、何っ」と言う声がした。聞き覚えのある横尾の声だった。昼寝でもしていたのか寝惚けているようだった。横尾はステテコ一枚で、障子の陰からよろけて出てきた。僕を見ると、「あっ、何だ」と言って引込み、障子の後ろで「珍しいね、どうしたの」と言った。横尾は、シャツとズボンをつけて出てくると、魂消た顔をして僕を見ていた。僕は一瞬、奥さんの死亡したことが信じられなくなり、ご焼香に来たと言えなかった。

「折口さんに聞いたんだけど、あれ、本当なの？」

「何を？」と横尾はとぼけるように言った。僕は間違ったのだと思ったが一応、

「奥さんのことだけど」と言った。

「ああそうか」と、横尾はがっかりしたように言った。今頃とでも言いたそうだった。

「気の毒だったね」

「もう一年ちょっとたったよ」

「すまない。知らせを受けたときはもう一と月も過ぎていたもんだから、ついでのときと思っていて遅くなってしまって」

彼は黙ったまま立っていた。一声、猫の鳴き声がして痩せた真黒な仔猫が出てきた。シャムのような顔つきできつかった。躰に似合わず大声でうわぁーんうわぁーんと何度も鳴き、僕を見ていた。

「これ、酒だけど。奥さん、だいぶ飲む方だったから花よりいいと思って」

「まあ上がれよ」

彼はようやく僕のきた意味を理解したようだった。座敷に上がるとすぐに仏壇が眼についた。

「お焼香させてもらうかな」

黒い立派な仏壇に向かって正座すると、右の膝にニッカの瓶が当った。蠟燭に火を点け、線香を三本その火に入れた。仏壇の中の奥さんの顔は、この間会ったときのままだった。僕は写真を見て、彼の方を向かずに話した。

「急だったね」

「ああ」

「クモマクシタなんとかっていうんだって」

「クモマッカ出血なんだ。ほら、最近テレビでやってたろう、天知茂とかっていう役者、あれと同じだよ」

「本当に突然だったね」

「突然もいいところだよ。だってね、朝ね、起きてきたんだよ。ここんとこへテレビがあるでしょう。そこへばたって倒れたわけだよ。そっ、倒れる一カ月くらい前かな、頭が痛いなんてこと言ってたのよ。それで医者にかかって薬も飲んでいたんだよ。クモマッカってのは恐ろしいよ。すぐ治っちゃうやつもいるんだそうだが、ミオは神経の下のとこが破れてしまったらしく、だめだったんだ。手術しても、手で触れた神経はみんなだめになってしまうんだとさ」

「クモマッカってどこにあるの」

「なんかね、脳を包む膜の血管があって、ふたまたになるところが脹らむらしいんだ。Yの字みたいにさ、細くなっていくとこがあるでしょ。その叉が破れてだめになるらしいんだね。二週間入院してたんだけど、その間何でもないんだ。家のこと心配したり笑ったりしてさ。これから手術というんで医者が会議を開いている最中に一度塞がった血管が再び切れちゃって、そうなるともうだめらしいんだ」

「頭が痛いとかいってたのが前兆なんだね」

「そうなんだな結局。丁度二十日間だったね、入院して。人間なんてあっけないよ。死ぬと何もなくなっちまうんだからな。魂も何もあったもんじゃない。俺は信じないからね、仏もきりすとも。俺は今までも信じてなかったけどね、この一年、女房がいなくなってつくづく思ったよ。人間は他のものと違って、なくなったら代わりになるものはないんだって。生きてる時は、俺にとって空気みたいな存在だったけど、空気だって立派にあるんだ。無いっていうのはないことなんだ。まったくないんだ」

　黒い仔猫が僕の膝にすり寄ってきて、かん高い声で鳴きだして止まない。躰は寄せているのに猫の眼は外に向かっている。痩せ細った黒い躰を震わせて声を限りに吠えている。外に誰かがいるかのように吠えている。彼は魂が抜かれてしまったかのように、喋り終わると呆然としていた。どこを見るというでもない。彼と僕との間に霧のように霞むミオさんがいてそれを見ているようである。

「この間、峰さんと吉田さんがなぐさめにきてくれたよ」

　峰と吉田は、赤羽にいた頃の同年のエカキ仲間だが、僕は彼らとも遠のいてしまっていた。

「彼らにも十年以上会ってないな。元気なの」

「あの人たちは昔っから変わりないよ。峰さんが一時躰を壊したっけが、あの人は天ぷらばかり喰っていたからな」

「三日間くらい眠り続ける特技を持っていたね峰さんは」

「あの人もおかしい人だよ。薄いせんべい布団しきっぱなしでさ、絵描いている所が自分の尻の分だけ黒光りしてるんだ。部屋は俺んちより暗くてな。ようやく顔を出せるほどの窓だったな」

「よく飲んだね峰さんも。横尾さんとこ入り浸りだったじゃない」

「金はないのに酒だけは集まってくるんだ。明日の飯代もないっていうのにな」

「どこから集まったの酒は」

「それが、どこからってことはないんだよ。巴里館にはいろんな人がいたじゃない、うんの先生もそうだったけどさ、妾がずいぶんいたしね、革新派の代議士だった人の妾もいたりしてさ。そういう所からもくるんだ。夜なんか凄かったよあそこは、仕切はベニヤ板一枚だし、天井も、天井裏なしの床板一枚じゃない、夜になると旦那が集まってきてさ、あっちこっちで始まるんだから。叫び声がうおんうおん聞こえちゃってさ、しょうがないからこっちも始めるんだ」

　横尾は、僕が仏壇に向かっていると、後ろで饒舌になった。

「巴里館の婆さんも凄かったからね、だからおかしいのばっかり集まっちゃうんだ。全国から集まっていたからね。日本人の見本市みたいだったからな」

「そうだったね、僕は群馬出身の人と三人も会ったよ、うんの先生んとこで。三十五、六のお妾さんがいたね、色気のある」

「藤子さんていうんだ」

「そう、藤子さんだ。耳の遠い人。北甘楽《きたかんら》郡の素封家の娘だといっていたね」

　藤子さんの「男殺し」の話は、うんの先生の部屋で「告白ごっこ」をしたときに聞いた。横尾が言うように、巴里館には妾で生活する人が何人もいた。旦那がこなければみんな暇だから、うんの先生の部屋へきてはエロ話に興じていた。

　藤子さんの「告白ごっこ」を聞いた晩は、嵐で二階三階の何軒かの屋根が飛んでしまい、まりえちゃんがうんの先生の部屋へそれらの人を連れてきていたから、いつも集まっている顔ぶれに加えて、まったく初めての人が三人もいた。

「今になってみれば大したことはないのに、娘の頃は死ぬか生きるかと思いつめていたんさね。二十二のときだからね男に犯されたのは。裁縫学校から帰ると、家の近くはもう暗くなってね、朝方にはもう霜柱が立ってたからね。バスを降りてから、男がつけてくるのは知ってたんさね。家が厳しいから男は知らなかったけど、色気盛りだからね、怖いと思うんと興味とどっちもあったんさね」

藤子さんは、林に連れ込まれて殺すと脅され、男の言うがままになったそうだ。「痛てえのなんの」と藤子さんは男のセックスのやり方を面白可笑しく話して笑わせた。たった一度で犯された男の子を身籠った藤子さんは、母親に感づかれて、上野の病院で内密に堕胎したというが、父親はそのことが原因かどうか、藤子さんが家に帰ったときはすでに倒れて入院していたのだという。半身不随になったまま亡くなられたらしいが、見る間に家も傾いて、家も山も他人《ひと》の手に渡って、借家住まいになってしまった。藤子さんは、すべて自分に責任があると思い、死んでしまいたかったが、犯した男の顔を思い出す度に、死んでなるものかと思ったという。普通なら忘れようとするのに、藤子さんは男への復讐を思うことで生きてこられたのだと言った。

「遠縁の人の世話で北甘楽郡の農家に嫁いだんさね。家が潰れてよそへ移ったからといったって、近くの人の所へいくのは気が引けたからね。

婿さんは今にも折れそうに痩せ細った人だったね、胃腸病だと舅はいってたけど、肺病だったですね。あの頃、若い男が兵隊にも行かないでぶらぶらしていられるなんて、そんなクズしかいなかったんさね。あたしはそんな男いやだったけど、逃げ込むところと思っていたからね、知らない村であればよかったんさ。どうせ傷ものだからね。姑が一番いやだった。人前では親切なんだけど、意地悪でね、自分の息子の嫁なのに、舅との仲をヤキモチ焼くんだから。そうかと思うと、息子の病気を治すためにおめえのベッチョを息子に嘗めさせてやってくれなんていうんだから。舅も同じ病気だったけどオレのを嘗めて治ったなんてぬかしやがって。

野良仕事なんてしたこともなかったけど、結局やらされたんね。婿は毎日遊んでばかりいて、夜のお勤めもしないんだ。その代わり、野良へ出ると舅がちょっかいだしてきて。あたしは、しょっちゅう手をだしてくる舅の顔が、てごめにされた男に似てきて苦しくなってね。姑は村の衆の誰かに、野良でのそのことを聞いたらしくて嫉妬に狂うし、めちゃくちゃだったがね。聞いていられないような露骨なことを叫んでね、おマンコなんていうのいい方よ」

藤子さんは舅にとうとう奪われ、何度も要求されるようになり殺意を持ったと言った。息子が死んでからは、舅は姑にも分かる態度を取るようになって、藤子さんが怪我をするほどに姑の嫉妬は暴力的になったそうである。耳が聞こえなくなったのもその頃からだと藤子さんは耳の穴に人差し指をぐいぐいと突込んだ。

「あたしはだから、姑が聞いて狂うのを願って、舅に抱かれているときに嬉しがる声を出してやったんよ。耳が遠くなっていたから、あたしは姑のわめく声は聞こえないしね。あの最中に何度も姑は狂ってやってきて、終いには鎌を持って振り回す始末でね、あたしはだから舅に甘えて見せてやるのよ。それで爺さんも一巻の終わりさ。あたしを強姦した男は、婆さんの手斧でめった打ちにされて死んじまったよ。

その日は気持悪いぐらい婆さんはあたしたちに知らぬ素振りで、野良から帰ってきて、一緒に手足を洗っていると、風呂が沸いていると声をかけて通り過ぎて、縁台に腰かけて空を眺めたり、庭の草むしりしたりして、ほんとよ。夜も食べずに先に寝て、いつもの嫉妬がないんでかえって薄気味悪かったんさ。爺さんは夫婦気どりであたしの部屋へ堂々ときてあたしを求めて、さっさと眠っちゃったん。あたしは爺さんにされるたんびに強姦を受けた痛みを覚えていたんさね。真夜中にはっとして眼覚めると、婆さんが何か叫びながら手斧を振り回しているんさ。蛇だ蛇だ、大蛇を叩き殺したぞって言ってるんだね。その時だけは耳がよく聞こえたがね。よくあたしまで殺さなかったと思って、血見て震えながら起き上がったけど腰が抜けてて動けなかったですよ。婆さんは斧を持って蛇殺した蛇殺したっていい続けて部屋の中踊り回っていたがね」

　藤子さんは、今の旦那もそのうち殺《や》ってやるんだと得意な顔をした。

「うんの先生」は、今までの告白ごっこで一番面白いとはしゃいで言った。初めて顔を見る三階の山中という初老の男が、どぶろくを持ってきて、印刷屋の旦那を持つ菊江さんがトリスを差し入れていたので、みんなほどよく酔っていた。嵐は弱まることなく雨を吹きつけていたが、「うんの先生」の部屋は北側だから、風当りも少なかった。それでも、どこを伝ってくるものか、ベニヤの壁に二、三本すじを作って雨水が流れていた。屋根の飛んだ部屋から漏れてくるのだろう。嵐が強まっても誰も心配する者はいなかった。むしろ「告白ごっこ」の雰囲気を盛り上げた。次に、僕の隣りに居た豊子さんが名乗りを上げた。彼女も藤子さんと同い年か少し上かという年格好だった。国は青森だと言った。

「わたしのは、藤ちゃんみたいにカッコよくないよ。問題が起きたのがやはり二十二歳のときだから、藤ちゃんの強姦された年と同じだけれどね。はずかしながらわたし、小学校で助教していたのよ。まだ戦争中だったから、国民学校っていってましたけどね。二十年の二月になって、わたしのつきあってた人が出征してしまったのよ。同じ学校の教員で三つ上だったわ。一年半ほど前からなのよ、その人とは。同じ学校内で恋愛なんて許されるものではなかったから、隠れて会っていたわけよ。政男さんていう人。そんなこと分かれば彼の方が困ったでしょうね。こういうことって、だめだと言われたりするとよけい燃えちまうのよ。皆、覚えあるでしょ。政男さんが出征する朝、よっぽど話してしまおうとしたんだけどできなかったのね、妊娠しているなんて。ホームの陰で泣いていたぁだからね。わたし、背はらみでね、おなかが出なかったのよ。彼、七ヵ月の終りだというのに分からなかったわ。出征の前の晩だから、他のことが気になっていたからかしら。わたし、母にも気づかれなかった。藤ちゃんなんか三ヵ月ですって。彼が兵隊になる一と月前に、親元を離れて教員養成講習会に行っていたのね。だから、気がつかれなかったのね。彼がいなくなってからは、生まれる子供をどうしようと考えてばかりいたわ。そうなると恐ろしいことをいくらでもやれそうな気持になるものなのね。まずどうやって殺そうか、どこに隠そうかって、後で思うとぞっとすることを平気で頭に浮かべて、地面まで掘ってみたりしたわ。講習会が終らないうちに生まれてくれればどうにかなったのに、家へ帰ってから少し痛みだしたの。横尾さんの奥さんみたいなのよ。あの人、五ヵ月になって、トイレに何か落ちたみたいなんて流産したんでしょう。悪阻《つわり》もなければ腹も出なかったわよね。わたしも、トイレで生み落とすまで、両親ともに気づかなかったわ。ただ、初産だから苦しかった。けれど驚くほど冷静に渋紙に包んで、用意しておいた穴に埋めてしまったわ。早くそうしないと、後一秒でも眺めていると可愛くなってしまうと、わたしは鬼になって土をかけたのよ。子供って殺そうと思ってもなかなか死なないものなのね。わたし学校や同僚への体面ばかり考えて、自分のことしか頭になかったのよ。土に埋めてしまってから、子供の首をはさんだ股の感触がいつまでも残っていて、何度掘り起こしに行こうと思ったか分からない。眠って眼覚めると、たいがい、股に子供の首があるのよ、あるのよ。わたし自身ではそれは消し切れなかったわ。あるといえば今だってあるのよあの子の首が。わたしはもう終わったと思っていたのだけれど、近所では大変なことが起っていたのね。赤児の腕や足をくわえた野良犬が町を走っていたの。わたしのところへ警察がきたのは早かったわ。どうやってつきとめたのか分からなかったけれど。わたし留置所に長く置かれていたわよ。わたしを生んでくれた両親も、わたしとそっくりで、体面を考えて何も手を打ってくれなかった。彼が居ればどうにかなると、わたしは蜘蛛の糸のような一縷《いちる》の望みをかけてひたすら彼が帰ってくることを祈ったけれど、帰ってこなかった。生きて帰ったか死んで帰ったか分からず終い。わたしは学校やめていたしね、執行猶予で出て、家からも出てしまったので、どうなったかも分からんのね、戦争が終わって世の中ずいぶん変わったからね、いろいろ」

「薄情な男ね、男の家へ連絡できなかったの」

藤子さんがのり出して言った。

「きっと戦死よ。そうしておいてよ。戦争がわたしみたいな人間のためになることってその位しかないわ。おい、それより、今度は男で行こう。そのおっさん」

豊子は山中という男を指した。

「あたしはちょっと。それに話がヘタで」

「それじゃあ帰れ、人の話を無料で聞くな、そうでしょう」

「まあまあ、ぼくが先にやるから、かんべんしてくださいよ、うん。ぼくも男だから」

「うんの先生」は、替わりを買って出たが、豊子さんはきかなかった。

「ごっこなんだから、交わらない人は抜けてもらわないと。そうだろう井上くん。君はやるね、ここまできてやらないなんて男じゃないわよ。あんた軍隊で何してたの。年からいったって偉い人でしょう。いっぱい人間を殺したんでしょう」

「豊ちゃん、そんなに興奮しないで、うん、ぼくが二人前やりますから」

「うるさい！」

こんどは藤子さんが立ち上がって「うんの先生」の鬚を引っぱった。

「俺は詐欺や窃盗ばかりやってきたからよ、みんなみてえに話になんかなんねえんだ」

山中という初老の男は、どぶろくを一人で注いでちびりとやり、口の中で噛んで転がすような小声で喋りだした。

「面白れえっていえばね、昭和の十七年頃、静岡刑務所を出所したときかねえ。ありゃあ四月二十八日だったですな。三年半ぶりに娑婆の空気吸って町を歩いて見ると、軍人が威張りくさっておったですな。まるで刑務所の看守さんみてえでした。せっかく出てきたのに、軍人の間に挟まれると、また入っちまったような具合で、それで、こいつあ俺の本性ていうんですかね、本能ていうんですかねえ、偉そうな軍人の後をつけてって、入ったですよ。門構えの家で、道場の玄関のように広くて、びっくりしましたがねえ。俺はね、その威張りくさった軍人の制服制帽帯剣なんかだけいただいてきたがね。静岡はやばいから、朝一番で東京へ行って、上野駅で列車を待っていたがね、それまでの俺の変わりようったらなかったよ。今までが嘘のようだったがね。一尺くれえ背が高くなったようだった。俺が中尉の軍服を着ただけで、女なんか拝むように俺を見るんだね。兵隊とすれ違えば、あんた、挙手の礼を受けるし、払うように顔を回すと、男でもすすと避けてなあ。これあたまらない、魔術を使っているようだと思ったがよ。務所と娑婆でも天と地の違いがあるっていうんに、これじゃあおめえまさに天国と地獄だと思ったですな俺は」

「ちゃんとできるじゃないか。話でもあんたは詐欺をするつもりだったわね」

豊子さんは、どぶろくを注いでやりながら山中さんに膝をぶつけた。

「本性ていうんですかねえ。自分でもやろうと思ってねえんで。後で自分でも感心するですよ。上野から、那須の板室《いたむろ》温泉へ行ったですがねえ、昔、俺の女がそこで働いて、金を送ってくれてたですからねえ。その女に立派な姿を見せてやろうと思ったですよ。米屋旅館といったかなあ。入口を入って、女がいるかどうか聞こうと思ったですが、出てきた旅館の亭主やおかみさんたちが、板の間にぺたっとしゃがんで平身低頭というやつさ。俺は、野戦帰りの負傷陸軍中尉だが、宇都宮の陸軍病院から連絡が入っておらんだろうか。と、つい口に出てしまったですな。威張った口調は刑務所で覚えていたからすぐに中尉殿になれたですな。宿の亭主は、連絡なんかなくったって、はいはいと俺を一番いい部屋に通したもんです。そうなると、俺はだめなんですなあ。本性なんですなあ。傷痍軍人慰問の資金獲得が陸軍病院長からの命令でのう。この非常時にのんびり出来る人たちから、何分の寄附金をいただいて、まあ、演芸大会を開こうというのだ。ひとつ協力願えんものだろうか。と言うとですな、亭主は俺が言った通りの回覧板を作ってきて、投宿客の皆さんに回しますと言うんだね。俺が湯から上がってくると、すごいお膳が出ていて、酒もついているんですな。すでに集まったという二百円ほどの小銭を亭主が持って現われて、あと二百円ほど集まるでしょうって言うんですな。翌朝、四百五十円を持って、関係先に届けてまいるが、わしの宿泊料は今がいいか、後がいいかと、これは払いたくないといっているような口ぶりを見せるのですな。軍服の偉いのには本当にびっくりしましたですな。中身は詐欺師でも泥棒でも人殺しでも何でもいいんだからね。俺はその服を着ているだけで本当に自分が偉くなったように思えてきてですな、喋り方も動作も本物でしたな、もう。何といっても、相手が俺を心底信用してくれるんだから偉いもんですな。俺の生涯でこんないい仕事はなかった。俺は前科七犯の本物の詐欺師ですが、本物の軍人ももっとあくどいことをしていたと聞いて同情したことがありましたな。湯宿温泉で宿泊客の後家さんで市根はつという四十四、五のおばさんと仲良くなりましてね。騙して金品をいただこうと近づいたのでしたがのう、俺がこれから言おうとする手口で騙された話を聞いて何もできずにお別れしたですが。軍服はそれからどんどん偉くなって、俺は三十二ヵ所の温泉宿を稼いで回りましたですな。女の人も軍服が好きで、ずいぶんと俺に近づいてきましたですよ。今はそういう偉い服がなくなりましたな。おかげで大工見習の仕事をしてますが」

「機長服があるんじゃないですか、うん」

山中さんの話が終わると、うんの先生はもう話したくてたまらないというように、のりだした君江さんを、手で押すゼスチャーをして首をまげ、「うんうん」とやった。

「うん、僕の告白も、大したことがないので、うん、色気のない話きり知らないんだ、うん。そういう話なら山ほどあって、どれから話していいか分からない、うん。だから、一度も言わなかった告白ごっこをしよう、うん。ぼくも戦争中は山中さんと同じように騙す仕事をしていました。しかし頭が悪いからそれに気づいたのはずうっと後になってからだった。信じられんだろうがこれでも僕は中堅どころの花形までのし上がった絵かきだった、うん。井上くん本当だよ。君が一番信じられないだろうと思うけど、うん」

僕は「うんの先生」にそう言われて静かにうなずいた。「うんの先生」のペンキ絵を見ていて、一緒に仕事をしているのだと、仲間に言うのがはずかしいと思っていた。いくら風呂の背景といっても、あまりにもドベタすぎた。僕は生活費と時間が同時に得られると思っているのでついて行けたが、絵画的には信用していなかった。

「僕がヨーロッパから帰ると、日本はずいぶんと変わっていた。山中さんが刑務所から娑婆へ出て驚いたように、僕も驚きました、うん。僕が帰国したのは、昭和十五年、ヨーロッパはナチの台頭で大騒ぎをしているころで、パリはいつ破られるかと日本人の間に噂がとんでいてね、うん。僕が帰国して驚いたといったのは、日本が生き生きとしていたからなんだ」

「うんの先生」の渡欧談には皆驚いた。誰も信じられないと思っていたに違いない。ほうと思ったのは新入りの三人だけだったろう。しかし「うんの先生」は得意の狸顔で話し続けた。

「特に画壇は変わろうとしていた、うん。陸軍省が大陸戦線へ絵かきを派遣したりね、うん。僕の乗った船に藤田嗣治だとか、結構絵かきがいたな、うん。ま、パリが危ないっていうんで逃げ帰ったわけだ、うん。日本は戦争一色に塗り替えられて勇ましかった。僕は渡欧画家ということでマライ戦線に派遣された、うん。非常に名誉なことでした。マライは、ヨーロッパや日本と違って南洋だから、めずらしい食べものやジャングルにとりまかれた水田の美しさ。どこを見ても絵になると思った、うん。朝日に輝く南洋の景色の美しさは凄い。呆然として内から激しい感動が湧いて鎮めようもなかった、うん。案内役は、激戦をくぐり抜けた中尉がしてくれるので、僕たちのトラックは戦勝地帯をのんびりと行った、うん。大きな砲弾穴が池のように水をたたえていた。ゴム林に入るといつまでもゴム林、そしてまた湿地帯に出ると砲弾穴、戦車や自動車が乗り捨てられて草の中にあったり、へし折られた大きな並木がごろごろしていた。日本軍の爆撃跡なのですね、うん。アルロスターという空港近くで、辛いインドカレーを食べたのは忘れられないよ、うん。インド人、マライ人、中国人、区別できるのはその位だが、その辺の住民でね、彼らの店や家の壁という壁は銃弾の穴だらけでね、装飾かと思うほどだった、うん。ジャングルの中の前戦司令部はのんびりしたもので、裸の兵隊がバリカンで頭をかりあっていてね、けど、近くまで敵の砲弾はひっきりなしに落ちて爆裂している、うん。いやあ、戦争というのは勇ましい、凄いものだと思ったね、うん。嘘じゃないからね、鉄砲の玉がビュービュー飛んでくるので、いつ死ぬか分からないと思うのですが、周りに落着いた兵隊たちがいるから不安にならない。むしろ血が燃えてくる。戦車にも乗ったね、うん。穴ぼこだらけの奮戦地帯を行くと、敵味方双方の死体がごろごろしている。血染めの日の丸や千人針の布が地面に靴で押し込まれていたりする。そういうの、悲惨、というように見えない。勇ましいと見えるのですね、うん。それが美しく思える。美しくね。戦争というものに美は存在しないと誰かがいっていたけど、戦争こそぼくたちの想像もつかない新しい美が生まれることを知ったですよ。僕は興奮とその美を描こうと心に刻んだ、うん。それから、ジャングル行進に参加したんだ。向こうの樹というのは水田に生えているようなものなんだ。足は膝まで漬かって歩くにも歩けなくなるし、昼でも薄暗く天上を大樹が葉で塞いでいる。僕はすぐ落伍したけど、皇軍はどんどん進んでいった。ジャングルというのは想像を絶する所だった。小説とはだいぶ違っていたなあ。

　大東亜戦争美術展は華やかに開かれた。すごかったですよ、うん。あらゆる団体展に酷評を書く評論家もこぞって喝采を贈り、文展などよりも評価を得たね。僕の絵は美術雑誌にも図版が載り、つっこみ方が足りないが、極めて印象的と誉められました、うん。藤田さんが当時言ってましたが、四十余年の絵の修業が、ようやく何の為にやっていたのか明白になった気がしたと。記録画、と戦争画のことを言ってたけど、記録画の御用をつとめることのできた光栄をつくづくありがたいと思っていると。また絵を描くことがお国のためになるということは何と果報なことだろうとね、僕も大賛成でした。花鳥山水だけが絵ではない、ドラクロアやベラスケスの戦争画を日本に生まなければならないと、日本の古い体質、日本画画壇を暗に否定していて痛快だった。僕は、その後の陸軍美術展でさらに高い評価を得た。ぼくは有頂天だった。幾多の日本画家を負かして、僕は記録画にはげんだんだ、うん」

「うんの先生」は興奮していた。女たちは豊子さんを残して横になって眠っていた。僕は、「うんの先生」の話していることが本当だとすれば、（その頃は、取材先の細かな表現を聞いて嘘ではないようだなと思い始めていたが）なぜ風呂屋の背景のペンキ絵がヘタなのか疑問に思えて仕方がなかった。話しが終わったらそれを聞こうと意識にとめていた。それにしても、「うんの先生」の興奮ぶりは異常だった。いや、出会ってから初めて「うんの先生」の生き生きした姿を見た。戦争画については、僕はあまり考えたことはなかった。むしろ、海外から新しい絵画の動きが伝わってくるとすぐに注目し、常に新しいもの新しいものに眼がいって、過去の戦争画（もっともその存在すら知らなかった。子供の頃、グラフ雑誌やなにかでよく見ていたものだが、それは戦争画という言葉に繋がらず、実際の戦闘がそこに展開されていて興奮させられていた）など眼中になかった。絵を描くことは考えることではない。描くことだ、描くことだと思い、海外からの新しいニュースのみ取り入れ、酒に浸っていた。僕だけでなく、僕の周りも、僕の周りを囲むその周りも、つまり全体的な一つの流れに身を置いていた。そう思うと、「うんの先生」が戦争画を描いていた時代と同じかなとも思えるのだった。

「なんといっても花形は藤田嗣治だった、うん。誰が見ても勝負がつくほどずば抜けて写実力があり表現力があった、うん。作者の感情も入っているし、色彩も美しかった。ヨーロッパの古典を徹底的に勉強した結果だろうと思う。それまでの日本油絵は、眼先の印象派の模写でしかなかったのに、藤田は西洋の古典を最大洩らさず取り入れた。そう、うんうん。これには適わない。原色版のそういう絵から技法をつかんだ人のは平べったいしね、うん。あとは、猪熊弦一郎、小磯良平、田村孝之助、中村研一、寺内萬治郎、伊原宇三郎、清水登之、中山巍、宮本三郎、鶴田吾郎、向井潤吉、栗原信、日本画では、川端龍子、吉岡堅二、福田豊四郎など錚々たるメンバーでしたね、うん。それらの人たちは、戦争の大事な作戦、戦闘場面を記録した、うん。僕は、十九年に入って大きな作戦記録画を依嘱されたんだ、うん。レイテ沖海戦の記録だった。海軍神風特攻隊の米艦攻撃がそれだったので、僕は取材派遣されて海上に出るはずだったのだが、どういうわけか写真資料だけで描かざるを得なくなったね、うん。それでも僕は全力をあげて制作にとりかかってね、畳五枚分の大きさに描いていったんだ。おい寝ちゃだめだよ、せっかく話しているんだから、おい、起きろ、うん」

うんの先生は、僕と豊子さんまでも横になってしまったので、いびきまでかいて眠っている新参者や藤子さんたちを一人一人ゆすって起し始めた。

「うんの先生の話は真面目すぎてあくびがでるのよぉ」

藤子さんはあくびをしながら起き上がって言い、また倒れてしまった。新参者の三人だけは、すまないと思ったのか起きて、ベニヤの壁に寄りかかった。嵐はますます激しくなったようで、「うんの先生」の部屋の壁にもすじが何本も出来て、畳に浸み込んでいた。トタンがパタパタ音をたてているのが、「うんの先生」の話に拍車をかけるようで、僕は一人面白く聞いていた。

「いやあ、これからが大変なんだ。ぼくが全力投球した絵が完成、という寸前に空襲にあって焼けてしまったんだ、うん。ああ、うん。日本が戦争に負けて、すっかり社会が変わってね、僕は灰の上でただ口を開けて空を見ていた。新生日本には、僕が血肉を分けてやってきたものは何の役にも立たなくなっちまった。夢であったにしてはショックが大きすぎたんだ、うん。一夜にして僕は戦争犯罪人呼ばわりされなければならなかった。それもアメリカ人にではなく、同じ日本人にね、しかし考えてみれば、一つの名誉欲に翻弄されて芸術の道を逸れてはいなかったかと思うんだね、僕はね、うん。あらゆる場所で意味のすり替えがなされていた、そのことに気がつかなかったことはやはり芸術家であることから外れていたと思えるんだね、うん。芸術の本当の意味とはそうした発見から始まると思うんだね。僕はまだキナ臭い灰の上で呆然としている間、そんな風に思ったが、生きるために米を、衣類を、住まいをと走り回りだしてからすっかりそんなことは忘れて売り絵を描きだしたんだ。花や鳩は平和の象徴として、また焼け跡のくすんだ焦げ茶色一色の生活に求められたんだ。何をするったって、力はなし、商いの才はなし、絵を描くことしかできないから、そんなのを描いて米と交換したりしていた。しかし魂が抜けたというのか絵を描く喜びがないんだ。記録画を描いていた時に心を躍らせたものは何だろう。国のためになるということか、観衆が押し寄せ、批評家が誉め、作品は全国を回って歩き、最後には重要な場所に納まる、そういう後押しがあったからか、モティーフそのものに芸術的興奮を引き起すものがあったからか、と僕は悩んだものです、うん。僕がそんな悩みを持って風呂屋の背景を描き始めた頃は、さっきいった先輩たち、あるいは同輩は画壇の中心人物となって、戦争中と同じ人気を博していたんだね、うん。僕は、僕の持つ全ての技術を捨てた。僕は、のり越えることができなかった。僕の持っている全てから逃げ、僕自身に負けたんです、うん。どうです、負け犬の歩き方は、うん」

「うんの先生」は寝ている藤子さんの足を枕に横になった。

「ビールが飲みたいなあ。嵐の晩はビールがよく似合う」

「うんの先生」は僕が何か言おうとするのを止めさせようとしていた。僕にはそう思えてならない。背景の下絵を描いて失敗するたびに、「うんの先生」は歯ぎしりして「こんなことをしていてはだめなんだ」と怒鳴っていたのは、負け犬のままでいたくない気持が心の底に残っていたからなんだ、と思ったものだ。「うんの先生」が、何の断りもなく失踪して岩淵水門にほとんど白骨化して上がったのは三カ月後のことだった。

痩せた黒猫が、話し声を消すほどに大きく鳴いてうわぁーん、うわぁーん、うわぁーんと続け、外を凝視していた。

「あの頃は本当におかしい人が集まっていたんだ。絵かきなんかより面白いのいっぱいいたよ」

横尾さんは僕の膝にくっついたままのニッカの瓶をとって台所に立ち、氷をグラスに入れていた。

「何にもないけど飲まないか」

彼はそう言っていっ気に飲み、二はい目を作っていた。

「うんの先生はどうして死んじゃったんだろうな。俺には分かんねえよ。俺を上回るのんきもんだったけどな、神経質でもねえしな。女に失敗したんか。初め、巴里館の婆さんなんかうんの先生信用しちゃってさ、養子にするんだって言ってたんだ。あの人、ペンキ塗るのは本職じゃない。婆さんも例によって何でも三色に塗る癖があるから、うんの先生に塗ってもらって信用しちゃったんだな。石でもコンクリでも何でも塗ってたからな。あの人死んじゃったら今度俺に養子になれって言うんだよ。ならなくてよかったよ、婆さんが死んだら、あの大きな土地は都だか区に没収されちゃったらしいんだ。もともとそっちのものらしいんだな。井上くんたちが告白ごっこしてた晩は大嵐だったろう。あれで三十二世帯のうち半分位、屋根が飛んだり、壁が落ちたりしてだめになっちゃったんだよ、知ってるだろ。面白えことに、誰も防ごうとしねえんだよ。まだ住めるような部屋にも雨が入っちゃって大変だったんだ。次の朝、壊れたアパートを皆で見てたじゃないか、芝居でも見ているように。そのまんま半分位の人が消えちゃったんだからおかしいよ。あの藤子さんだってそうだよ、若い映写技師かなんかおまけに持って居なくなったんだ。

皆、どっかへ行っちゃうんだと思うと気が楽になるんだが、一緒に居たものが居なくなると、こんなに寂しいものかと実感するね」

横尾は、巴里館の近くで僕が聞いた話と違うことを言ったが、あの婆さんの方が真実味があった。構尾がなぜそのように言うのか僕には分からなかった。

僕は、仏壇を見続け、彼の顔を見ようとしなかった。消えかかる蠟燭の灯に新しい線香を入れて灰の入った台に置いた。線香からは、煙が出ないのに匂いだけだし、白い灰になって燃えていった。

「赤羽モンマルトルって誰が言い出したんだか知っている？」

「そんなの知らねえよ。池袋モンパルナッスの間違いじゃねぇんか」

「いや、間違いないよ、峰さんなんか絵に描いたんじゃないかなあ、パリのモンマルトルに似せて」

「あの人は丸しか描かない抽象だからハハハ、無いものはない」

横尾はあざけるように言った。

「無いわけはない、あったよ」と僕は言い返したが、何も無かった気もしないではなかった。何事も無いことにしておいた方が気が楽なのかも知れない。

二十一

坂口安吾

坂口安吾（さかぐち　あんご）
一九〇六（明治三十九）年新潟市生まれ。東洋大学文学部印度哲学倫理学科卒業後、同人誌『言葉』を創刊。三一年に『青い馬』に発表した短篇「風博士」が牧野信一に激賞され、新進作家として認められる。戦後、『堕落論』『白痴』などで新文学の旗手として脚光を浴びた。五五年死去。

底本
『定本坂口安吾全集　第二巻』冬樹社　一九六八年

そのころ二十一であった。僕は坊主になるつもりで、睡眠は一日に四時間ときめ、十時にねて、午前二時には必ず起きて、ねむたい時は井戸端で水をかぶった。冬でもかぶり、忽ち発熱三十九度、馬鹿らしい話だが、大マジメで、ネジ鉢巻き甲斐甲斐しく、熱にうなり、パーリ語の三帰文というものを唱え、読書に先立って先ず精神統一をはかるという次第である。これは今でも覚えているが、ナモータッサバガバトオ、アリハトオ、サムマーサーブッダサア云々に始まる祈禱文だ。一緒に住んでいた兄貴はボートとラグビーとバスケットボールの選手で鱶《ふか》の如くに睡る健康児童であったが、これには流石《さすが》に目を覚して、とうとう祈禱文を半分ぐらい否応《いやおう》なく覚えこむ始末であったが、僕はそういうことを気にかけなかった。兄貴はボートとラグビーとバスケットボールの外には余念がなく、俗事を念頭に置かぬこと青道心の僕以上で、引越すと、その日の晩には床の間の床板に遠慮もなく馬蹄のようなものを打込み、バック台をつくり、朝晩ボートの練習である。床の間の土が落ち地震が始まり、隣家の人が飛びだしても、気にかけたことがない。学校から帰るとラグビーのボールを持って野原へとびだし、縦横無尽に蹴とばす。せまい原ッパだから、ボールが畑へとびこむと、忽ち畑の中を縦横無尽に蹴とばし、走り、ひっくりかえっているのである。

その頃は良く引越した。引越の張本人は僕で、隣家が内職にミシンをやっていてウルサイので引越し、その次はピアノの先生が隣りにあってウルサくて引越し、僕が勝手に家を探して、明日引越すぜ、と言うと、兄貴は俗事が念頭にないから、住む家など問題にしていない。とうとう、板橋の中丸という所へ行った。池袋で省線を降り、二十分ぐらい歩くと田園になり、長崎村という所を通りこし、愈々完全に人家がひとつもなくなって、見はるかす武蔵野、秩父の山、お寺の隣りであった。バスなどの無い時代だから、大股に歩いて三十五分、女の足は一時間たっぷりかかる。閑静無類、僕はことごとく満足であり、朝寝の兄貴は毎朝三十五分の行軍に半分ぐらい走らなければならなかったが、これも練習と心得ているのか文句を言ったことはない。僕のウバ、もう腰のまがった老婆がついてきて炊事をしていてくれたのだが、僕のウバだから、僕のヒイキで、あんまり兄貴を大事にしない。尤も兄貴は若干婆やに弱味のシッポをつかまれており、ウチからの送金を持ちだし、時々僕のコヅカイも失敬する。僕は悟りをひらこうとして大いに忙しい時だからコヅカイなどは一文もいらず失敬されても平気であったし、第一失敬されたことは五六年あとに気がついたので、その頃は知らなかった。婆やは兄貴に不平満々、尤も僕は悟りに没頭忙しいから、婆やのグチなど相手にならぬ。クニの者が上京すると婆やは終日兄貴の不平を訴える。僕への不平はついぞ洩したことのない婆やであったが、板橋の中丸の引越しには、遂に終生ただ一度の不平を僕の母に洩したという。つまり、人家のある所まで二三十分かかるので御用聞きが来てくれないから、どうしても買い物に行かねばならぬ。もう腰の曲った婆やにはこの道中が骨身にこたえる難儀であった。然しこの不平を洩したのは、愈々この家も引越したという時のことで、早く僕に言ってくれれば、不自由はさせなかったものを。

　睡眠不足というものは神経衰弱の元である。悟りをひらこうという青道心でも身体の生理は仕方がない。僕は昔の聖賢の如く偉くないから、睡眠四時間が一年半つづくと、神経衰弱になった。パーリ語の祈禱文を何べん唱えても精神益々モーローとなり、意識は百方へ分裂し、遂に幻聴となり、教室で先生の声がきこえず幻聴や耳鳴りだけが響くのには大いに迷惑した。夏休みがきたから、故郷の海で水浴に耽り、一気に神経衰弱を退治してやろうと思って勇ましく帰省したのに、丁度家には親戚の娘が来ていて、この娘に付き添ってきた女中が渋皮のむけた女で淫奔名題のしたたか者であった。僕にナガシメを送り、僕が勉強――といっても本の前に坐っているばかり意識百方に分裂してただ四苦八苦のところであるが――の部屋へはいってきて、忘れ物をしましたがと言って何か探す風をして僕の出方を待っている。尤も僕はこの女が好きでなかったからこの方はさしたることはなかったが、当時もう一人、これは女中でなく、行儀見習のため朝から夜まで通ってくる大工の棟梁の娘の小間使いがいて、十八、可愛いい娘であった。この娘には参った。僕の部屋のことはみんなこの娘がしてくれるのだけれども、ある朝、もう御飯でございます、お起きなさいませ、と言ってやってきて（してみると、午前二時に起き、水をかぶるのは昔の夢、この頃はモーローふてねを結ぶに至っていたのであろう）よろしい、起る、そこで娘はカヤを外していた。僕はまだネドコにひっくりかえっていたが、煙草をとって貰おうと思って、ちょっと、とよんだ。娘の全身は恐怖のために化石し、然し、それは、期待のために息苦しい恐怖であった。僕は怖い顔をして、煙草と叫んだが、その時以来、僕の分裂した意識の中で、この娘の姿ばかりが、時ならぬ明滅、ために僕は疲れ、身心ねじくれた。

悪いことには、この時以来、娘が急に信頼をよせて、怖がる様子がなくなった。そのころ家では毎日夕方になると一家総出で庭に水をまく。この土地は夕方になると風が凪《な》ぎ、ソヨと動く物もない。母は夕凪ぎが大きらいで、庭一面に水をまかせて、せめて涼をとりたがる。僕は海から戻ってくるのが夕方で、これも神経衰弱退治と心得、水着の姿でまっさきにバケツをぶらさげて庭へとびだして水をまく。女中もみんな飛びだしてきて、娘も甲斐甲斐しく尻を端ショッて現れる。（このころはアッパッパはなかった）僕は神経衰弱でも青年男子であるから一番遠い所へ水を運び、人の最も好まざる苦難を敢て行うというのは、これも青道心のせめてもの心掛けというものであった。離れの後を廻って便所の裏、そんなところは誰も水を運んでこない。ところが、娘が、重いバケツをぶらさげてヨタヨタしながら、僕につづいて、やってくる。僕のバケツがカラになると、待っていて、自分のバケツを差出すのだった。そのバケツを手渡す時の一瞬、まさしく一瞬、なぜなら、娘はすぐ振向いて逃げ去ってしまうから、その瞬間の娘の眼に僕は生れて始めて男女の世界というものを痛烈に見たのであった。その一瞬、娘は僕の顔を見る。「うるおい」とでも言うより外に仕方のない漠然たる一つの生命を取去ったなら、この眼はただ洞穴のような空虚なものであり、白痴的なものであった。生命よりも、むしろ死亡のむなしさに満ちていたことを、思いだすのは間違いであろうか。僕は娘が好きであった。だから、この一瞬の眼は、僕の全部をさらいとる不思議な力であった。逃げ去る娘を茫然と見送り、幸福な思いのために暫時を忘れるのであったが、僕の神経衰弱は急速に悪化した。一行といえども読書ができぬ。一字一字がバラバラで、一行をまとめて読みとる注意力がつづかない。意識は間断もなく分裂、中断、明滅して、さりとて娘の姿を意識の中でとらえることも出来ない。

母に願って娘と結婚させて貰おうか、と考えた。けれども悟りをひらいて偉大なる坊主になろうという時であるから煩悶した。母にたのんだところで承知する筈はないし、反対を押切り娘と二人で生きぬこうかと思いもしたが、坊主になる決意の下では、こういうことが邪念であり妄想だという考え方が対立した。神経衰弱退治どころの話ではない。ほっとくと気違いになりそうだから、まだ夏休みが半分ぐらい残っていたが、突然思い立って東京へ戻った。その日、突然呆気にとられる母の顔に苦い思いをしながら、出発してしまったのだ。すると娘が追っかけてきて、忘れ物です、と云って、路上で何かを届けてくれた。この忘れ物が何だったか、まったく記憶に残らぬけれども、娘はその品物を届けるために外の何事も考えずに駆けて来たのに相違なく、決勝線へ辿りついた百米《メートル》選手のような呼吸であった。その後は再び娘に会ったことがない。

　僕が早く帰ってきたので東京の婆やは喜んだけれども、神経衰弱は悪化の一方で、秋の訪れる頃、病状言語を絶し、毎朝池袋から省線で巣鴨の方へ行く筈《はず》なのに、プラットホームの反対側が赤羽行きで、あっちは赤羽行きだからイケないとそればかり考えるうちに赤羽行きの車掌が出発の笛を吹くと、アッ、たしかこっちが俺の行く方だ、と急にそう考えて乗ってしまう。之《これ》が毎朝のことである。なさけなさ、毎朝、板橋へつき、泣いても泣ききれぬ思いで茫然と戻る虚しさは切なかった。神経衰弱というものは単に精神的に消耗するばかりでなく、肉体的にも稀代の衰弱を見せるもので、田園へ散歩に行き三四尺の流れが飛び越せず水中に落ち、子供とキャッチボールしたら、十米ぐらいの距離をボールがとどかぬ。僕は元来インターミドルで優勝したジャンプの選手で、又、野球も選手、投手であった。もう四十に手のとどこうという今日この頃でも、五米ぐらいは飛べるし、手榴弾投げは上級にパスするぐらい。神経衰弱というものは奇怪な衰弱を表すものだ。考えてもみなさい。たった三四尺の流れを飛ぶのに全然足が上らず、引きずるようにバチャンと水中に落ちる驚きと絶望。自由自在に飛ぶ筈のボールが人の手を借りて投げるような不自由さで十米とどかぬ時の訝しさは、ただ廃人ということのみを考えさせ、絶望のために益々病状は悪化した。あるとき市村座（今はもうなくなったが）へ芝居を見に行き、ここは靴を脱がなければならない小屋で、下足番が靴をぬぎなさいと言い、僕もそれをハッキリ耳にとめてここは靴をぬがなければイケないのだと思い、又、それに反対する気持は決して持っていないのに、何か生理的、本能的とでも言う以外に法のない力で、僕は靴のまま上って行こうとするのである。そうして、下足番になぐられた。それでも靴をぬごうとせず、又歩きだそうとするので、三人の男が僕を押えつけ、ねじふせて、靴をぬがせて突き放した。それ程の羞《はずか》しさを蒙《こうむ》りながら、僕は割合平然と芝居を最後迄見て帰ってきたが、そのときはどんな心理であったか、今はもう思いだすことが出来ないのである。

当時僕には友達がなかった。たくさん有ったが、僕の方から足を遠くしたのがある。なぜなら、僕が坊主になろうというのは、要するに、一切をすてる、という意味で、そこから何かを掴みたい考えであり、孤独が悟りの第一条件だと考えていた。けれども神経衰弱になってみると、分裂する意識の処理ほど苦しいものはなく、要するに、孤独が何より、いけない。孤独は妄念の温床だ。誰でもいい、誰かと喋っていればいくらか救われる。そこで僕は二人の友を毎日訪ねた。一人は辰夫と云って、之は当時発狂して巣鴨養保院の公費患者であり、も一人は修三と云って（菱山ではない）之は当時岸田国士、岩田豊雄氏らが組織しかけていた劇団の研究生、共に中学時代の同級生であった。

修三は彫刻家の弟と二人で婆やを使って一軒家をもっていたが、兄弟二人は花やかな生活に酔っ払い深夜でなければ帰らないし、二三日泊ってくることはザラにある。けれども僕は孤独になっては地獄だから、そこで婆さんと話しこむ。この婆さんの娘はさる高名な占師（これが兄弟の叔父さんだ）の妾であったが、若死して、婆さんは三十円の捨扶持で占師に余生の保障を受けていた。徳川家康の顔を女に仕立てたようなふとった婆さんは、死んだ娘のこと及びそれにからまる占師のこと以外に喋らず、しかも僕が一言半句口をさしはさむ余地もない大変なお喋りだ。僕の毎晩の訪れに大喜び、娘の生い立ちから死に至るまで同じことを繰返しきかされたけれども、ひとつも耳に残っておらぬ。こうして毎晩修三兄弟の不在がつづき婆さんと僕二人だけで深夜まで話しこむ習慣がつくと、婆さんは僕を大いに頼もしがり、グチから転じて三百代言のようなことを頼まれた。婆さんは占師から月々三十円の生活費をもらっていたが、修三兄弟と一緒の生活を命じられて以来、一文の金も受取らぬ。女中だって只の筈はないわけで、こういう不良青年兄弟の世話をやらされたあげくに、従来の生活費まで体よく中止されては話にならぬ。生活費をくれないわけはないので、兄弟が消費しているに相違ないから、占師に会ってこのことを確かめてくれないか、というのである。兄弟にききただしても嘘をつくにきまっているし、婆さんは占師の本宅は門前払いで、若《も》しも強いて訪ねてくれれば、それを限りに絶縁するということを堅く言い渡されていたのであった。

この占師は中学生のころ修三を訪ねて行って（修三は占師の家にいた）時々見かけたことがあったが、占師という特殊な世渡りが我々に感じさせる悪どいものはなくて、文学青年的な神経をもった根気のつづかない憎めない人というような印象を受けた。膝つき合せれば何事でも腹蔵なく言い合えるような印象だったが、婆さんの依頼の用で会う気はなかった。ほったらかしておくと、サイソクが急になったので、やむなく連日の医療訪問を中止してしまった。

ところが、僕が訪問を中止すると、まもなく、修三兄弟は遊びつめて首がまわらぬ仕儀となり、婆さんを置き去りに夜逃げする。婆さんは金光《こんこう》教の信者だったので、本郷の金光教会へ引きとられた。これらの出来事を僕は知らずにいたのである。

ある日、婆さんから手紙がきて、之までの事情が書いてあり、修三兄弟夜逃げの責任を問われて送金を絶たれたが、こんな筋の合わぬことはない。ぜひ力になって欲しい。占師にかけ合って貰いたい。ついては是非一度訪ねてきてくれ、と書いてある。仕方がないので教会を訪ねて行ったが、もう印象が殆んどないけれども、薄暗い六畳ぐらいの小部屋が幾つかあって、その一つで婆さんと会った。殆んど人の気配を感じない建物であった。婆さんはシクシクとシャクリあげながら、いつ終るともないグチ話。僕は一段落つくのを待ち、そのときまでは全然念頭にもなかったことを急に思いついて言い、婆さんの呆気にとられるのを尻目にサッサと帰って来たのであった。僕は言った。お婆さん。あなたは世の中で一番気楽な隠れ家の中にいるのです。あなたのような方にとって、宗教ぐらい誂《あつら》え向きな住みかはない。俗念をすてなさい。三十円ぐらいの金は有っても無くても同じことです。執着をすて神様にたのんで大往生をとげなさい。さよなら。

婆さん訪問は毎日夜間の行事であったが、昼は昼で精神病院へ辰夫という友達を毎日訪ねていた。辰夫は周期的に発狂するたちで、当時全快していたが、公費患者というものは然るべき身元引受人がないと退院できぬ。発狂したとき霊感があって株をやり、家の金を持ちだして大失敗したり、母親へ馬乗りになって打擲《ちょうちゃく》したりしたから、家族は辰夫の一生を病院の中へ封じるつもりで、見舞いにも来ないのである。僕が毎日訪ねて行くから辰夫の感動すること容易ならぬものがあるが、こっちの方はそれどころではないので、気違いでも何でも構わぬ、誰かと喋っていなければ頭が分裂破裂してしまうという瀬戸際で、犯罪人が現場へ行ってみたがる心理と同じようなもので、僕も精神病院の底の底まで突きとめておきたいという気持もあった。犯罪者が刑事を怖れるように、僕も医者が煙たかったり、冷やかしてみたかったり、智恵くらべしたいような気になったり、そのころ受付に可愛い（と云ってもそれ程のこともないが）看護婦がおったが、患者達も一様に目をつけていると見え、辰夫の言葉からそれが分るし、その娘が昼休みに庭の隅で同僚と縄跳びをしていたのを気違い達が各々の窓から息を殺してのぞいていた、その情景の辰夫の表現が異様に仇《あだ》めいていて僕はビックリしたのであった。こういう珍らしい話をきいたり、可愛い看護婦の顔を見たり、色々景品があるので、僕は大いに喜んで毎日通っていたが、そうそう珍しい話はつづかぬ。治った狂人というものは概して非常に自卑的な卑屈な気持になるらしく、始めはそれも面白かったが、馴れてしまえば、こっちの気持まで重苦しくなるばかりである。面会室は広い講堂で、その隅ッコに二人差向い、横に看護人が控えておる。看護人はみんな気違い上りで、いずれも目付が尋常でなく、何を言いかけても返事もせず、顔色一つ動かしたためしがない。糞マジメで、横柄で、威張り返って、いつ横からポカリと僕を殴るか分らぬような油断のならぬ面魂《つらだましい》だ。この看護人は毎日必ずバイブルを片手にぶらさげておった。僕達も仏教のことばかり喋っていたが、話の種がつき、話の途中にタメ息がもれるぐらい、僕はもう、明日からは断々乎として訪問を止《よ》そうと思う。重苦しくて、頭が破れそうである。ところが辰夫は規定の面会時間が終って別れる時に僕の手を握り、明日も来てくれたまえね、君の訪ねてくれるのだけが生き甲斐なのだから、といって泣きだすものだから、僕もこれにはタマげてしまって訪問を止すということが出来なかった。ところへ、世はままならぬもので、病院の方では僕の毎日の訪問が殊勝だというわけで、三十分の面会時間を一時間に延してくれたのである。僕も心中暗涙を流して、この調子ではオレも愈々精神病院だと絶望した程であった。尤も、僕の友愛精神に感激して、受付の看護婦が大変僕に好意を示し、僕の姿を認めるとニコリと笑って立上ってハイと云って奥へ知らせに駈けこんで行く。これだけは気持が良かった。

　病院訪問と同時に、辰夫に頼まれ、病院の帰り道に毎日辰夫の母に会いに行かねばならなかった。つまり全快のことを告げて退院の手続を運ぶこと、尤も辰夫は三等患者時代の借金があるので、金の苦面がつかなければ退院が延びても仕方がないが、チーズやバタを送ってくれ、と頼む為だ。というのは、辰夫の家は食料品店だったからだ。ところが発狂当初辰夫は母をブン殴ったり首をしめたりしたものだから、辰夫という名前をきいても母親は厭《いや》な顔をする。気違いという病気は治るものじゃない。と言って僕に説教し、性こりもなく僕が毎日訪ねて行くものだから、この男も精神に異状があるのじゃないかと疑ぐりだすのであった。けれど毎日辰夫にせがまれるから仕方がない。之も神経衰弱療法の一つで、何でもいい、何かしら目的をもって行動しておればいくらか意識の分裂が和ぐのだから、僕は実にはやキチョウメンに、風速何百米の嵐でも出掛けて行った。どうせ先方の返事は分っているのだから、僕は諦めの良い集金人みたいのもので、店頭に立ち又来ました、というしるしにニヤリと笑う。すると先方はホラ気違いが笑ったというのでゾッと身顫《みぶる》いに及び、気違いにチーズやバタがいりますか、ゼイタクな、それを又、取りつぐ馬鹿がいるのだからネ、と言って怒るのである。フッフッフ。あいつ発狂して私に馬乗りになってネ、ホラ、まだ爪跡があるでしょう、締め殺そうとしたのですよ。実の母親をね。お前さんも厭な顔付だ。やりかねないよ。おう、怖《こ》わ。フッフッフ。と言うのであった。ヒステリイ甚しい老婆で、不運つづき、気の毒な人だと思い、僕は腹が立たなかった。いいえ辰夫は全快しているのですよなどとでも言おうものなら、実に深刻に怯えきって僕をみつめ、こいつも気違いだ、と疑ぐりだすから、ヤア、それはどうもお気の毒でした、では本日は之まで、と戻ってくる。

檻の中の辰夫は家族の愛情を空想せずには生きられぬ。僕も之を察していたので、辰夫の夢をくずしてはならぬ、と思い、用があって昨日は母に会えなかった、と毎日同じ嘘をつく。これが嘘だということを辰夫もやがて気付いたが、彼自身とてこの夢をくずしては破滅だから、そう、と一言頷くだけ、強いて訊ねることはなかった。けれども辰夫の身にすれば、家族の愛、これだけが唯一の夢。僕のそぶりから家族の冷めたさをさとるにつけて、彼の心は一そう激しく母の愛を祈りはじめる。はては、僕が例の如く昨日も用で君の家へ行けなかったと嘘をつくたびに、不器用にヘタな嘘をつきたもうな、という顔をし、君はまだ人生の深所が分らぬから母の表面の表現に懣著《まんちゃく》されているが、母は自分を愛している、ただ四囲の情勢からその表現が出来ないだけだ、という意味のことをそれとなくほのめかそうとする。辰夫の心事の当然そうあるべきことを僕も同情をもって見ていたから、直接そのことに腹は立てないのだけれども、話題のつきはてた毎日の憂鬱、破裂しそうで、一日、遂に僕は怒り狂い、君は実に下らぬ妄想にとりすがり、冷めたさに徹する術を知らぬ哀れな男だ。こんな檻の中にいてこそ、せめて冷めたさに徹する道を学ぶがよい。君の母こそまことに冷酷きわまる半気違いで、君のことなど全然考えてはおらぬ。見事なぐらい君のことを心配しておらぬから、僕は却って清潔な気持になるぐらい、君と話をするよりも君のおッ母さんと話をする方が数等愉しい。僕が毎日この病院へくるのは君に会いにくるのじゃなくて、実のところは、受付の看護婦の顔を見にくるのだ、と言った。怒り心頭に発して、こう言ったのである。ところが辰夫は看護婦云々のことなどは問題にせず、打ちのめされた如くに自卑、慚愧《ざんき》、ものの十分ぐらい沈黙のあげく、自分の至らぬ我儘から君を苦しめて済まぬ、と言った。ところが意外のところに伏兵があって、看護婦云々の一言をきくや、バイブルの看護人が生き返ったキリストの如くに突然グルリと目玉をむいたので、アッと思った。

その翌日、或いはそれから程遠からぬ日数の後、僕は遂に決意して、この訪問を中止してまもなく、辰夫の兄という人から少女小説のようなセンチメンタルな手紙をもらい、辰夫は退院し、鉄道の従業員となって千葉の方へ行ったという知らせを受けた。

大事な医療訪問をみんな失ってしまったので、危機至る、何でもよろしい、何か目的を探してそれに向って行動を起さねばならぬ。僕は当時酒の味を知らなかったが、一度修三に誘われて酒を呑んだことのある屋台のオデンヤへ、ねむれぬままに深夜出掛けて行った。ところが相客に四十五六と思われる貧相な洋服男があり、ケイズ屋という商売だそうで、勝手な系図をこしらえて成金共に売る、いい金になるぜ、吉原で豪遊してきた、と威張っていた。僕に色々と話しかけ、エカキの卵だなどとデタラメなことを答えていると、誂え向き、ケッコウ、突然男は叫んで、葉書のような名刺をだし、明朝ぜひ訪ねてこい、金もうけの蔓がころがっていると言う。年をとると毎晩のおツトメがつらいよ。オレのオッカアはふとっていて、オッカない女だからね、アッハッハ、と帰って行ったが、消えるような貧相な後姿で、ヨソ目ながら前途の光の考えられぬ男に見えた。

けれども僕は之ぞ神様の使者であると考えた。何でもよろしい、目的を定めて行為しておらねばならぬ。翌朝さっそく名刺をたよりに男の家を訪ねた。貧民窟である。どの家も表札がないので一時間ぐらい同じ所をグルグル廻らねばならなかったが、不思議な街があるもので、一町もある煉瓦づくりの堂々たる塀があるのである。ところが塀の両側はどっちも倒れそうな長屋がズラリと並んでいて、両側とも単に道であり、長屋であり、その道ではオカミサンが井戸をガチャガチャやり、子供が泣いたり、小便したり、要するに、昔、このへんに工場か何かあり、それをこわして塀の一部分だけこわし残っているうちに貧民窟が立てこんだという次第であろう。系図屋の家はその奥にあって、今まさに出勤という所、なるほどふとったオカミさんがいて、亭主の出勤など問題にせず食事中、チャブ台のまわりに子供がギャアギャアないていた。

来たのかい、と言って男はてれたが、気をとりなおして、マア上りな、たのしみのある商売さ、いい金になるぜ、と言った。猥画を書けというのだが、絵の道具がないからと断ると、それは困ったな、弘法は筆を選ぶと言って、商売人は絵筆のギンミ又厳重だと言うから、コチトラの筆じゃァ埒があくめいな、と至極物分りのよい独り言をもらして、どうだい、之は、え、筆は立つかね、なにさ、文章は書けるかってことさ。ああ、文章なら絵よりも巧いぐらいだよ。ヘッヘッヘ、巧く言ってらあ、と、男は僕には意味の分らぬことを言い、数冊の本を見本に持ってきて、枕草子を書くことになった。出来たら、オッカアに言って金を貰いな、又おいで、小遣い稼ぎはいつでもころがってらァな、と言い残して、男は出掛けてしまった。

　僕は日本の春本を読んだが、一冊だけ相当の作品があり、種彦の作、流石に光っていた。午《ひる》すぎまで専ら読む方に耽っていると、フトったオカミさん時々やって来てのぞきこみ、フンと言って僕を睨みつけて帰って行く。夕方までに小篇三ツ書いた。オカミさんは原稿を受取って読むふりをしていたが、芸者だの女中なんてえのは古風でダメさ、タイプライタアだのエレベエタアでなきゃこの節はやらねえや。大丈夫かい、と言う。先生字が読めないのだと分ったから、読んでごらん、と言うと、ジロリと睨んでアッサリ原稿を投げすてて、蟇口《がまぐち》の中から十銭玉を畳の上へ幾つかころがした。三つ分だよ、と言った言葉は覚えているが、三つぶん、三十銭ずつ九十銭だったか、三つぶんで三十銭だったか、今どうも記憶に残らぬ。外へでたら煉瓦塀にもたれてフーセンアメ屋がいたから、それを買って路傍の餓鬼共にオゴッてやり、僕もシャブリ乍ら家へ帰った。

結局最後に、外国語を勉強することによって神経衰弱を退治した。目的をきめ、目的のために寧日なくかかりきり、意識の分裂、妄想を最小限に封じることが第一、ねむくなるまでいつまででも辞書をオモチャに戦争継続、十時間辞書をひいても健康人の一時間ぐらいしか能率はあがらぬけれども、二六時中、目の覚めている限り徹頭徹尾辞書をひくに限る。梵語、パーリ語、チベット語、フランス語、ラテン語、之だけ一緒に習った。おかげで病気は退治したが、習った言葉はみんな忘れた。

どうやら病気の治りかけた一日、千葉の方へ辰夫を訪ねた。辰夫は出張で不在だったが、あの母が、ヒステリイの翳《かげ》みじんもなく現れて、神への如き感謝の言葉をのべるのをきき、僕はもう少しで病気をブリ返すところであった。母親というものはまことに魔物であり曲者だ。人相別人の如く変り、武士の母の如くであった。母親だけはとにかく信ずるに価する、とそのとき悟ったが、然し之にすら、例外はある筈で、必ずしも辰夫に叫んだ僕の言葉が違ってはいない、と、之は今でも思っている。

プロデューサー

浅川マキ

浅川マキ（あさかわ　まき）

一九四二（昭和十七）年石川県生まれ。歌手。作詩・作曲家。六八年寺山修司と寺本幸司に見出され、新宿「蠍座」で初のワンマン公演を開催、以後、口コミで知名度を高め、ステージを主体に音楽活動を行う。七〇年「浅川マキの世界」以来、通算二九枚のオリジナル・アルバムを発表。二〇一〇年一月、公演先の名古屋で急逝。

底本

『幻の男たち＋』白夜書房　二〇一一年

寺本幸司さんは、わたしの知っている大柄で愛くるしい顔をした歌手と結婚して、世田谷の辺りに暮らしている。娘が生まれて三人住いの筈である。一度来いよ、そう言ってくれたような気もするが、其処に出かけようと考えた事はない。

寺本幸司さんと深い関わりを持ちながら、結婚披露のパーティに招ばれなかったのは、おそらくはわたしひとりだったに違いない。後日になって、彼は言った。

「四十になったんで」

その声は抑えた冷静な響きで、照れているのか、本心か、わたしには解らない。

「また、そんな言い方をする。いつだって、あなたの結論なんか無かった。いや、見えない」

だが、わたしのそんな思いは声にはならなかった。

彼は立ちつくすと、曇天のわずかに陽のさし込む窓硝子に目を遣りながら横顔は暗い。

左手をズボンのポケットに入れて煙草を喫《す》う、そのときの指先は十何年前と変わってはいない。

「誰が見ても、四十歳になんか見えない、そのことは、自信持っていいわよ」

わたしは少し笑って言った。だが、彼はそんな言い方が一等嫌いである。そしてまた、そんな事を言う女が好みではなかった。そのことを誰よりもわたしは知っている。たった一枚のシングル盤のレコードを吹き込んだときから、十何年のあいだ、それはつい先頃まで、わたしが歌手で寺本幸司さんはプロデューサーであった。その長かった関係性が途切れて一年程したとき、彼は結婚した。似合いの男と女に思えた。久し振りにわたしは彼の新しく越したオフィスを訪ねたのである。

「お掛けなさいよ」

相変わらず窓の外を見たままで言う。他人行儀な彼の声色に、わたしは素直にソファには座れなかった。祝いの言葉をと思って来たのに、いまわたしのなかに淀んでいく寂寞感と後悔、彼の嫌がる言葉、いやそれはセリフと言った方がいい、それを言うわたしを以前ならば、見事に切り返した。それは窘《たしな》めるのとも違う。彼の独得の言いまわしがあって、わたしにはいつも素敵に思え、いままた、そんな彼への期待感と少しばかりの甘えから、わたしは言ってしまった。

彼のオフィスの応接間、そこにはいい音のする大き目のスピーカーやテープ・レコーダーが備えられていたが、それ等を除けば音楽事務所の一室とは思えない。絨毯の色、壁に架けられた一枚の絵、そのどれを見ても、これは彼の部屋だ、と思う。

長い沈黙に耐え切れずに、わたしはいますぐに此の場を立ち去ろう。歩いて五分のところに、わたしの暮らしている古びたアパートがある。逃げ帰るようにして部屋に閉じ籠っていると電話が鳴る。

「どうしたんだい」

彼の力強い声が響いてくる筈だ。だが、それは、わたしが歌手で彼がプロデューサーのときである。いまは違う。この部屋の静寂に委ねよう。そうでなければ、寺本幸司さんに二度と会う事はなくなってしまう。立っている彼が黒い影に見えている。思わずソファに身を落とした。そんな自分を悟られまいと息を殺す。

「どうしてなの、これまでだってそうだった、このひとといるときだけは」

わたしは思う。こんなときになっても、わたしの頭のなかのどこかが醒めている。それがからだ、いや、気持と言った方がいいのかも知れない、その気持とうらはらにある。だから、いまも、わたしの顔は無表情である。

「なにしに、来たんだい」

そう言えばいい。だが、彼は決してそんな言葉を口にしないだろう。

歌手とプロデューサーが訣別する。長く続いたそれは生活すらも変わるのに違いない。

わたしは、思いあぐねて作家を訪ねる。そんなことを相談出来るのは、そのひとひとりだけだった。彼はひどく多忙で、それでもちょうど早稲田大学での講演に行く前の時間を割いてくれた。

高田馬場の喫茶店の二階で待っていると、彼は汗を拭きながら登って来て、大きなからだを前屈みにして腰掛ける。

「どうしたの」

ぼそぼそと低い声ではなすのはいつもと変わらなかったが、そのなかに優しさがあって、わたしは俯いたままで言葉を失くした。そのとき、思いがけない問いかけがきた。

「寺本さんのことかな」

わたしが驚いて顔を上げると、作家の切れ長の目は間近にあった。彼は、ふっ、と笑う。わたしは、どのように話したらいいのか、と戸惑った。すると彼はもうそのことには触れずに、これから行こうとしている、七十年を過ぎてしまった大学の状況やら、またいくつかの演劇のはなしをしてくれた。そしてその話は、いつのまにか、わたしのうたについて、どこか関わっていくものだった。

わたしは、彼が学生と約束した時間をとうに過ぎているのに気付いた。するとそんなわたしを察するように、すぐ、其処だから、と言って笑った。それからようやっと、実は、四日程前に、寺本幸司さんの訪問を受けた、とはなす。

「あなたに、若い男が出来て、騙されている、と」

　わたしは言葉を飲み込んだ。

「僕は、寺本さんから、そう聞いたよ」

　作家は勢いよく立ち上がって二、三歩行って、振り返るとこちらを見てにっこりと声を出さずに笑った。それからまた、急ぎ足で階段を降りて行く。


　あれから一年と何ヵ月が過ぎた。寺本さんは結婚をして、それから事務所も大きなスペースの構えだ。ロック・シンガーの若い男の売り出しに成功して、いまは仕事も一層乗り切っているのに違いない。

　わたしと云えば、東京での定期公演はそのままで続いていたし、地方公演にも出かけた。その折にはその若い男の作り出す音響のなかでかなりいい感じで唄ったと思う。わたしに後悔はなかった。そして、わずか一年と何カ月のあいだだが、寺本幸司さんと出会うこともなくなったとき、わたしのなかで、少しだけれども、なにかが変わった。それは変わったと云うよりも、長いあいだ一緒した彼への、今度は距離感のなかから出来てくる思い方、それが積み重なっていく。すると、それは懐しさでもなくて、不思議な程の興味深いものとなって、いま、わたしの裡《うち》に淀み始めていた。アイツが若い男に騙されている、そんな野卑とも受け取れる言葉が、一年前とはひどく違うものに思えている。勿論、そんなことを彼に話すことはない。だが、いま突然にわたしは訪ねて来たのである。

「勝手なことを、いまになって」

彼はそう思っているのだろうか。

わたしは、十何年のあいだに、彼が他人にわたしの事を言った、その言葉を想い出している。

「あの女は、クールだから」

「どうも、僕のような、東京育ちには、北陸の鉛色の空の下で暮らしたあの女は、よく理解出来ないところがある」

幾つもの言葉が頭をよぎっていく。だが、彼は、相変わらず黙ったままで、もう夕暮れ近い窓の外を見たままである。この長い間合いをわたしは待つことが出来るのだろうか。

一九六〇年代の半ばを過ぎた頃である。わたしは、大井町界隈の商店街を通り抜けて左に少しばかり入った小さなアパートに暮らしていた。六畳一間の片隅にアップライト・ピアノがある。男は昼過ぎに目を醒ますと、すぐに鍵盤を叩き始めた。

わたしはベッドに俯伏せのままで言う。

「ね、外食じゃ、だめ」

「かまわないさ」

十分ぐらい歩くと食堂がある。其処には、わたしが作る何倍もの心尽しがあった。男は焼魚が好きでそれを取り寄せる。わたしは魚の生臭さがなによりも嫌いである。それは、北陸の漁師町に暮らしたとき、小さな町にいつも漂っていたあの匂いである。たまにパン屋の横を通るときなど、わたしは立ち止まってその焼き上がってくる芳しい香りに酔っていた。だが、そこを通り過ぎた途端に潮風の淡い匂いのなかに身を置かねばならない。母と妹はどんな種類の魚でも好んだ。それがわたしには不思議であった。

だが、東京に暮らし始めて、またこの六畳の部屋が魚の焦げ付く煙でいっぱいになるのは、なにやら哀しい気持にさえなった。男はそんなわたしに寛大であった。

「いいさ」

いま、男は粗末な食堂のテーブルでむしろ満足そうである。わたしがキャバレーのフロア・ショーで地方に出かけたときでも、男は同じテーブルで箸を動かしているのだろう。

「ね、相談があるの」

「なに」

「レコーディング、してみないか、って、そんな話があるの」

「いいじゃない、やったらいい」

「そんなに簡単に賛成するの」

　わたしは、同じ速さで箸を動かしている男をしばらく見ていた。

　このところ、わたしはキャバレーのショー・タイムに出演したあと、まっすぐに帰らずに、新宿のジャズ喫茶でひとり座っている。一番電車は寒かった。だが、次の日、わたしは深夜近くになるとまた地下への階段を降りて行く。大きなふたつのスピーカーからは、モダン・ジャズがフル・ボリュームで迫っている。大きな衣裳ケースに凭《もた》れて転寝《うたたね》した。それで男の待つ部屋に辿り着くのは朝である。

「ジャズは、良かったかい」

　男は目を醒まして、ベッドのなかから声をかけた。疲れたからだで潜り込むと温もりがある。安堵感と虚しさが同居した。

　昨夜のジャズ喫茶はにぎわっていた。前の席の男が振り返るとわたしに言った。「ね、この曲が終わったらさ、何処《どこ》かに行こうよ」

　それは、ジャズ・ドラマーの白木秀雄さんだった。何気なく辺りを見まわすと、女がひとりで居る、それはわたしだけである。それにしても、此処《ここ》に来てジャズを聴いている者なら、誰もが白木秀雄の事を知っているに違いなかった。

「ね、ユー、大きなバッグ持ってるね、ひょっとして、ターウ」

わたしは少し可笑《おか》しかった。バンド仲間が使う用語、それはなにもかも逆さに話すのが特徴である。だから、ターウ、は、うた、つまり歌手かと尋ねる。

「ええ」

「だったら、此処を出ようよ、おれの部屋には、抜群のヴォーカル、それこそすごくあるんだから」

そのとき、わたしは思った。

「こんなに大勢のひとのなかで、みんな耳を澄ましていると云うのに、こんな有名人が、平気でこんなことをする、ほんとに、いいなあ」

わたしは、それから、どんなときでも思慮深い男のことを想った。

レコーディングのはなしが持ち上がったのは、男と暮らし始めて四、五年経ったときだったと思う。

「アビオン」と云う名のレコード会社で、出資者にはどんなひとが居たのかはわからなかったが、日本で初めて出来た新しいシステムである。それは、現在で云う、自主出版とも違う、多分、原盤を制作して、それを既成のレコード会社に提供する会社で、マイナー・レーベルと言った。「アビオン」、それは日本で初めて出来たレコードの原盤制作会社である。寺本幸司さんが創った。わたしは、ひょんなことから、その会社が制作する第一号の歌手になってしまう。それまで、キャバレーで、黒人霊歌やゴスペル・ソングを唄っていたわたしが「東京挽歌」と云う演歌を吹き込むことになった。

赤坂の一ッ木通りの立派なビルディングの四階のオフィスには、放送局やレコード業界から抜擢されたスタッフが机を並べて、ディレクターには、これまでに数多いヒット曲を手がけた、通称、おけいさん、と呼ばれる女性が、大手のレコード会社から移籍してきた。わたしは毎日のようにそのオフィスに出かけて行ったのだが、おけいさんがなにかとわたしにいろんな話をしてくれた。おけいさんは、夜になるとあちらこちらの店にわたしを連れて行く。肌のきれいなおけいさんは深酒である。だが、目のなかが濁ることはない。それどころかいっそう青味を帯びて見える。そんなおけいさんを美しいと思い、また、眩しかった。

そんな日が半月ばかり続いたとき、はじめて寺本幸司さんに出会った。彼はこの会社を創った筈なのだが、何故かこれまで出社してはいなかったのである。

何日か過ぎたとき、わたしは思った。

「このひとだけが、どうしてなにも語らないのだろう」

その理由を尋ねる勇気など、わたしにはなかった。ただ、半月の寺本幸司さんが休んでいるあいだに、新しい事柄が進行していた。それは、わたしと云う歌手を第一号として売り出すには、見通しが暗いと云う結論が出たことである。早速に江夏大介と云う青春歌謡歌手の誕生であった。会社のほとんどのスタッフはこの若い男に期待しているのがわかる。するとと中年の宣伝担当の男がわたしに言った。

「あんた、もう少し、顔さえ良ければねえ」

最初はまだそんな調子であったので、わたしも苦笑していた。日が経つにつれ、なにやら、それも会社の誰もが陰にこもってくる。それは決してわたしの誤解とは思えない。原因は見えず、ただ会社に出かけるのが重い気持になって、こんな有様ならば、わたしが止めてしまうのが一等良策に違いない、とそう考え始めていた。

寺本さんの暮らすアパートにはじめて行ったのは、ちょうどそんな頃だった。四谷の辺りでタクシーを降りると、新宿通りから露地に入って暗い道を少し歩く。彼の部屋は、鉄の階段を昇った二階にあった。ドアを開けるとなかには、すでに三人の若い男がいた。彼等は、なにかについて話していたのだと思う。だが、わたしが部屋の隅に座ったとき、黙って酒を飲み始める。たくさんの本が積まれてあった。

「わたしの育った町には、本屋が一軒もなかった」

そう思うと、妙な気持になる。いつかわたしが、雑貨屋に頼み込むと「蛍雪時代」などと云うのを取り寄せてくれたことがあった。いま、此処に並んで、それも無造作に置かれている本の表題が、わたしにはひどく珍しく、見たこともない風景に違いなかった。

そのとき、寺本さんがはじめてわたしにはなしかけた。

「君は、このところ、ずっと暗い顔付きをしてるね。僕には、そう見えるよ」

わたしは俯いてしまう。これまでに出会ったことのない若者たち、静かななかにどこか自信を持って生きている、そんな風に感ぜられて、わたしはいっそう声にならなかった。こんな場所に居合わすのは、生まれて初めてだ、そう思うと、なんと答えていいのか気後れする。

「話してごらんよ」

わたしは、なんだか訳もなく少しずつ、涙がこぼれていく。十代の若者たちはそんなわたしを面倒くさく思いはじめているに違いない。だが、寺本さんも彼等もそのままで酒を飲んでいる。わたしがはなし出したのは、随分と経ってからである。

「なんだか、変でしょう、会社のひとたち。だから、これ以上は、わたしには無理なように思うの。一体なんなのか、それがわたしには解らないし、ただ、みんなの迷惑になってるらしい、それだけは感ずるから」

「なんだ、そんな事を君は気にかけていたのかい。それなら簡単なことさ。いま、売り出そうとしている君が、男と暮らしていた、そのことが、会社の皆んなに解ってしまったのさ。でも、勘違いしないでくれよ。僕は、そんな事、少しも気にしてないんだから」

わたしは、こころのなかで、あ、と叫んだ。それは思いもかけぬ事だった。それから少しするうちに、わたしは、三人の若者を眩しく思う。彼等は、寺本さんを慕っていつもこの部屋にやって来ている。そして既にそのことを承知していたのに違いない。それなのに実にさりげなく振舞っていた。

わたしは恥かしさと、それでまた、これまでに出会ったことのないひとたちに触れた新鮮な感動も覚え始めたのである。

その部屋で出会ったのはこの三人の若者と黒い猫だ。そしてその猫に似た女だった。女がほんの少しでも彼の側に近寄ろうものなら、黒猫は牙をむき出して襲いかかって行く。それが一度や二度のことではなかったので、不気味だ。

「おまえ、いい加減にしないか」

黒い猫にむけられる寺本さんの言葉に、わたしは初めて笑ったと思う。

渋谷駅のハチ公の前で待ち合わせたことがある。わたしが寺本幸司さんと出会って半年も経ってはいなかったかも知れない。真夏の炎天下、厚化粧の顔を見られたくない、そう考えると何度も鏡を覗き込んだ。

「はやくしないと、もうこんな時間じゃないか」

男はピアノを弾く手を止めて言う。わたしは返事をしない。すると男は背中をこっちにむけたままで、また、ポロンとひとフレーズ鳴らすと、そのあと左手で不協和音のコードを押した。大音響はふたりの暮らす六畳一間を揺るがす。わたしは持っていた鏡を放り投げた。

「もう、だめ」

わたしは動作とはうらはらに小さな声になる。このまま行くのをやめよう、そう思うと、さっきまでのピアノが鳴っているのに苛ら立っていた気持は消えてしまって、ただ哀しかった。

男は振りむいたが驚いているのかどうか、近視のわたしにはわからない。彼は落ち着いた声で言う。

「レコードのためのキャンペーンが嫌なのなら、そう言えばいいじゃないか」

「そんなことじゃないのよ」

「じゃ、なんなんだい」

「ほら、この窓硝子から入り込む陽のなかで、わたしの顔は化粧に耐え得ないわ」

「昼間から化粧した女は、好きじゃないからな」

「わたしだって、そうよ」

「だけど、しようがないだろ、レコードを出したんだから」

「どっちだって、良かったのよ」

「おまえが選んで、そうしたんだろう」

「うそ、あのとき、相談したのに、あなたが賛成したんじゃない」

「おまえは、いつだって自分の思うようにしてるじゃないか」

「わたしのことを、そんな風に思っていたの」

「まあね」

　男の最後のひと言に、わたしのからだから力が抜けて行った。それは、一緒に暮らして五年近く経って、男がはじめて言葉にした自分の思いに違いない。喧嘩したこともなく暮らして来た。夜が明けてから帰って来るわたしを、いつだって受け入れる。

それがなんなのか、いまわたしは、訊いてみたい、そう思う。なのに、わたしのなかに争う気力さえなくなっている。わたしは、のろのろと這い、投げ出した鏡を拾い上げる。覗き込むと、茶色く塗ったドーランがもう汗ばんで流れ出していた。

わたしは迷わずにタクシーに乗った。車が信号で止まるたびに、電車の方が早い、でも、目的地に着いたとき、誰も待っていてくれなくていいのだから、わたしはこころで呟く。約束の時間を一時間半過ぎて、わたしは渋谷駅の前の雑踏に降り立った。忠犬ハチ公の銅像に近づいて行くのさえ億劫に思える。

「なんにも、見えない」

わたしはハイヒールの爪先に目を落したままでゆっくりと歩いた。そのとき肩に手を触れられたような気がして、わたしは顔を上げた。その前を寺本幸司さんが急ぎ足で駅と反対の方向に抜けて行く。後を追わねばならない。道玄坂の辺りに来たとき、寺本さんはようやくわたしと並んで歩き始めた。いまのあいだに、わたしは遅れてしまった詫びを言おう。だが、言葉が出てこない。

「キャバレーで唄ったこの五年近く、なんとかやって来たではないか。それなのに、この炎天下で長時間を待たせても平然としている。どうせなら、このまま、わたしは誰からも我慢のならない女になろう、それでいい」

奇妙な緊張感と、それでいて自虐的な気持が入り混った。

すると、まだひと言も口をきかないこのプロデューサーが、わたしのなかでひどく重いものになってきた。彼はどんなにか腹立たしいのに違いない。何故、叱りとばさないのだろうか。そう思うと、わたしは、彼と並んで歩くのが耐え切れそうにもない。

「このひともまた、五年経ったとき、思いがけない事を突然に言う、それまでは、こころのなかを見せない、それとも、わたしが気付かない、踵《きびす》を返すのならそれはいまだ、なのにまだこうして歩いている。〝見知らぬ人でなく〟そんな映画のタイトルが浮かぶ。こんなときに、わたしはなんて、ふざけたことを思うのだろう、きっと暑さのせいだ、第一この長い沈黙、もうどうだっていいのだから、そうよ、誰も居ないところへ行こう」

わたしは、はじめて彼の方に目を移す。その途端に、彼は、ふっと笑った。その横顔は、これまでに見たことのない男の表情である。わたしは思わず俯いた。

「いやあ、想い出してたんだ、ハチ公前でよく女と待ち合わせしたってね、まだ若くて、いや、ガキの頃さ、久し振りにあんな処に立っていて、それで、ながいこと君が来ないだろ、なにか妙な気分になってしまって、おかしかったのさ」

彼の言葉を聞いて五、六歩行ったとき、わたしはゆっくりとしゃがみ込んだ。ハイヒールの爪先にからだの重さがのしかかっている。揃えた膝の上に顔を伏せると、ミニ・スカートからはみ出している脚が長い髪で隠れた。いまにも前に転びそうな不安定な自分を、みすぼらしいと思うと、恥かしさと嫌悪で立ち上がることが出来なかった。なにもかもがちぐはぐで、わたしは目を閉じるとじっとしているほかなかった。

ようやく顔を上げたとき、なにやら小さな黒いものが、ぼんやりと視界に入ってきた。それは地面に吸いつくようにして這いずり廻っているのだが、ほんの少し向こうに箱が置いてあって、どうやらそこから抜け出した一匹であるらしい。黒い不気味な恰好をしたそれがなんなのか近視のわたしには解らなかった。

そのときになって、寺本さんはわたしに訊いた。

「飼うつもりなの」

「そうしてもいいな、と」

「あと、大丈夫かい」

「さあ」

すると彼は速い動作で道端に腰を下ろしていた男にお金を払い終えた。

物売りの男が手渡してくれた箱のなかを覗くと、小さな亀であった。この動物は何日も生きてはいけないだろう、わたしには育てる自信すらない。わたしはこの小さな黒い生き物をいますぐに返した方がいい、そう思ったが、道端に座り込む男の嬉しそうな表情に、それも出来なかった。

「これからは、違うものをみて、暮らしていくことになる」

　しゃがみ込んだままのわたしは、背中に感じているプロデューサーの視線をさりげなく断ち切って歩き出さねばならない。


　男は雑誌の取材でやってきた。重そうなカメラバッグを置くと、僕は、記事は書かないので、とわざわざ言う。わたしは、それを少しは妙だと思ったが、別にさして気にはしなかった。

　撮影は何気ない街角を曲ったところでわたしが立っている一枚で終わった。そっけない別れの挨拶だったかも知れない。化粧して街を歩くのは、わたしにとって苦痛で、だから、此処をはやく立ち去ろうと思う。ただ、救われていたのは、日暮れ近く、厚い化粧も、この男のカメラのなかに、案外と自然に映えている、と思えることである。

　黒いドレスの裾を右手で少し持ち上げると水溜まりをよけて歩く。そのとき、背中にまだ男の視線があるような気がした。人通りはない。街のなかがもう暗くなり始めていると思ったのは、辺りに倉庫や人の住まなくなった建物の並んでいるせいだ。春の終わりなのに曇って、まだ寒さが残っている。

あの角を曲ってしまえばいいのだから、と急ぎ足になるのを堪えた。今日出会ったばかりの男に後姿を見られているのなら、薄気味悪い。だが、わたしの思い過ごしかもしれなかった。

歌手の自意識過剰は、身に付いたものよ、と女のマネージャーが口にする。いま、わたしは、その通りだと思う。するとなにか眩しい気持と、それでまた、思うのはあの女が、こんな風に俯いて歩くときがあるのなら、それはどんなときかしら。真赤なマニキュアの長く伸ばした爪を見せて、煙草を深く喫って吐き出す。そのとき、わたしは、この若い女に見張られながら生きているような気持になる。だから、今日も、ひとりで来たのよ、だが、女は車の運転もうまくて、仕事になると意識的に情感を切り捨てている事もわたしには解っていた。やはりこんなとき女が居てくれる、その方がいいのかも知れなかった。

古びた建物を折れたとき、男は立っていた。息を殺しているように見える。別の道を駆け抜けて先まわりしたのだから少しは走った、そんな様子を悟られまいとしているのだ。

「やっぱり、送らせて下さい」

「ええ」

男はタクシーを拾うと、小さなホテルのレストランに誘う。少し強引とも思えるが、決して嫌な言い方ではなかった。わたしはこうなるとは思ってもいなかった。

たくさんの取材を引き受けた。どうして舞台で唄う回数よりこの方が多いのだろうと考える。或るとき、同じ質問ばかり続くので、わたしは普通の歌手です、そう答えた。投げやりな気持ではなかったが、少し苛ら立っていたかも知れない。すると、この歌手は普通の歌手であった、とその記事は結んであった。そこには、わたしが、普通の歌手です、と発言したとは書かずに、記者の感想と云うかたちで、そう記されている。苦笑した。そんな自分を傲慢で思い上がっている、と思う。だが、このひねくれているだろう性格を見つめている時間など、このごろのわたしにはないのだから、そうも思った。わたしのうたを聞いて頂だい、そして、その記事が、わたしにとって良くても悪くてもいいの、うたから感じて欲しい、ほんとうはそう言いたかった。取材が終わると、それは、ひとつの舞台より疲れてしまう。だから、その場を一分でもはやく離れようとした。それなのに、今日は、わたしのふとした隙間をつかれた気がする。

「わからないねえ、僕には」

プロデューサーの寺本さんの声がわたしの裡に響いてきた。

取材の折には、ほとんど話すことのないわたしが、突然に出会ったばかりの男と食事に出かけようとしている。そんなわたしを見たら彼は驚く。そして失望するのに違いない。

「いいのよ、今夜は」

「それは、きみの気紛れかい」

「そうかも知れない」

「きみは、そんな女かしら」

「わからないわよ」

「僕は、きみに会って、見事だといつもそう思ってきた。それは、さりげなくかわして行くことを知っている」

「どう云う意味かしら」

「きみは、ながいこと、キャバレーをひとりでまわって唄い続けてきた、そのとき身につけたものかも、僕は、そうも思っている、だけど、それだけじゃない」

「なんのことだか、わからないわ」

「わからない、それならそれでいいさ、だけど、きみは、僕をもかわしていくのだから」

プロデューサーと歌手のあいだで、もう何度交わされた会話だろうか。そんなとき、プロデューサーの寺本さんは、言葉とはうらはらに嬉しそうだ、とわたしは思う。彼が、今夜の様子を知ったら、またそう言うのに決まっている。だが、それはまた、歌手なら、ミステリアスな方がいい、晒《さら》してしまうのは嫌だ、僕はそうしたい、プロデューサーがわたしと云う歌手に、遠まわしにそう言っているように受け取れる。

それから、彼は言う。

「きみと云う歌手がわからない、いや、そうじゃないんだ、きっと僕には、きみがわからないんだ」

まだ寒い春の風で髪が顔を覆ったとき、わたしは、写真を撮されていることを忘れそうになる。

そうだ、この季節だ、東京に暮らし始めたのは。仕事を探して国電のプラットホームで何台もの電車をぼんやりと見送った。ベンチに腰を下ろしていると、自分だけが老いて行き、あとはなんにも変わらないのに違いない、と思う。そのくせ、日が落ちると、からだのなかに得体の知れない蠢《うご》めきが始まる。それは、神田にある小さな自動車のタイヤ販売の会社に勤めてからも、いっそう増した。夜の銀座をただ歩いた。生活するのにいっぱいのわたしは買物をする気持もない。疲れ切るまで歩くと泥のように眠る。そんなことが続いて四ヵ月経ったとき、街角の近くで歌声を耳にした。わたしは地下への階段を降りて行く。後日になって、其処はパリの場末の感じに造られている、と知った。見馴れぬ椅子でシャンソンを聞いた。想い出しておくれよ、と云う歌詞を唄うとき、どうして、最初の、お、の発音だけを長く引き伸ばすのだろう、と不思議に思ったりした。それから、歌手たちの口から、たくさんの言葉が飛んできた。それらは、わたしの暮らしからは遠い響きであった。そのくせ、ロマンス、と歌われると思いがけない程に動悸する。

　あれから何年経っているのだろうか。いまわたしは、鄙《ひな》びたホテルのレストランに男と向かい合っている。速い動作でナイフとフォークを持つ男の手許を見ているのが心地よい。東京にこんな場所がまだあったのかしら、と思う。ピアノを弾く男と暮らして、その部屋を出た。だが、わたしの野心は歌手になることではない、それは、男といい感じになることだから。いま真正面にいる、出会ったばかりの男にそう言ったら、どんな顔をするのだろうか。

　薄暮のために輝き切らないシャンデリアの許で、厚化粧の女が笑う。そのことに、ふと男は気付くと、後悔が始まる。その笑いは挑発的には見えない。むしろ気味悪い。そんなことを思いながら、わたしの顔は無表情である。

「きみは、どんなときでも、冷静じゃないか」

　プロデューサーの声がする。

　わたしは、いまこんなときでも、その言葉を反芻している。

あれは、大阪でのラジオ番組の公開録音のときだった。何人もの歌手が順番に舞台に上がった。わたしの出番がやってきて一曲唄い終わると、超満員の場内は騒然となって、それから我先にとロビーに逃げ出して行く。わたしは、自分のうたが聞き取れぬ程の罵声のなかで平然として唄い続けるしかなかった。それにしても、とわたしは思う。大阪のラジオ局で用意してくれた五人のコンポ・バンドには驚かされた。たっぷりとスラーをかけて吹く、テナー・サキソフォン、それを、ムードたっぷり、とでも表現するのだろうか。キャバレーを長いあいだ体験してきたわたしだが、これ程のセンチメンタルを直接的に演奏するのをはじめて聞いた。だが、わたしは唄い終わると何事も無かったように会場を出た。東京の事務所に電話をする気持になったのは、新幹線の駅に着いたときである。

夜遅く、六本木交差点近くの小さなビルディングの四階には灯りが点《つ》いていた。下から見上げると、其処だけが蛍光灯で眩しい。静かな廊下に、わたしの靴音が響く。それから、ドアを押した。

寺本さんは、回転椅子に深く凭れて煙草を喫っている。窓の方に目を遣ったまま黙っていたが、ようやくこちらを見た。

「どうしたんだい」

「ん、みんな、出て行っちゃった」

「きみが、唄ってるときにかい」

「そう」

「それで、きみは、どう思ったんだろうか、僕は知りたいね」

「わかんない」

わたしがそう言うと、彼は言葉に詰まって少し怒ったような顔になる。わたしが話し始めるのを待っている。だが、わたしはなにも言わなかった。

ながいあいだが過ぎると、彼は咳払いする。それは、歌手が唄う前に声の調子を整えるのに似ていて、遠慮がちで小さい。そんな彼の癖は、わたしが舞台に出て行って、これから唄おうとするときに、鎮まり返っている客席の隅から聞えてきた。どんなに大きな会場のときでも不思議とこちらに伝わるのである。マイクロフォンを片手に持ち俯いたままで、そんな彼の癖を、わたしは一度も聞き逃がしたことはなかったと思う。そしてそれはまた、ながい間合いの後で話し出す前の癖でもあった。

「きみから電話をもらった、それで、僕は、大阪に電話をしたんだ、今日のコンサートの会場に居たと思われる何人かにね。勿論、放送局の担当のひとともはなしたさ、出来るだけ多くの人と話した方がいい、なにしろ僕が現場に居なかったんだから、それで、大方はこうなんだ、お客のほとんどが中学生だった、きみのうたは受け入れられないとしても、そう不思議じゃない、だから、傷にはならない、僕はそう思うね、それから、バンドだ、良くなかった、だけど肝心なのは、きみのうたなんだ」

　わたしは、ただ彼の顔を見ていた。その通りである。なにも言う事はない。

　いつだったか、山の中腹で野外コンサートがあった。五千人近い客席の後方で寺本さんとわたしは並んで見ていた。深夜に近かった。メインと思われている歌手が唄い終わると、ぞろぞろとお客が帰って行く。そのとき舞台では、次の出番の男性歌手が唄い始めていた。誰もが舞台を振り返ることもなくて出口に向かっている。わたしと寺本さんは、人の渦のなかに巻き込まれそうになった。だが舞台から目を離さなかった。それが随分と続いていったとき、寺本さんが、ぼそっと言った。

「あいつ、とうとう、手前《てめえ》に向かって唄い始めやがった」

　わたしは、思わず彼の顔を見る。背の高い寺本さんは、わたしの方を見なかったが、左手で少し顔を隠すようにした。そのとき、瞬時だったが、彼が少し笑ったようにわたしには思えた。それから寺本さんは、その男性歌手のLPを三枚制作する。アルバムはあまり売れなかったが、わたしはその男の肉声が好きだった。

だから、とわたしは思う。バンドがひどかった、などとそんな事を言いに来たのではない。第一、演奏者たちは怒号のなかでは、いっそう必死で、すると滑稽なほどに物哀しさが増した。わたしは自分に向かって唄うでもなく、ひとフレーズ、またひとフレーズと、それは脈絡も意味もなく宙を舞うでもなく、すっと足許に落ちる。これでいいのよ、と開き直る、そんな気持にもなれなかった。それで、どうなったのか、と云う事を少しは話してもいいのだけれども、そんな事で、電話をしたのではないのだから。

「きみは、きみのうたを唄ったかい」

「わかんない」

わたしは、寺本さんの切れ長の目をまっすぐに見ると、無表情のままで言う。

彼はしばらくこっちを見ていた。それから目をそらすと窓の外を見て言った。

「わかんない、って、きみは、ときどきそう言うだろう、だけど、そんなとき、僕には、きみが冷静に見える」

男は報道カメラマンである。

男は一枚の写真を見ながら、この写真家はいい、とわたしにはなす。その一枚の写真は、死体が浮かび河を流れて行く、厳しいもので、その写真家の言葉が添えられていた。「メコン河に手を入れてみると、水は冷たかった」。そして男は、写真を撮るだけではなくて、やはり水のなかにまで手を入れるこの写真家が好きだと言った。

寺本さんが、男にはじめて会うことになったのは、男の撮ったわたしの写真が雑誌のグラビア頁に載ってしばらくしたときだった。

音楽事務所に近い喫茶店に入ったとき、寺本さんは、窓を背にして座る。男は顔に陽ざしを浴びた。わたしは、どちらに腰掛けるのか迷ってしまう。

「写真のはなしをするのだから、わたしはどっちだっていい」

自分に言い訳をする。そして、プロデューサーと歌手は、いつものように並んだ。男はこっちを見なかった。

店を出て、しばらくしたとき、男は歩きながらわたしに言った。

「気後れしてしまって」

「取材のときは、いろんな人に会うのでしょう」

「僕にだって、苦手はあるさ」

「あなたが、一足先に店から出て、あのとき、寺本さんがレジのところで、わたしに言ったの、あなたが一度だけ笑った、あんな顔で笑えるって、いいなあって」

「そんな話をするの」

「横を向いたままで、そんなときの寺本さんの顔は、気障《きざ》で可笑しいぐらい、だけど、彼は、本当のことを言ったと思うわ」

「僕は、笑ったかしら」

「覚えていないの」

「なんだか、じっと見られてる気がして、落ち着く間もなかったから」

男は前方を見たままでそう言うと、足早にわたしをせき立てて、信号のある歩道を渡ろうとする。

それから幾月か経って、寺本さんが言った。

「きみは、あの男と暮らしているのかい」

「どうして、そんなこと訊くの」

「いや、僕は、きみが誰と一緒に居ようと、いっこうに構わないさ。ただ、もう二人の記者から言われて、それでね」

「困るわ」

「もう、僕の力じゃ、抑え切れない感じもあるんだなあ」

寺本さんは、何気なくはなす。こんなとき、わたしは妙に疑い深くなっていく。このところ続いた幾つかの事柄が頭のなかをよぎった。


わたしの所属する小沢音楽事務所は、寺本幸司さんの出版社の二階下にあった。くわしく言うのなら、そのどちらとも、小沢さんが社長である。

小沢さんは、わたしがキャバレーの仕事も失くなって、それには、ちょっとした事情もあって、半年以上も仕事がなかったとき、彼の事務所に入れてくれた。そのとき、小沢さんは、わたしのレコードを出すことを考えて、「アビオン」にわたしを連れて行った。だから、小沢さんと「アビオン」のディレクターとしてなにかとわたしに優しくしてくれたおけいさんはずっと以前からの仕事仲間だったと思う。そして、原盤会社「アビオン」が解散したとき、寺本さんとおけいさんは、小沢さんと仕事を組むことになったのである。

小沢さんには、なにかしら大きなところがある。ちょうどその頃、小沢さんが、その唄い方に惚れてながいことマネージメントした男性歌手に、ヒット曲が生まれた。それを機に小沢さんのところは、突然に若いスタッフや歌手が増えて毎日が活気づいてみえる。

いま、わたしは音楽事務所の一室に、呼ばれていた。

小沢さんは、ひどくおこっている。

「どうして、自衛隊じゃ、唄えないんだ」

「嫌なの」

「おれは、ずっと思っていた、君は素直だ、と。それなのに豹変する、このところ、幾つも問題をおこす、だからもう、解らなくなった」

「素直だから、自衛隊で唄いたくないと言ってるのよ」

「そんな言い方、これまで、しなかっただろう」

「ちょっと、違うんだけれど」

「どう違うんだい、少しぐらい売れて来たからって、これからだろう。それとも、売れてきたから、言いたいことを言おうって云うのか」

「そんな大声を出さないで、聞いて欲しいんだけど。このあいだのテレビの事もね、楽屋でたった一度や二度同席して、挨拶を交わした、たったそれだけの歌手から、友人だから、と言われて、その歌手についてテレビのなかでわたしが語る、そんな事は出来ない、カメラの前で嘘なんかつけないもの」

「それを断わったばかりに、この事務所のタレント全部が、そのテレビ局を一ヵ月間の出演停止になったんだ、他の者に迷惑かけて、それで気が済むのか」
「それは、わたしのせいかしら」
「そうだよ、だから、明日は、なんでもいいから、自衛隊へ行って唄うことだよ」
「無茶苦茶言ってる」
「そんなに、思想がある、とでも言うのか」
「思想、わたしはそんなことを言ったことはないでしょう、ただ、それだけは、だめなの」
「キャバレーなら、いいのか」
「いいわ」
「明日は、自衛隊の給料日で、そんなとき、彼等はよくレコードを買ってくれる、俺はそう聞いている、一枚でも売れればいいとは考えないのか」
「『アビオン』からレコードを出したとき、いろいろキャンペーンで歩いた、でも、そんな風にして買ってもらっても、それは、本当に売れたことにはならなかったわ、今度はまた、レコード会社も変わって、正直に行きたいと思う、そのことは、寺本さんもずっと一緒に歩いてそう感じた筈よ」
「やっぱり、寺本氏の言う事はきいても、おれの言う事はきけないいんだな」

「そんなことじゃないの」

わたしは札幌に出発しなければならなかった。飛行機は午後の便で、もう時間が迫っている。若い女のマネージャーを待つ。彼女はもうすぐに現われる。厄介な歌手を連れて行くことになってしまった、若い女はそう思っているのに違いない。すでに事情は呑み込んでいる。だが、いつものように表情には出さない。それはどんなときでも見事である。約束の間際になってやって来る。それにしても今日は遅い、とわたしはぼんやりとした頭で考えている。

そのときになって、寺本さんが入って来た。わたしは、なんとかこの事について話がしたいと思い、二階上にある出版社の方で寺本さんを待っていたのである。

「もう、あまり時間がないのだけど」

「わかっている、表に出よう」

彼はそう言うと、わたしの衣裳鞄を持ち上げた。廊下に出てふたりだけになったとき、わたしは言った。

「明日、昼間なんだけど、千歳の自衛隊に行くと云うスケジュール、突然に今日になって聞かされたの、勿論、夜の公演は唄うけれど、自衛隊に、それもキャンペーンで行きたくないの」

すると、寺本さんはながいあいだ黙っていた。それから、声を抑えて何気ないように話し出す。

「もし、きみが、そうしたいのなら、それでもいい、ただ、いまのきみは居なくなる、そう思うしかない、レコード会社も、音楽事務所も、きみとの関係は終わりになる、それは間違いない、どうするのか、それはきみが決めるのだから」

　わたしは、ゆっくりと顔を上げると、寺本さんの目を覗く。男の目のなかを、こんなにも長いあいだ見たことがあったろうか。


　北海道には、わたしがいつも舞台を共にしているギターリストも一緒で、それに出版社に新しく入社した男が同行した。わたしには思いがけなかったが、若い女のマネージャーは、この男と気が合っている。それは、男が出版社に通い始めたときから、すぐにそんな風だったと思う。飛行機のなかではなすふたりの歯切れのいい標準語が心地良い。わたしと若い女のふたりだけなら、重い雰囲気から逃れることが出来なかったのに違いない。

　札幌に着くと、レコード会社の支社に勤める男が待っていた。中年の男である。彼は早速に、わたしたちを酒の場に案内する。そして、明日の自衛隊へは、元俳優だったMさんが歌手たちを連れて行くのだと話す。Mさんは、どの歌手にも優しくて、ほんとうにいい人だ、自分はこれまでに随分とMさんに助けられている、と嬉しそうに言う。人の好い中年の男にはなんの迷いもないように見える。わたしは、またひとつ面倒なことが重なってしまった、そう考えると気持が落ちた。

出版社の男と若い女のマネージャーは顔だけで笑うと相槌を打ちながら言葉は少なくなっていく。

宿に落ち着くと、もう深夜に近かったが、ふたりはわたしの部屋にやって来た。そして、明日は、どうするの、と問う。自衛隊には、やっぱり行かない、とわたしは言った。それからは東京と札幌の宿泊先での長距離電話が続く。受話器を持つと、小沢さんの一段と怒っている声がする。

小沢さんは、それならば、彼の売り出した男性歌手を、わたしの代わりに、巡業先の東北からヘリコプターをチャーターして送り込む、と言う。

「寺本氏は、きみが行くことになったから、そう言うんで、おれは、ほっとしていたところなのに、どう云う事なんだい」

わたしは、こころで、あ、と呟く。それから、寺本さんが、ほんとうにそう答えたのかどうか確かめてみたい気持になったが、それだけはしなかった。だが、ここまできてはっきりとしたのは、寺本さんが、わたしに自衛隊に行きなさい、と言っている、と云う事だった。

寺本さんは、わたしが黙って自衛隊に行く、そう思った。それは、東京を発つまえ廊下で、わたしが彼の目のなかを見続けたとき確信したのだ。

「アビオン」からレコードを出したとき、寺本さんとわたしは何処にでも出かけて行った。一枚でも多くレコードを買ってもらおうと、それはキャンペーンである。それが大阪で一週間続いた折などは、足の指先が切れてハイヒールのなかは血だらけになり、夜遅く、レコード会社の用意した旅館に着くと、靴を脱ぐのに顔が歪んだ。

彼は、朝の早いことを考えて、風呂は必ずわたしを先にする。湯気のなかで、わたしは大きな指輪を置き忘れたことに気付かなかった。

次の日、旅館を出てタクシーに乗ったとき、寺本さんはさりげなく渡してくれた。後日、それも随分と経ってから、彼はそのときのことをはなした。彼は、こんなところに指輪を忘れて、そう思って拾い上げた途端に手から落ちたのである。手には黒い、ひどく薄い皮のようなものが気味悪く残った。それはふたつの指のあいだでぬるりとした。床に落ちた指輪は真赤な瀬戸物で、化粧に使うためのアイラインで黒く覆ったものだったのである。

黒い、それもひどく大きな指輪は珍しい。だから、彼はこれまで、良く見つけてくるものだ、とずっとそう思っていた。わたしは、黒い洋服に赤い指輪は恥かしくて、そう言った。だが、彼のはなし振りから、ひどく驚いたのには、もっと深く思う事があったらしい、とわたしには思えた。「アビオン」で歌手として地味過ぎると言われて、それはわたしにとってせめてもの装飾だったのである。

いまは、レコード会社も変わって、そんな無理をすることもない筈だ。

「バーにまで出かけて行って酒をついで、レコードを買ってもらっても、それは本当に売れたことにはならない、うたを解ってくれるひとが買ってくれる、それしかない」

寺本さんとわたしは、「アビオン」の経験から痛い程にそう感じてきた。そして、そう言ったのは寺本さん自身ではなかったのか。

その寺本さんが、いま、自衛隊の給料日に、どうして、わたしに行けと言うのだろうか。いったい、これはどう云う事なのだろう。いま彼は、どこを見ているのか、わたしのなかにやりばのない気持が渦巻いた。

そのとき突然に、わたしは三日前のことを想い出した。

男はながいこと暗室にいた。

わたしはくすんだ赤い灯のなかで男の手許を覗き込んでいた。強い匂いの液に印画紙を浸すと、少しずつ風景が見えてくる。男の写真は一見なんの計算も無い。それは有りのままを撮ると云う男の信念でもあった。わたしは、少し物足りないように感じたが、どれもが硬質でそこが良かった。男が何本目かのフィルムに取りかかったとき、それは、わたしが舞台で唄っているものだった。そのときになって男は、はじめて話し始めた。わたしと男の会話は、その舞台でのことや、たわいのない事だったと思う。

　すると、男は突然に黙ってしまったのである。わたしは少しは変だと思ったが、また写真に集中しだしたのだろうと気に止めなかった。

「僕は、その、あなたが、寺本さんの名前を口にする、そのたびに、気持が落ち着かなくなってしまって」

　男は、目を落したままでそう言うと、大きなピンセットで液のなかの印画紙を揺らしている。それから男は、無表情のわたしの顔をまっすぐに見た。ながいことそうした後で、いつものように笑った。

　翌日、目が醒めたとき、一通の診断書が届いた。札幌にある放送局のディレクターのA

さんが用意してくれたものだった。歌手が、夜に唄うためには熱が高いので、昼間は休養を要する、と気遣いがされてある。ディレクターのAさんなら、わたしも何度か会い知っていた。

若い女のマネージャーがぼそっと言う。

「Aさんがね、あなたの気持、わかる、そう言ってね」

女はさして眠らなかったのかも知れない。くっきりと引いたアイラインの目が珍しく濁って見える。

千歳にある自衛隊の基地を後にした。三人はタクシーに乗り込むと黙り込んだままで、それぞれの窓の外を見ていた。曇り空の寒い日である。荒れた土地がどこまでも続いているように思えた。わたしはオーバー・コートの代わりをする大きな黒い布ですっぽりと包む。それを両手で引っ張るとからだがいっそう細くなる気がして目を閉じた。だが、出版社の男と若い女は、わたしのそれ以上に寒く震えている。ふたりに覚悟はあったと思う。わたしはそのことに気付いていた。

「あんなに行かないと言ったのにそれなら、この歌手は、何故、いまになって、来たんだ」

ふたりのなかに割り切れない思いが残っている。それからまた、わたしが、音楽事務所をやめることを決めている、その事をも察しているのに違いない。

今頃は、自衛隊員に囲まれて歌手たちは、レコードを売り捌いている筈だ。

わたしはひと言も発することはなかった。元俳優のMさんは舞台の上では喜色満面である。その一挙一動に男たちが声援した。するとMさんが言った。

「この歌手は、高熱を押してまで、やって来てくれました、だから、残念ながら、うたをお聞かせ出来ませんが、さあ、盛大な拍手を、わざわざ来てくれたんですよ」

客席に目を遣ると真暗で、ひとりの男の姿も見えなかった。人の動く気配すら見えない客席ははじめてだ。闇夜としか思えなかった。だが、男たちの大歓声、それは、顔のない男の悲鳴のように、いまもわたしの耳に残っている。

そしていままた、もうひとつの声が聞えている。宿を出るときに、ギターリストの男がわたしの背中に言った。

「自衛隊に行って唄うひとと、今夜一緒の舞台に立ちたくないよ」

彼は荷物をまとめると、いまごろは東京に帰ってしまっているかも知れない。それならそれでいいのだから。

「なにもかも、そんなことじゃないのよ」

わたしの言葉は声にはならなかった。タクシーの窓硝子にポツンと雨がこぼれた。札幌に近づくにつれて、しぶしぶの降りになった。

東京に戻ると、わたしは、参宮橋の近くにあるいつもの店に出かけた。わずかな知人たちとテーブルを囲んでいると、店の主人がやってきてわたしに言った。

「寺本さんから、電話だよ」

わたしはのろのろと立ち上がっていく。

「はい」

「僕も、会社をやめるさ、きみと同じに」

「ほんとう」

いきなり、思いがけないことを言われて、わたしは、ほんとう、と二度繰り返して訊く。そのときわたしの声は弾んでいる。そう気付くと、わたしの裡のなにかが炙り出されたようで少し嫌悪した。

わたしは、さりげなくいつもの店を出る。彼は、この近くのドライブ・インに来て欲しい、と言った。今夜は珍しい場所に居ると不思議だったが、さして気にはしなかった。

大きな道路に面したドライヴ・インのたくさんの窓から見える建物はみんな明かりが落

ちていた。いまこうしてプロデューサーと歌手がテーブルをはさんで向かい合っている。ちょうど旅先にいるように思える。それも、寺本さんが何度か行ったと云うアメリカ西海岸の砂漠のなかに一軒だけある、そんな場所に似ているのではないだろうか。知人に会う事は無いのに違いない。今夜に限ってこんな処を選んだのは意図したことだ。

それにしても、寺本さんは、したたかに酔っている。電話では感じさせなかった。わたしは引き返そうと席を立った。

「お待ちなさいよ」

「なんだか、変だもの」

「ね、此処に座って」

「ひどく酔ってる」

「そう、僕は、酔ってるの」

彼は、辺りを憚《はばか》ることもなくなっている。わたしは、はやくこの場を立ち去りたい気持を抑えるとまた寺本さんの前に腰を下ろした。すると彼は、捩《よじ》れている一枚の紙をテーブルの上に置くと、手のひらで何度も伸ばす仕草をしながら言った。

「なんにも言わずに、きみの認印を下さい」

「それは、なんなの」

わたしは一枚の紙を覗く気持にもなれない。

「契約書、それもきみのね」

「そんなもの、これまでに無かったじゃない」

「今度、新しく出来たの」

「契約書なんて無くったって、いるときはいる、いなくなるときは、いなくなる」

「一年だけさ、必ず僕が自由にする、それは保証するんだから」

「わたしのレコードを作ったり、やっぱり費用の方が多いのかしら、それに、小沢さんには、感謝してる、だから、その事なら考えてもいいけれども、それにしても契約書は、嫌いだわ」

「きみが、そう言うだろうと、僕がこうしてやって来たんじゃないの」

彼はそう言うと、ときどき小さくからだを揺らしている。

この分じゃ、わたしは契約書に認印を押すことになるのだろう、だけど、そんな事はどっちでもいいのだ。いまわたしがほんとうに思うのは、

「あなたは、酔わずには、来れなかった」

と。

十二社の瀧

富岡多恵子

富岡多恵子（とみおか　たえこ）

一九三五（昭和十）年大阪市生まれ。大阪女子大英文科卒。在学中、詩作から出発し、七〇年以降は小説を執筆。五八年詩集『返礼』でＨ氏賞、六一年『物語の明くる日』で室生犀星詩人賞、七三年『植物祭』で田村俊子賞、『冥土の家族』で女流文学賞、七七年「立切れ」で川端康成文学賞、九四年『中勘助の恋』で読売文学賞、九七年『ひべるにあ島紀行』で野間文芸賞、二〇〇一年『釋迢空ノート』で紫式部文学賞、毎日出版文化賞、〇五年『西鶴の感情』で伊藤整文学賞、大佛次郎賞を受賞。

底本

『斑猫』河出文庫　一九八二年

大阪生れの大阪育ちといっても、小さい時のことはよく覚えておらず、もの心つくころになると学童疎開であちこちひきまわされ、揚句に国の命令で大阪の北のはずれの田舎に無理強いに移されて、十歳から、ハタチすぎまでそこにいた。したがって、大阪浪速の町なかを目をつぶっていても歩けるなんて芸当はできない。なんといっても、子供から少女のころに町なかで遊んだことがないのだから、町の地理にうとい。

その人間がハタチすぎに大阪を出奔し、東京にきてから、もう十八年もたっている。その間、大阪へいくたびに大阪の町の姿は変り、今では梅田の地下街を歩くとただ夢中でとにかくどこか地上へあがろうとあせる。なにがなんだかよくわからぬ。

東京へきて最初に住んだのは、新宿のすぐ近くで、そのあたりは十二社《じゅうにそう》と呼ばれていた。そこには十二社温泉があるというのだった。新宿から甲州街道をバスに乗ると、バスは五分くらいで右へ曲った。するとすぐに左側に温泉があるらしかった。「温泉があるらしかった」というのは、一度もそこへ入っていったことがないのでどういう温泉なのかわからぬからである。なにかそのあたり広い昔風の庭園のような感じがした。樹木がいつも黒々と繋っていて、その中の建物がバス通りから見えなかった。バス通りをその温泉前からすこしいくと、向い側に熊野神社という神社があった。石段をのぼっていくと樹々の間に社が見えるが、この社も、人通りからは見えない。この熊野神社の先を、バス通りから路地を何度も何度も曲って、狭い道を入った迷路のつきあたりのようなところにある倒れかけたシモタ屋の二階に部屋を借りていた。

わたしの他に、そのシモタ屋には三所帯がそれぞれ小さな部屋を借りて住んでいた。となりの部屋には、浪曲師と三味線ひきの夫婦がいた。まるで時代劇の登場人物みたいだけれども、つい十八年前のことである。

浪曲師は春日井《かすがい》梅鶯《ばいおう》の弟子だったとかで、梅の井鶯宿という芸名を名のっていた。五十歳くらいの、小柄で無気味なほど痩せた男だった。曲師の女房は三十五、六のいかにも女盛りといいたげな、元気のいいひとであった。小柄で、小ぶとりで、いくら働いても倒れないような肉体の強さが、大きな黒い目の動きとむっちりした腰にあらわれていた。

浪曲師夫婦はたいてい部屋にいた。ということは、かれらには仕事がほとんどなかった。ふたりがどこかの地方の村々の祭礼の余興によばれたとかで、一週間の巡業にいくと出かけるのを見たのは、一年の間に二度だけだった。

巡業の二、三日前になると、女房の声ははずみ、階段をかけおりる音も早くなった。

「おじいちゃん、留守をお願いしまあす。おじいちゃん、いってきまあす！」と家の玄関先に鶯宿師匠と並んで立った曲師女房は何度も大家さんの老人にいう。

曲師は、樟脳のにおいが、箪笥の奥の湿気とまじりあっているような、湿り気で縫い目のひきつった着物を着て、古ぼけた小型のトランクと三味線の箱をさげている。着物は、昼店の古着屋にぶらさがっているみたいな、町では見かけぬとてつもない派手な昔風の色と柄で、きずだらけのトランクは旧劇の小道具のようだ。そのトランクの中には、かれらの舞台衣裳が入っているのであろう。彼女の出がけに着ている着物は、一年に一度か二度しか着ない一張羅のヨソユキにちがいない。朱色に太い白の棒縞が縦に走り、それを横切って、ところどころに青の模様が飛んでいる。染めた模様には見えないが、さりとて銘仙のようでもなく、お召《めし》のようにも思えない。なにやら、写真で見る昭和のはじめのカフェの女給さんが着ていたような古典的な色と柄である。それは芸人らしい衣裳なのかもしれないが、そのとってつけたような派手さは久しぶりの仕事に出かける彼女のよろこびをあらわしすぎていた。

曲師の女房は、普段はブラウスにスカートであるが、浪曲師の方は普段いつも着物であった。たいてい毎日、大家さんの老人と碁を打っていた。

そのシモタ屋へ入ってしばらくして、隣人の鶯宿夫妻にかれらの部屋へ招き入れられたことがあった。招き入れられたというより、新入りの挨拶をせまられたのかもしれぬ。あとでそう思った。

挨拶のあと、案の定、鶯宿師匠の昔話、つまり、いかに彼が昔は売れていたかを聞かされた。彼は、浪曲が大衆芸能として昔の勢いを失い、歌謡曲にとってかわられる時期に、うまく芸の転換ができなかった。またその時浪曲を守りつづけて、仕事がまわってくるほどその世界での地位も名声もなかった。浪曲から雑芸や歌謡曲に転じていった芸人や歌手のだれかれの名前を出して、鶯宿さんはクソミソにやっつけるのだった。

「まあ、わたしはこういう身体だからと思ってあきらめはするが、芸ではあんな奴らには負けんですよ」と鶯宿さんはくり返した。

鶯宿さんは若いころの病気とかで、背骨の一部が曲って背中の中央に飛び出していた。

「〇〇や××も、昔はよくうちへきて、小遣いをせびったもんですよ」と曲師のおくさんも助太刀するようにいった。

「この世界も、昔のような、恩や義理はなくなったからねえ」と浪曲師はいった。

「オーシュクさん、電話でーす」と階下から大家の老人の孫娘が甲高い声で呼んだ。

鶯宿さんの電話の声は、いつも家中に響いた。さすがに声を売る玄人というべきか、言葉の端々までよく通った。また、たまに電話がかかると鶯宿さんのお喋りは長かった。仕事を頼むらしい電話は時折自分の方からかけていた。

三ヵ月ほどたった時に、またわたしは浪曲師に呼ばれて、かれらの部屋へ入っていった。今度は、呼びつけられたといった方が当っていた。

浪曲師の部屋は六畳一間だった。流しやガスは、部屋の外にあって、共同で使うことになっていた。

「電話をかけるのは、ほとんどうちとあんたのところですわな」と浪曲師はいかにもこれから若い者に文句をいう構えをみせた。

「電話をかける度に、そばの箱に十円玉を放りこむのは知っているでしょうな」

「はい、十円玉を入れてますが」

「ところが先月分の電話代の書きつけがきて、おじいちゃんはその代金に、箱の中の十円玉があまりにも少ないとびっくりしている」とあぐらをかいた浪曲師は食卓らしい台の上に、紙きれをたたきつけた。

「こっちの方はうちがかけた回数、こっちの方はあんたがかけた回数。あんたの方が多い。それなのに、十円玉は、両方合わせた分の半分ちょっとしかない」彼の声には正義の力がこもっていた。

紙きれには正の字が二列に並んでいた。浪曲師は、わたしが電話をかける度に、それを数えて正の字をつくっていたのだった。わたしは驚いて、ただ不注意を謝り、とにかく不足分のお金を払った。

それにしても、階段にいちばん近い部屋とはいえ、階下の玄関近くにある電話に絶えず耳をたてて正の字を書くのはたいした注意力であった。

ただ、大家さんの孫娘が、夜中よく電話をかけているのを、わたしは知っていた。孫娘は高校二年だった。おじいさんの昔のおめかけさんにできた孫娘らしかった。

夜おそくまで起きているわたしが階下の便所にいった時、孫娘が十八、九の若い男を、玄関の脇の自分の部屋へつれて入るのに出くわして、「おじいちゃんにいわないでよ。お願い、絶対よ！」と手を合わせる真似をしたことが何度かあった。おじいちゃんは、廊下のいちばん奥の、光のまったく入らない三畳間にひとり寝起きしていた。

昼間、時たま、浪曲師はひとりで稽古をしていた。勿論、曲師のおくさんの三味線と、アイ！　とかイヨ！　とかいう声も入った。部屋と部屋の間の壁は薄く、浪曲師の普通の話し声もよく聞えた。おくさんが、夕食後、毎日その日の支出を浪曲師に報告する。豆腐一丁、ちり紙ひとしめ、切手一枚まで報告する。わずかの金銭のことで夫婦はいい争いをすることもある。三味線ひきの買った化粧品かなにかが高いと浪曲師は長々と文句をいいつづける。するとピシャンと部屋の戸の音がして、階段をわざと荒々しくかけおりるおくさんの足音が響く。

たまには、巡業の他に「老人の家」とか温泉地での仕事もあるのだろうが、浪曲師夫婦の生活は極度につましく、十円玉ひとつもわけのわからぬことに使わない様子が壁ごしに聞えてくるのだった。まれに知り合いが訪ねてきているような時は、鶯宿師匠の声はいちだんと大きくよく聞えた。たいていは良かった昔の話と、旧友の悪口であった。

大家さんの孫娘が二、三日寝こんでいた。浪曲師のおくさんが世話をやいていた。

「おろしたのよ」とおくさんは二階の流しのところでわたしの耳元でささやいた。

煙出しの扇風機もないガス台のある狭い廊下は、浪曲師のおくさんが魚を焼く煙でお互いの顔がよく見えなかった。

「おじいちゃん、さっちゃんもう大丈夫？」と部屋代を渡す時、わたしは孫娘のことをたずねた。

「えへへへ。大丈夫だよ。なんだか、夕方からどこだかの食堂で皿洗いして小遣い稼いでいるっていうからね。慣れぬことしちゃって疲れたんだね」とおじいちゃんはいった。このひとはもう七十五歳だというが、いかにも昔は女を泣かせたという風情の、女好きする男前で、どんな女にもひとあたりがいい。

「そのセーターいいわね。欲しいわ。くれない？　ねえ、くれない？　あたし制服の他に服ないんだもの。ねえ、ちょうだいよ。いいじゃない？　くれる？　ほんと？　うれしいわ！」と孫娘のさっちゃんに、わたしは服をとられたことが何度かあった。

「オーシュクさんのおくさんはケチよ」とさっちゃんはいったが、ふたりはよく花札をして遊んでいた。

さっちゃんは、高校三年になってすぐ、家出していなくなった。「男の尻を追いやがった」と大家さんの男前老人はいつものように、やさしく笑っていた。

階下には、大家の老人と孫娘の他に、二組の所帯もちがいた。そのうち一組は、初老の夫婦で、ふたりとも朝早くから夜おそくまでつとめていて、顔を合わせることはめったになかった。もう一組は深夜走る長距離トラックの運転手が利用する食堂の料理人と妻子であった。料理人は朝方帰ってきて、昼はずっとねているらしかった。まだ十九かハタチくらいの若いおくさんは、夫をよくねむらせるために赤児を背中にくりつけて部屋の外にいた。

階下の洗濯場は、家の外にあった。その若いおくさんは、水道にしゃがんで毎日赤ん坊のおしめを洗っていた。

真冬の風の強い日だった。

洗濯をしているわたしの頭の上で、赤児のひきつるような泣き声がした。見上げると階下の若いおくさんの赤児が、ねんねこから上半身投げ出して泣いていた。

「熱があるんじゃないですか。顔が赤いですよ。鼻水がすごいですよ」とわたしはいったが、しゃがんでいる若いおくさんはただ笑っていた。

赤ん坊は三日後、急性肺炎で死んだ。

しかし、ひと月もすると若いおくさんは元通りに笑顔を見せていた。かれらの部屋は北側で、しかも窓のすぐとなりに隣家の高い塀があって光は入らなかった。ところが、昼間は亭主がねているから蒲団を日光にあてられない。

ねぼけ顔の若い亭主とおくさんは、簞笥のひき出しを外に運び出していた。

「どうしたんですか」とわたしはいった。

「ムシが出たんです」と料理人の若い男の方が無愛想に答えた。

その家はいつもどこかがこわれていた。修繕は大家さんのおじいさんがした。ただし水道のパッキングがきかなくなったくらいならすぐに直してくれたが、ガスか電気のことはさすがに手が出なかった。便所のタイルもおじいさんが色ちがいのを何度も埋めこんできたものだった。

階下の流し台もおじいさんの手製だったが、ガス台がこわれたことがあった。階下の若いおくさんは二階のガスを使って、しばらく食事の仕度をしていた。わたしはほとんど外食だったが、たまに湯をわかしたり、パンを焼いたりする。

料理をしている若いおくさんの背中にはもう赤ん坊はいなかった。

食堂の料理人だという男のおくさんは、小さな鍋に、コロッケを二つ切りにしたものを四つ入れ、そこへ水をかけ、砂糖を少しふりかけ、醤油を撒いて、しばらくすると、その上に卵をひとつ割った。もうひとつの水の入っていた鍋に、味噌のかたまりを放りこみ、葱を切ってふりまいた。ふたつ鍋をもって階下へおりていった。わたしは、若いおくさんの手早さに驚いていた。そして、その安上りのオカズのつくり方にも感動した。

わたしは病気になり、ひと月ほど親の家に帰っていた。そして、また十二社のシモタ屋に戻った時、二階の流し台で茶碗を洗い、ガスで魚の干物を焼いている鷺宿さんに出会った。鷺宿さんの折り目のとれた薄茶色の着物の前ははだけ、足元から毛糸のモモ引きがだらしなく足首に重なっているのが見えた。鷺宿さんは、久しぶりに会う隣人たるわたしの顔を見ぬように向うを向いたまま、なにか挨拶をした。

「おじいちゃん、おみやげ」といいながら階下の奥の暗い部屋の戸を開けたとたん、「おくさんが逃げたんだよ」とおじいさんは二階を指さした。

鷺宿夫人の曲師は、一週間ほど前に突然出ていったということだった。彼女は、このシモタ屋の店子の中で五、六年も前からいるいちばんの古顔なので、便所掃除や廊下や玄関の掃除の当番を決め、その監督を、まあ勝手にやっていた。わたしの便所掃除のやり方が彼女のやり方とちがうらしく、よく注意され、叱られた。

「男と逃げたんだよ。オーシュクさんは知らないけどね」とおじいちゃんはいかにも楽しそうに声を殺してわたしにいった。

その後、浪曲師は毎日おじいちゃんと朝から晩まで碁を打っていた。碁石が碁盤を打つ音が、隣りの部屋からいつも響いていた。

十二社のシモタ屋の住所は当時新宿区淀橋であった。十二社は熊野神社、十二社温泉のあたりの地を呼びならわしているだけのものらしかった。現在は、淀橋という町名もなくなり、その十二社温泉のあたりは新宿区西新宿四丁目となっている。バス通りをはさんで向い側にあった熊野神社は副都心新宿中央公園のなかにある。

『江戸名所図会』に「淀橋」は次のように書かれている。

「成子宿《なるこじゅく》と中野村との間に架《わた》す、大小の二橋《ふたつのはし》ありて、橋より此方《こなた》に水車《みずぐるま》あり。昔大将軍この地《ところ》に御放鷹《ごほうよう》の頃、山城の淀に準擬《なぞらえ》、この橋を淀橋と賜ふべき旨上意あり。因つて号《な》とすといへり。」

また、「淀橋」のすぐあとに、「十二所権現社《じゅうにしょごんげん》」として「淀橋の南、角筈村にあり。祭神紀州熊野権現に同じ。」とある。十二社温泉のすじ向いにある熊野神社のことであった。その神社を、「蜀山人が熊野三山十二叢祠といったのが元でジュウニソウとよむようになったという。」とある。

ところで、昔この「十二社」に池があり瀧があったのだという。幅二尺位、高さ一丈五尺余りの瀧だったとか。その瀧の音は遠くから聞えたのだそうである。円朝の怪談のなかにも出てくる。男がまま子を投げこんで殺そうとするのがこの十二社の瀧なのだが――。『江戸名所図会』にも、「熊野瀧《くまののたき》」として、まるでゴウゴウ音の聞えてくるように描かれた絵がある。

わたしは大阪の地理にもうといが、東京の地理にはさらにうとい。東京での度重なる宿替えは、結局いつも異国を流れているという意識がそうさせていたところもあった。したがって東京で住んだ土地への愛着も特別なかった。また、その歴史的な変化にも無頓着であった。「新宿」が、「内藤新宿」と呼ばれたのは信州高遠《たかとう》藩士内藤大和守の中屋敷があった土地につくられた、甲州街道の新しい駅のゆえんであるのも、「新宿」近辺をあちこち宿替えするうちにひとに教えられて知ったのだった。

あの十二社のシモタ屋には一年ほどしかいなかった。暗い廊下の隅にこしらえられた狭い台所で、鰺の干物かなにかを煙の中で焼いていた初老の浪曲師のうしろ姿が妙に思い出される。

彼も派手な衣裳をつけて舞台にのぼれば、女房との米塩のためのこまかい争いを忘れて、瀧のような激しい声をあげていたにちがいない。

そういえば、浪曲師は一日に数回大きな音をたててウガイをしていた。寿司屋で出すような大きな湯のみを使っていた。塩水ですかとたずねたら、いや特別のウガイ薬だといった。

「日本橋より高井土《たかいど》までの行程、凡そ四里余りにして、人馬共に労す。依って元禄の頃、この地の土人官府に訴へて、新たに駅舎を取立つる、故に新宿の名有り。」という新宿から甲州街道を歩いて、水車《みずぐるま》のある淀橋を北に見る角筈村の十二社の瀧近くに、おちぶれたる芸人ありて、のちに女房にも逃げられる、という感じが鶯宿さんの姿に重なる。十八年前、ハタチすぎのわたしのいた「東京」は、そんなところだった。わたしもすんでのところで「新たにつくられた駅舎」で、飯盛り女になるところだったのだ。

東京に門前払いをくらった彼女のために

重松　清

重松　清（しげまつ　きよし）

一九六三（昭和三十八）年岡山県生まれ。早稲田大学教育学部卒業。九一年『ビフォア・ラン』で作家デビュー。九九年『ナイフ』で坪田譲治文学賞、『エイジ』で山本周五郎賞、二〇〇一年『ビタミンF』で直木三十五賞、一〇年『十字架』で吉川英治文学賞、一四年『ゼツメツ少年』で毎日出版文化賞を受賞。

底本

『鉄のライオン』光文社文庫　二〇一一年

小田急線で新宿まで出て、山手線に乗り換えるつもりだった。ポケットマップの路線図で確認した。新宿、代々木、原宿、渋谷、恵比寿、目黒……テレビや雑誌でおなじみの街が惑星直列のように並んでいる。

新宿から北へ行けば、新大久保、高田馬場、目白、池袋と、こっちも派手だ。

山手線のオモテだな、と思った。

池袋から目黒まで——要するに西半分がオモテ。巣鴨、日暮里、上野、御徒町と来る東半分は、山手線のウラ。

東京に来たからには、やっぱりオモテ側に住まなきゃな、と決めた。

西から上京した。新幹線と在来線で七時間以上。距離にして九百キロ近く。上京の長旅の相棒が一人——東京暮らしの相棒にも、なるはずだった。

＊

裕子《ひろこ》とは、ユースホステルの玄関ホールで待ち合わせていた。

男女で部屋が分かれたユースホステルでは、彼女と顔を合わせられる場所は玄関ホールとミーティングルームと食堂しかない。門限は夜九時、消灯は十時。飲酒は厳禁。窮屈なものだが、しかたない。どうしても付き添うという母親を振りはらって上京した裕子は、その条件として、ホテルではなくユースホステルに泊まることを約束させられた。もちろん、僕と連れ立って——というのは、内緒で。

約束の朝九時を過ぎても、裕子はホールに姿を見せなかった。七時からの朝食のときも、食堂が閉まる八時まで待ったのに現れなかった。

職員に頼めば様子ぐらいは見てきてくれるはずだが、僕はホールのベンチに腰かけたまま、彼女を待ちつづけた。

落ち込んでいるはずだ。昨日、受験した最後の大学の合格発表があった。掲示板に貼り出された合格者一覧の中に、裕子の受験番号はなかった。連敗記録、更新——全敗が決定した。

「まあ、一浪して、来年もっといい大学に入ればいいんだから」

昨日は強がって笑っていたが、とびきりの負けず嫌いの性格は、僕だって知っている。たぶん昨日よりも、一晩たった今日のほうがキツいだろう。

もしも裕子が「どこにも行きたくない」と言うのなら、そうさせてやろう……と思いかけて、ユースホステルの規則に気づいた。ユースホステルでは、掃除などがあるため、午前十時から午後三時までは建物の中にとどまっていることはできない。まったくもって窮屈なのだ。

　九時半。裕子はまだ来ない。九時頃までは外出したりチェックアウトしたりする客でにぎわっていたホールも、だいぶ閑散としてきた。職員の視線も気になる。三日前に裕子と二人でチェックインしたとき、宿泊表に書いた住所を見比べて「同じ高校？　同級生？　健全じゃーん」と笑ったヒゲづらの加藤さんが、タイミング悪く玄関脇の事務室にいる。さっきから、ちらちらとこっちを見て、目が合うと、カノジョはどうしたの？　というふうに笑う。

　視線を落ち着ける場所が欲しくて、僕はまたスタジャンのポケットから地図を取り出した。「渋谷・原宿」のページを開く。手のひらに収まるサイズのポケットマップには、建物や通りの名前はよほど大きなものしか載っていない。

　原宿駅のまわりには、コープオリンピア、グリーンファンタジア、セントラルアパート、パレフランスとあるが、肝心の竹下通りは出ていない。雑誌には「原宿駅を出るとすぐに竹下通りのにぎわいが……」と書いてあっても、そもそも僕は、原宿駅には出口がいくつあるかも知らないのだ。

九時四十五分。さすがに心配になって、事務室のカウンターに向かった。

「あの……すみません……」

ふるさとの方言が出ないよう気をつけて、とりあえず館内放送で裕子を呼びだしてもらおうと思った。

だが、事務室に数人いた職員の中でカウンターに出てきたのは、よりによって加藤さんだった。

「どうした？　待ちぼうけくってんの？」

とっさに「そんなんじゃないです」と答えてしまって、「じゃあ、なに？」と重ねて訊かれたので、しかたなくポケットマップを手に言った。

「原宿の竹下通りに行きたいんですけど、新宿から山手線に乗って、原宿まで行って、駅のどっち側に出ればいいんですか？」

棒読みの口調になってしまったが、なんとか東京の言葉でしゃべれた、はずだ。

ところが、加藤さんは「原宿に行くのに電車なんか乗ることないだろ」と笑う。

「歩いて行けるんですか？」

「うん、明治神宮を突っ切っていけば、すぐだよ」

ユースホステルのある場所は、駅で言うなら小田急線の参宮橋——ポケットマップでは

「新宿・代々木」のページだった。別々のページなのでわからなかったが、確かに参宮橋の南側は明治神宮の広大な緑地で、そこをまっすぐに突っ切れば、原宿駅の北側、コープオリンピアの前に出る。

「原宿で買い物するの？」と加藤さんが訊いた。わからない。原宿に行ってみたい、と言ったのは裕子だった。

「今日は日曜日だから、竹の子族もいるぞ。知ってる？　竹の子族」

「はあ……」

「そっか、もう、あいつらも全国的に有名になっちゃったんだなあ」

全国的――のところで、一瞬、田舎者だとバカにされたような気がした。そんなふうに思うことじたい田舎者の証なのだろうか？

「あ、来たぞ、カノジョ」

加藤さんに言われて後ろを振り向くと、裕子がいた。上京したときと同じように大きなスポーツバッグを提げて、寝不足気味の顔で「おはよう」と僕に言った。

＊

明治神宮の参道には、芽吹いた緑のにおいがたちこめていた。春だ。三月――高校の卒業式はほんの一週間前だったのに、ずいぶん遠い昔の出来事のように思えてくる。

「ゆうべうるさかったね、車」

裕子はぽつりと言った。ユースホステルのすぐ前を高速道路が走っている。それに加えて、僕たちの上京は、中国残留孤児の初めての訪日とぶつかってしまった。五十人近い残留孤児は、ユースホステルに隣接する代々木オリンピックセンターに宿泊して聞き取り調査を受けていた。センターに詰めかけた報道陣がライトやマイクを残留孤児に向けて……こんなことを言うと絶対に怒られてしまうと思うのだが、NHKや日本テレビやTBSやフジテレビのロゴのついた中継車を見ていると、「ここは東京なんだなあ」と実感した。自分がいま東京にいて、これからも東京で暮らすんだということが、なんだかむしょうにうれしくなってしまった。

もちろん、それは裕子にも言えない。裕子は東京に門前払いをくらった。浪人したら地元の予備校に通う、と親と約束していた。一浪後は、たぶん、もう東京の私立を受けることはないだろう。

ユースホステルを出てからずっと、裕子の口数は少なかった。スポーツバッグはいかにも重そうだったが、持ってやろうかと手を差し出しても、黙ってかぶりを振るだけだった。大学に合格していれば、あと二晩ユースホステルに泊まることにしていた。

明日は僕の受験した大学の合格発表だった。

あさっては、二人の大学の真ん中にある街の不動産屋をまわって、アパートを——できれば隣り合った二部屋を、探すつもりだった。

だが、すべての目論見《もくろみ》は粉々に砕け散ってしまった。

裕子はユースホステルをチェックアウトした。夕方の新幹線で、ふるさとに帰る。

「だって、もう、ここにいたってしかたないもん」——僕はなにも言えなかった。カウンターでチェックアウトの手続きをとる裕子を見ていた加藤さんも、ちょっと困った顔で壁の時計をぼんやりと見つめ、いつもの軽口はたたかなかった。

明治神宮は地図で見た印象以上に広かった。緑も濃い。森をハイキングしているようなものだ。

さんざん歩いたすえ、本殿に出た。おみくじをひいた。ふつうの神社のおみくじとは違って「大吉」や「凶」はなく、和歌がついているだけだった。運勢をはっきり言ってもらったほうがいいのか悪いのか、僕にはよくわからなかった。裕子もつまらなそうにおみくじを細く折り畳んで、近くの木の梢《こずえ》に結わえた。

本殿から、さらに参道を歩いていく。裕子はあいかわらず、ほとんどしゃべらない。沈黙の重さに、僕のほうが耐えきれなくなった。

「今日、ほんとに帰るのか」

「うん……帰る。明日、受かってたら電話してよ」

「……東京の予備校って、絶対に無理？」

「無理」

そっけなく返した裕子は、不意にフフッと笑って、僕を振り向いた。

「なんで東京の言葉で話しよるんやろうね、うち。もう練習してもしょうがないのに。気取ってしゃべっとったけん、顎《あご》が疲れてしもうたやん」

ふるさとの言葉に戻った。肩の力を抜いて、またフフッと笑いながら、「ぶち楽になったよ、もう」とつづけ、スポーツバッグを地面に置いて、ファスナーを開ける。

「これで、うち、東京見物のおのぼりさんやもんね、こういうの読んでもええんよね」

東京のガイドブック――上京する新幹線の中で僕が読もうとしたら、「恥ずかしいけん、やめて」とバッグの奥にしまった本だった。

「はよ原宿行こう、うち、クレープ食べるんが楽しみやったんよ」

バッグを提げ直して、早足になって歩きだす。何歩か進んだあと、その場にたたずんだままの僕を振り返って、笑った。

「田舎者のコを連れて原宿歩いたら、恥かきそう？」

僕はなにも応えなかった。代わりに裕子に追いつくと、バッグを提げていない左手を握った。

ふるさとで歩くときは、ひとけのないところでだけ手をつないだ。いつも、裕子の右手と僕の左手がつながっていた。今日は逆になった。微妙にぎごちなくて、微妙にくすぐったくて、彼女は僕の手を振りほどこうとはせず、といってふだんどおりに右手でつなぎ直そうともせず……だから、なんとなく、俺たちはもう終わっちゃうのかもしれないな、と思った。

*

原宿駅から信号を渡って竹下通りに入ると、バニラエッセンスのにおいが鼻をくすぐった。

「ここのクレープ屋さん、原宿でいちばん古いお店なんよ」

裕子は赤いペンキを塗った『かふぇ　くれ～ぷ』を指さして言った。

裕子のお目当ては、ジュネスビル二階の『マリオンクレープ』――イチゴにバニラアイスとシャンテクリームを添えたフルーツメルバクレープをずっと食べたかった、らしい。

だが、日曜日のジュネスビルは、一階のブティック『竹の子』も二階の『マリオンクレープ』も、店に入りきらない女の子たちが行列をつくるほどのにぎわいだった。

「どうする？」と僕は訊いた。

「また今度にしようか……」

なにげなく言った裕子は、「今度って、いつなん？」と自分の言葉を自分でからかって、ため息をついた。

方言が聞こえたのだろう、そばにいた女の子のグループが顔を見合わせ、声をひそめて笑った。僕はムッとして彼女たちをにらみ、かすかな期待を込めて「明日じゃったら、空いとるんと違うか？」と言った。

三日ぶりの方言は、履《は》き慣れたズックみたいに体に馴染《なじ》んでいたが、裕子は寂しそうに微笑《ほほえ》んで「東京の言葉、練習せんといけんよ」と言って、店に入らずに歩きだした。

輸入ジーンズの『シカゴ』を覗《のぞ》き、『ロッキー・アメリカン・マーケット』にも寄った。裕子はアロハシャツやカラーパンツを見ているだけで楽しそうだったが、僕は狭い店内にぎっしり商品が並んだ光景に圧倒され、人いきれで頭がくらくらしてしまって、買い物どころではなかった。

人込みが苦手だ。東京には馴染めないかもしれない。それでも、たぶん、明日合格発表の志望校には受かっているだろう。皮肉なものだ。もしも落ちていれば……僕もふるさとの予備校に通って……そうなることを望む気持ちも、ないわけではなかった。

裕子は『ムラサキ』で、部屋に飾るんだと言ってフリスビーを買った。同じ柄《がら》の色違いを、僕も買った。

「裏に『絶対合格』って書いてくれん？」

「……来年も東京の大学、受ける？」

「無理無理、うち、田舎のコになること決定やもん」

さばさばと言う。笑いながら言う。そして、僕を指さして「東京のコになること、けってーい」とおどけた。

「……落ちてるよ、明日」

「そんなことないって、模試でもずっと合格確実やったやん。受かっとるって、絶対に」

そのほうがいいのか――？

声に出して訊いたわけではないのに、裕子は「手紙、たくさん書いて」と言った。「手紙でも電話でもええけん、東京のこと、たくさん教えて」

「……家出、せんか？」

なに言うとるん、と軽く笑う。

「夏休みには田舎に帰ってきてよ。うちのこと、忘れんといてよ」

頬《ほお》をふくらませて、僕を軽くにらんで、目をうるませた。

*

竹下通りから明治通りに出て、表参道を駅に引き返して、代々木公園の歩行者天国へ向かった。

竹の子族がいた。赤や青やピンクのサテン地の服を着た連中が踊っていた。忍者スーツの子もいたし、カンフー服の子もいた。ラジカセから流れるＹＭＯの「ライディーン」や、ノーランズの「セクシー・ミュージック」や、ＥＬＯ＆オリビア・ニュートン・ジョンの「ザナドゥ」が幾重にもかさなり、メロディーもビートもぐちゃぐちゃになって、お祭りと運動会が一緒になったような騒がしさだった。

見物人の人垣に交じってそれを見ていると、残留孤児を追いかける報道陣を見たときと同じように、ここは東京なんだと実感した。この東京で俺はこれから生きていくんだ、とも。

「……すごいね、みんな、なに考えとるんやろね」

苦笑交じりに言った裕子は、「アホみたいやけど、でも、すごい……ほんま、すごいなあ、このひとたち……」とうわずった声でつづけ、ゆっくりと人垣から離れていった。

「いまから東京駅に行くけん」

「なんで？　新幹線、夕方でいい……」

言いかけた僕を制して、「明日、受かっとるといいね」と笑った。

「俺も東京駅まで行く」

「ううん、一人で帰るけん」

「……ちょっと待てよ」

「合格しとったら、すぐに電話して」

「明日まで東京におってくれや。一緒に合格発表見てくれや」

「方言はいけんよ、って言うたやろ」

「……家出、せえや」

「夏休みに会《お》うて、うちのこと、まだ好いてくれとったら、ね」

軽く手を振って、じゃあね、と小走りに駅へ向かう。

僕は追いかけなかった。

最後に浮かべた裕子の笑顔を目に焼き付け、右手に残る彼女の左手の感触を染《し》み込ませるように握り拳《こぶし》をつくって、裕子の背中が人込みに消えるまで見送った。

竹の子族が踊る。手の先をくねらせたり太極拳《たいきょくけん》のようなポーズをとったりしながら、どこへ行くでもなく、揃《そろ》いの振り付けで、ただひたすら、踊りつづける。

見物人の半分はあきれ顔だった。苦々しい顔をしたおとなもいた。

戦争によって家族と引き離された残留孤児と、派手な服を着て踊る竹の子族が、ほんの数キロ足らずを隔てて、それぞれの日曜日を過ごす――。

時代はふやけてしまったのかもしれない。この街は、沢田研二が「ＴＯＫＩＯ」で歌ったように、スイッチ一つでまっ赤に燃えあがってしまう遊園地なのかもしれない。

この街で暮らしはじめる僕のほうが幸せなのか、この街から門前払いをくらった裕子のほうが幸せなのか、それはまだ、わからない。夏休みに会ったとき、僕たちがどんな関係になっているのかも。

僕は竹の子族の集まる一角から離れ、公園の奥へ向かった。

広場に出て、買ったばかりのフリスビーを放ってみた。

飛んでいって地面に落ちたフリスビーを走って拾いに行き、またそこから放って、また走って拾う。友だちのいない子どもの一人遊びみたいに、何度も、何度も。

*

その日、世界ジュニアフライ級のチャンピオンだった具《ぐ》志《し》堅《けん》用《よう》高《こう》は、十四度目の防衛戦に臨んで、ＫＯ負けを喫した。

ミーティングルームで僕たち宿泊客と一緒にテレビを観ていた加藤さんは、「時代が終わったな」と誰にともなく言った。「具志堅がどうこうじゃなくて、ボクシングのチャンピオンが負けるときには、一つの時代も終わるんだよ……」

終わった時代がなんだったのか、僕にはわからない。新しく始まる時代がどういうものなのかも、わからない。

ただ――新しい暮らしが始まる。

翌日、僕は志望校に合格した。発表を見に行った帰り道、適当に入った雑貨屋でコーヒーカップを二つ買った。黄色い、無地のマグカップだった。

「一つはおまえ専用だから」と電話ボックスの中で伝えると、裕子は照れくさそうに笑って「一生使えんようになったら、もったいないん違う？」と言った。

＊

一九八一年――。

僕は、東京で暮らしはじめた。

十八歳で、ひとりぼっちだった。

＊

これから書き綴《つづ》る物語は、あの頃の東京と、仲間たち——いや、たぶん僕自身に捧げるものになる。

結局誰にも使わせることのなかった黄色いマグカップを仕事机の上に置いて、僕はまず、最初のお話を、東京に門前払いをくらった女の子のために書いた。

もしも裕子が志望校に合格していたら。

あるいは、もしも僕が志望校に落ちていたら。

ときどき考える。

考えたあとはいつも、「なんてな」とつぶやいて、苦笑する。

裕子はいま、ふるさとの町で中学生の息子に手を焼きながら、幸せに生きている。

僕の小説を読んでくれているらしい、と人づてに聞いた。

〈作者注……本作は、短編連作集『鉄のライオン』のプロローグにあたる掌編として書かれた。ラスト近くに「これから書き綴る物語」「最初のお話」とあるのは、そのためである。文章の調子をくずしたくないので元のお話どおりに再録していただいた。ご理解ください〉

だらだら坂

丸谷才一

丸谷才一（まるや　さいいち）
一九二五（大正十四）年山形県鶴岡市生まれ。東京大学文学部英文科卒業。小説、評論、翻訳、エッセイと幅広い文筆活動を展開。著書に『笹まくら』（河出文化賞）『年の残り』（芥川賞）『たった一人の反乱』（谷崎潤一郎賞）『後鳥羽院』（読売文学賞）『忠臣蔵とは何か』（野間文芸賞）『樹影譚』（川端康成文学賞）『輝く日の宮』（泉鏡花文学賞）『新々百人一首』（大佛次郎賞）など。訳書に、ジェイムズ・ジョイス『ユリシーズ』（全三巻、共訳）、『若い藝術家の肖像』（読売文学賞）など多数がある。二〇一二年死去。執筆に際しては、歴史的仮名遣いを用いる。

底本
『横しぐれ』講談社文芸文庫　一九九〇年

喧嘩のコツといふのは、横に幅のある場所を選ぶことなんです。狭いところはいけませんね。

いつでしたか忘年会の流れで飲んでるとき、若い連中が喧嘩の自慢話をはじめて……それで横からさう言つたら、にやにやされてしまつて。部長と喧嘩は似合はないや、といふわけでせう。さうかもしれません。今のぼくぢやあね。で、こつちもそれ以上、何も言ひませんでしたが、でもなかなか強いんですよ、かう見えて、いざとなると。子供のころから自信がありました。子供の喧嘩ぢや仕様がないけど、一度、本式のやつをやつたことがあります。威張るわけぢやありませんが、まああれなら本当の喧嘩と言つていいんぢやないでせうか。……

変なことを口走つてしまひましたね。いつたい何の話からかうなつたのかな。でも、ここで打切つてはかへつて思はせぶりですから、いつそつづけませう。

戦争が終つて五年目、大学の教養学部を受けてあつさりすべりました。それが三月。いつたん国へ帰つてから、また出て来たのが五月のはじめなんです。東京の予備校で勉強するのを、両親に承知させるのにすつかり手間取つてしまつて。何しろ金がなかつたから。

受験のときもさうしたんですが、吉祥寺にある従兄《いとこ》のアパートに転がりこみました。従兄といふのは六つか七つ年上で、兵隊から帰るとそのまま大学をやめ、闇屋をやつたり会社員になつたりして、きたないアパートで暮してゐたんです。二人とも外食でしてね、外食券食堂はアパートの近くと駅のそばと二つあつて、駅に近いほうは味噌汁がすこし濃い目なかはり、便所がなかつた。をかしなことを覚えてるもんですね。

アパートと言つても二人分の蒲団を敷けば一杯になる六畳一間で、夜やすむときは机を押入れにしまはなくちやなりません。従兄はたいてい酔つぱらつて遅く帰りますから、勉強の邪魔にはならないけれど、やはりこれぢやあ落ちつかないし、何かと不便だし、従兄にも悪いから、予備校に通ひはじめるとすぐ部屋を探さうとしました。しかしないんですね、貸間が。あつても、敷金とか礼金とか目茶苦茶に高くつて。ほら、あのころの住宅問題といふのはまつたくひどかつたでせう。

足を棒にして歩いてゐるうち、金がなくなりました。本当のことを言へばもつと前からなくなつてゐて、時計とか辞書とか靴とか、いろんなものを売つてしのいでゐたんです。慣れない東京ぐらしのせいもあるし、インフレのせいもあるけど、もともと仕送りがすくないんだから、かうなるのは判り切つてゐます。家《うち》に手紙を出しても梨のつぶてでして。

それで、授業料の払つてある予備校にはゆかないで内職をはじめました。最初はパチンコ屋で、これは音のせいですつかり神経が参つてしまつて三日でやめ、次は映画館と映画館のあひだのフィルムの運搬。ちようど日本映画の全盛期だつたわけですね。十日かせいぜい二週間、つづいたでせうか。

　といふのは、さうかうしてゐるうちに母親が金を送つてくれましたから。もちろん大した額ぢやありません。でも、これだけの金を都合するのにどんなに苦労したかは察しがつきました。毎月の仕送りのほかに、ごく安い貸間を一つ借りられるだけの金が届いたんです。

　明日になれば為替が下ろせるといふわけで、財布をはたいて久しぶりに腹いつぱい食べた夜、従兄が珍しく早く、と言つても十一時ごろですが、帰つて来ました。帰りが早かつたときはたいていむつつりしてゐるのに、この日は何かいいことがあつたと見えて上機嫌で、お土産の中華饅頭《まんぢゆう》をすすめるんですよ。もちろん食べましたとも。あれのちよつと冷えたのが、またうまいもんですよね。従兄は醤油をつけて食べるのが好きで、この晩もたつぷりつけてました。餡《あん》入りのほうもさうしてたと思ひます。そして、金が届いたから部屋を探して引越すといふ話をすると、それはよかつたと喜んでくれまして、どうも、そのさきが変なんですが、

「おれなら、それだけの金があればまづ女を買ふな」
なんて、このあひだ新宿で遊んだときの話をはじめるんです。でもぼくは、詰らぬ冗談を言ふものだと思ふだけで、饅頭のほうにかかりきりでした。だつてさうでせう、何しろまだ正真正銘の童貞だし、田舎から出て来たばかりの受験生だし、それに第一、住と食のことで頭が一杯なんですから。

　翌日は晝《ひる》近くまで眠つてゐました。といふより、起きあがれなかつたと言ふほうが正しいかもしれません。毎日の自転車乗りでくたびれきつてゐるし、それに何よりも金が届いたせいで安心したし、眠くて眠くて、どうにも仕様がなかつたんです。しかし、あれが二十歳前の体なんですね、起きあがつたときにはもうすつかり疲れが取れて元気でした。今のぼくぢやあ、とてもあんなにぐつすり眠れない。眼が覚めてしまひましてね。酒の力を借りれば別ですが。

　まづ郵便局へ行つて、それから朝と晝を兼ねた飯を食つて……食べ終つたときやうやく、映画館のほうに電話をかけるのを忘れてゐたと気がつきましたが、これは何とかなつてるだらうと高をくくることにし、ついでに、あの内職はもうやめてしまはうと決心しました。実は決心したあとですぐ、昨日と一昨日の分の給料を受取つてないのを思い出しましたけど、これも思ひ切りよく諦めることにしましてね。何しろ若いから、無分別で無鉄砲でした。部屋を借りたあと、残りの金でどのくらゐ暮せるか、映画館の仕事をよしたらほかに職が見つかるか、どつちもすこぶる心許ない話なのに。

実際、このあとでひどい苦労をすることになるんですよ。いくら探しても職がないので、職業安定所へ行つたらその係が感じの悪い奴で、沖仲仕の口しかないとせせら笑ふやうに言ひましてね、その言ひ方に腹を立てて、意地になつたせいも半分くらゐありますけど、沖仲仕までやりました。あれはやはり辛い仕事ですよ。すごかつた。わりあひ金にはなりますが、でもねえ、いくら何だつて。あんな目茶苦茶な生活してゐたのに、翌年の春、試験が受かつたのは、われながら不思議な気がしました。あの時分はまだ易しかつたんですね。さうとしか思へません。今ぢやあ、とつても。

まあそれはともかく、霜降りの学生服の内ポケットに虎の子をしつかりと入れて、渋谷へ行つたんです。道玄坂の上のほうに貸間の周旋屋がたくさんあるつて、従兄から聞きましたから。で、道玄坂を登つたんですが、どこまで行つてもその店は見つからない。それでもかまはず歩きつづけると、にぎやかな盛り場がだしぬけに終つて、ひつそりした焼け跡の原つぱになつてしまふ。家があつても、ほんのちらほらなんです。それでまた引返して、今度は反対側の歩道を通ることにすると、なるほどちよつと引込んだところに土地家屋の周旋屋が五六軒かたまつてました。

最初の店では、ガラス戸に貼り出してあるビラをいくら眺めても思はしいものがありません。どれもこれもひどく高くつて、次の店では二つ、これなら何とかなりさうだといふのがあつたけれど、訊ねてみるともう決つてゐました。ズボンにワイシャツで、そのワイシャツの上に毛糸の腹巻をしてゐる痩せた男が、ぶつきら棒にさう答へ、それから別の貸間をすすめたんです。話はまとまつたのにビラを剝《は》がすのを忘れてゐたか、それとも景気つけなのか、囮《おとり》のための嘘なのか、まあそのへんでせうね。もちろん当時のぼくは囮なんてこと思ひつくはずはなくて、残念がつただけでしたが。

その店を出て、その次の店は何もなくて、四軒目の店の前でビラを順々に見てゐるときでした。いつの間にか、ぼくの両脇に学生らしいのが二人立つて、にやにやしてるんです。ぼくに笑ひかけてるみたいでもあるし、お互ひ同士でぼくのことを笑つてゐるみたいでもある。とにかく何か厭な感じで突つ立つてましてね、どつちもビラを読んでる気配ぢやありません。

そのうちに、角帽をかぶつてゐる左側の奴が話しかけて来ました。ワセリンで固めたきたない角帽で、どこの大学なのか、そのときのぼくは知らない徽章《きしょう》でしたけど。その大学生が、

「失礼ですが部屋さがしですか?」

と判りきつたことを訊ねたんです。

「ええ、まあ」

「なるほど、それは大変ですよね」

と相手は愛想笑ひをしながら言つて、

「なあ、大変だなあ」

とぼくの右側に立つてる奴に話しかけ、ずるそうな顔をしました。

「うん、大変だ、何しろ」

と相手がこれもまた無意味なことを答へます。こつちのほうは帽子をかぶつてなくて、黒いズボンに黄いろい軍服を着てゐる。あの時分はまだゐたでせう、軍服を着てる男が。いいえ、復員兵にしては若すぎました。さうぢやないと思ひますよ。

すると角帽が、ちよつと間《ま》を置いてから、

「おれ、一ぺん、いい部屋なのに手金を打たなかつたんで、駄目になつたことあるんだ」

と独言《ひとりごと》のやうに言ひましてね。それを軍服が、にべもない口調で、

「馬鹿ぢやないか」

とせせら笑ひました。そんなことぐらゐで馬鹿よばはりはをかしいでせう、ぼくは思はず身をこはばらせた。と、軍服が訊ねたんです、頤《あご》をしやくるやうにして。

「お兄さんは馬鹿ぢやないから、持つて来たろ？」

「いいえ、持つて来てません」

と答へたんですが、その返事は早すぎたし、切り口上にすぎた。それで、嘘だといふことがあつさりばれてしまつたわけです。

「いいえ、持つて来てません」

と角帽が口まねして、それがおもしろいといふのでせう、二人は笑ひました。そして笑ひながら、どつちもほんのすこしぼくのほうに寄るんです。軍服の肩がぼくの肩に触れました。

二人のあひだに暑苦しくはさまれたまま「子供なき方」とか「ガス水道完備」とかいふビラの文句を見てゐると……さうですよ、あれぢや読んでたとは言へない。見てたんで。何だか眼がちらちらする感じで、見ながら、とにかく早く逃げ出さなくちやと思つてゐたんですが、どう言つたらいいかな、キッカケがつかめない。ぼくはどうもああいふところ、無器用なのかもしれないし、意地つ張りなのかもしれませんね。

そのとき軍服のほうが、わざとらしくポケットを探してから、

「煙草ないか？」

と声をかけましてね。

「ないんだ」

といふ角帽の返事にうなづいてから、

「お兄さんは？」

「のみませんから」

と答へたんですが、相手はおだやかな声で、

「さうか。ぢやあ、悪いけど貸してくれないかな、煙草銭」

と言ひました。

本当はこれからずいぶん押し問答がつづくんです。でも、はぶきませうね、下らないやりとりですから。知らない人には金は貸せないと断ると、そこは一つおれたちを信用してくれなんて、押し殺した声で鹿爪《しかつめ》らしく言つたりして。馬鹿げてますよ。五分くらゐ、そんな不景気な言ひあひをしたんぢやないでせうか。もちろん、ときどき声が大きくなることもありましたよ、向うのほうですがね。途中で、ぼくたち三人の様子がをかしいと思つたのか、隣りの隣りの店の親父、ええ、ワイシャツに腹巻の男が出て来ましたが、軍服にじろりと睨まれて引込んでしまつた。ぼくたちが店さきに立つてる店の者は、とうとうおしまひまで顔を出しませんでした。やりとりは聞えたはずなのに。留守ぢやなくて、居ることは居たんですがね、たしかに。電話がかかつて来ると、取上げて何かしやべつてまし

たもの。

　とにかく押し問答のあげく、角帽をかぶつてる奴が、

「かうなつたら、どこか静かなところへ行つて相談しようぢやありませんか、ね、ここでは何だから」

　と言つた。目つきが三角な感じでした。その静かなところといふのが喫茶店や何かぢやなく、相談といふのがおだやかな話しあひぢやないつてことぐらゐ、誰にだつてピンと来ますよ。ぼくは、

「いや、さうはゆかないんです」

　と無愛想に断つて、

「もうこれで失礼しますから」

　と言ひ添へましたが、二人は妙にのんびりと、

「さう？」

　とか何とか、鼻のさきで笑ふだけなんです。逃がすものかといふ気配がない。そのわけは、くるりと振向いて歩き出さうとしたとき判りました。五、六メートルさきに、黒い学生服を着た、ただし帽子はかぶつてない奴が、下駄ばきで立つてたんです。

ひきしまつた体つきで、見るからに喧嘩の強さうな奴でした。何かから、場数を踏んだ

感じ、ありましてね。そいつが二人に、咎《とが》めるやうに声をかけたんです。

「やはり相談か」

　ぼくはこのときになつてはじめて、これはうかうかすると巻きあげられるかもしれないと思ひました。今までは、二人だけなら何とかなるとなめてかかつてたわけです。

　二人がすこし申しわけなさそうに短く答へ、ぼくにぴつたり寄り添つたまま歩き出す。ぼくは何となく、歩くしかありません。すると無帽の男は、こつちから眼を離さずに、黙つて二三歩あとしざりする。運の悪いことに誰も通りかからないし、重そうなダンボールの箱を積んだ自転車の小僧がよろよろ通り抜けましたけれど、これぢやあどうにも仕様がない。で、やむを得ず、覚悟を決めて二人といつしよに、いや、三人といつしよと言ふほうが正しいかな、歩いたんですよ。貸間の周旋屋に大声で助けを求めるなんてこと、思ひつきませんでした。やがて無帽の男がうしろにまはり、ぼくを見張りながらついて来るのが判ります、ええ、下駄の音で。

　覚悟を決めたぼくが、歩きながら必死になつて思つてゐたのは、これは母親が大変な苦労をして送つてくれた金だ、といふことでした。さういふ金をこんな連中にむざむざ取られてなるものかと熱つぽく思ひつめることで自分を励ましてゐたんです。つまり田舎の母親は敵愾心《てきがいしん》をあふり立てるための小道具だつた。考へてみればじつにをかしな親孝行ですけれど。でも、母が送つてくれた金だと思ふと、そのためならどうしてもこいつらと徹底的に闘はなくちやならないつて気持がフツフツと煮えたぎる。実際そんな具合でしたよ。ああいふのは、かなりヤクザつぽい心理なんぢやないでせうか。

　玉電の線路の曲るところがありますね、あそこまで来たら遮断機が降りて、ぼくたちはチンチンチンチンといふせはしない警笛の音を聞きながら佇《たたず》むことになりました。やがて電車が通り抜ける。その車体を見あげながら、もうすこし合理的な計画をめぐらしたんです。つまり、とにかく一人をやつつけて、残る二人がひるんでる隙に一目散に逃げようといふ計略。三人を相手にするのはやはり無理だと思ひましてね。脚には自信がありました。

　電車が通り過ぎると、踏切りを渡り、そのままアスファルトの道を進んでゆくんですが、あの時分ですから自動車なんかめつたに通りません。ときどき、小学生や、買物籠を下げた女のひととすれちがひましたけど、黙つたまま、できるだけ平気な顔で歩きつづけました。友達といつしよに歩いてゐるみたいにして。でも、どうだつたでせうね、自分ではそのつもりでも、案外、屠所《としよ》に引かれる羊みたいだつたんぢやないでせうか。

　わりに広い通りを行つて、左に曲つて、右に曲つて、今度はずつと狭い道を通つて、こはれた石の門からはいると、大きな邸の焼跡らしい一区劃がありました。コの字形に、もちろんむきだしになつてゐるコンクリートの土台があつて、それに囲まれたかなりの面積、つまり元は庭だつた部分は、ところどころ草がぼうぼう生えた原つぱになつてゐます。コンクリートの塀のせいで外からは見えませんから、持つて来いの地形ですよね、ユスリタカリには。ちやんと探してあつたわけです。被害者、ゐたんでせう、ぼくの前にも。

相変らず二人にはさまれて歩いてゆくわけですが、一ヶ所、どうしたわけかガラス屑がコンクリートの上にいつぱい散らかつてるところがあつて、それを角帽の奴が靴で邪慳《じゃけん》に踏みつけて、厭な音を立てました。どういふつもりかな。ぼくをこはがらせようとしてかもしれない。

原つぱの真中くらゐ、いや、もうちよつと塀に近いかもしれませんが、とにかくそのへんまで行つたとき、茶いろく焼け焦げたポンプのだいぶ手前で二人が立ち止りました。あれが目じるしだつたんですね。もちろんぼくも立ち止ります。ふと振返ると、逃げ出さないやうにと言ふんでせう、いちばん強さうな無帽の学生服がずつとうしろのほうに離れた、風呂場の跡か何かのコンクリートの壁にのんびり寄りかかつてゐる。そのことを確めてから軍服のほうを見ると、そいつが冴えない声で、

「な、金、出せよ」

とぼそぼそ言つたんです。ああいふ台詞《せりふ》、やはり言ひにくいもんでせうね。

それで……これからが活劇なんです。まあとにかく聞いて下さい。

金を出せと言はれた途端、ぼくは頤のところを力まかせに殴りつけました。拳骨で。手ごたへありましたね。二メートルばかり飛んで、のびてしまつたんですよ。あつけなく。身動きもしない。ポンプを据《す》ゑつけるためのコンクリートに頭を打つたんぢやないでせうか。ポンプにはぶつからなかつたと思ひますけど。とにかく何か堅いものに。さうとしか思へませんよ、一発であんなにうまく決るなんて。

角帽がびつくりして、立ちすくんでゐました。実を言ふとぼくも驚いてしまつて。何もかうまでやる気はありませんでしたから。角帽と同じやうにぼんやり立つてゐたんです、時間で言へばほんの一瞬でせうが、でも、すつかり茫然として。

ですから、あのとき無帽の学生服がいきなり襲ひかかつて来たらどうなつたか判りません。何しろ、うしろからですもの。やられてたでせうね、きつと。ところが本当に馬鹿な奴でして、何か大声でどなつたんです。「畜生！」とか、「野郎！」とか、まあそんな景気つけを。反射的に、ぼくは塀を背にして身がまへました。このときはもう、角帽のことなんかすつかり忘れてゐたみたいですね。眼にはいらなかつた。

こころもち腰を落すやうにして身がまへたとき、相手は下駄をぬぎ捨て、それから……きらきら光るものを右手に持つて走つて来たんです。一体どこに隠してたのかな。やはりずつと持つてたんでせうね。ぼくは、はつとして……それからさきはどうもうまく説明できませんね。じつと待つてゐたぼくが、ぎりぎりの瞬間に左へ飛んで、相手の右の手首をつかまへたんぢやないでせうか。そんな気がしますよ。

　もちろん、握りしめた手首をねぢつて、匕首《あいくち》を捨てさせようとしました。いや、手首と言ふより拳を握りしめたのかな。しかし拳なら大きすぎて握りにくいでせうしね。どうもそのへんは曖昧ですけど。当然、相手は振り払はうとする。で、最初は二人とも右の足を踏んばつて、しかしずるずると、草の上、土の上をすべりながら、右手に力をこめてゐました。ぼくはできるだけ自分の体から右手を離さうとして、向うはできるだけぼくの体に刃物を近づけようとして、汗まみれになつて荒い息をしながら。ところがいきなり、うしろにまはつてしまひましてね、ええ、ぼくのほうが。右手はそのままで。嗟嗟《とつさ》に左の腕で首を巻いたんですが、ほんのすこしそつちに気を取られたのか、急に手をぐつと振り払はれて握りがゆるんだ。汗ですべつたやうな気もします。しまつた、と思つて、あわてて左の腕をほどいたんですが……たぶんさう思ひます、よく判らないけれど。そのとき向うが妙に鈍い声を立てて、いや、声ぢやないかもしれない、とにかく倒れたんですよ、思ひがけない方角に。匕首を自分の腹に突き立ててもがいてゐました。

　思ひがけない方角なんてあやふやな言ひ方したのは、さういふ記憶しかないからなんです。それに、何しろ身をよぢつてのたうちまはつてましたから、最初に倒れたのがどの方向かなんて。でも、それだけ動いても、匕首は抜けなくて……たしか突き刺さつたままぢやなかつたでせうか。はつきりしませんけど。血が地面を黒く、大小あられつていふ模様があるでせう、あれみたいに、あれの逆と言ふほうがいいわけですが、染めてゐました。ええ、もちろん呻《うめ》いてゐました、気ちがひみたいに。

ぼくはただ見おろしてましたよ。何もしないで。突つ立つたまま。

それから、のろのろした手つきで内ポケットを外から押へ、金があることを確めて、その場を去りました。

石の門まで来たとき、とつぜん角帽のことを思ひ出してぎよつとしましたけど、振返つて見ると、あいつ、どこへ消えたのかもうゐないんです、いくら見まはしても。逃げたんだ、と思つた途端、またむやみに汗が出て来て。それでも上衣のボタンは外しませんでした。塀のそばの焼け残りの庭木が五本か六本、半焦げで、掌みたいな変な具合に葉を茂らせてゐる。それが逆光になつて、風に揺れてゐる。そしてその上が六月の水いろの天になつてゐます。ぼくはその景色を、まるで写真でも撮るみたいにしてちらりと心に留めて門から出ました。

道を逆にたどつて踏切りを渡り、貸間の周旋屋のかたまつてゐる、ちよつと引込んだ一区劃を横に見て、それからゆるやかな長い坂にかかつてすこしゆくと、とつぜん人通りが多くなります。ええ、下るにつれてだんだん増してゆくわけですが。もちろん今みたいにぞろぞろ歩いてるんぢやありませんけど、でも、ずいぶん多いなと思ひましたよ、降りてゆく人も、登つて来る人も、立つてる人も。それは何となく、とつても上手につかれた嘘みたいな感じでした。カバンや風呂敷包みを持つて歩いてゐる人もゐましたし、何も持たずに歩いてる人もゐましたし、連れのある人、ない人。映画館の前で待つてゐる人もゐましたし、店の前の道にはみ出すやうに置いた下駄箱を調べてる人もゐましたし、それから、荷をおろしてゐるトラックとか、通行人の誰かれの肩に電気按摩《あんま》をちよつと押しつけてそれを売らうとしてゐる電気機具屋の番頭とか、食堂の前で見本をみつめて思案してる人とか。これは歩道ぢやありませんが、自転車も通りますし。

　しかし誰もぼくのことなんか気にかけないんですね。一人だつてぼくを見ないで、まつたくの無関心で、平気で歩いてゐるんです。せかせか、とか、すたすた、とか。ぶらぶら、とか、足どりはいろいろ違ひますけど、でもまあ概して言へば、すたすたと。立つてる人だつてみんなさうですよ。誰ひとりぼくのことなんか気にかけない。あれは、異常なことは何ひとつ起らなかつた、ごく普通の晝日中の街でした。人を二人、殺したかもしれない男がここにゐるのに。そのことに苛立たしいやうな気持を感じながら、ぼくは賑やかで騒しいだらだら坂を降りて行つたんです。

あのときぼくは何も考へてなかつたでせうね。考へてたことがもしあるとすれば、それは、金を取られなくて本当によかつたといふこと、あの与太者《よたもの》ふたりのことは万事、角帽に任せたといふことを、ほんのときどき、きれぎれに思つてゐただけで。あのときぼくはただ感じてゐただけでせう。そしてあのとき感じてゐた苛立たしさの正体は、派手なことをやつてのけた若者の自己顕示欲が裏切られての失望、なんてものぢやありません。さうぢやない。さうぢやないな、あれは。あの苛立たしさをうまい具合に濃縮して分析すれば、生れてはじめて社会のなかへ投げ出された若い男が、しかもいきなり社会の全部の相を見せられての当惑と……それから陶酔といふことになるかもしれません。それは何だかざらざらした苦い味の陶酔でした。ぼくは、世の中といふ奴が、危険なもの、物騒なもの、兇暴なもの、いくらでも言葉は並べられるでせうが、まあとにかくさういふものを呑み込んで、至つて平気でのんびりしてゐるつてことを知つて、呆れ返りながらうつとりしてゐたんぢやないでせうか。

ええ、社会でせうね、都会といふものに驚いてたんぢやないと思ひます。そして……大事なのは、ぼくがその危険なもの、物騒なもの、兇暴なものの代表として感じてゐたのは、あの三人のゴロツキぢやなくて、ぼく自身だつたつてことなんです。つまり、いま発見したばかりのさういふ社会のなかで、ぼくがどうやら生きてゆけそうだといふもう一つの発見があつて、その二つが重なつて、それがぼくをゆすぶつてゐた。あれは何か、楽しさと不快感とが乱雑にいりまじつた、ふてぶてしい興奮だつたやうな気がします。

さうなんですよ。何も考へてなんかゐなかつた。ただ、言葉で無理やり処理すればかういふことになるかもしれない気持を味はひながら、ぼくは降りてゆきました、汗をかきながら、すたすたと。でも案外それは、すたすたぢやなくて、ふらふらした歩き方だつたかもしれません。そしてその、ええ、さうですね、きつとふらふら歩いてゐたにちがひないぼくを、あの六月の晝さがりの道玄坂の人々は誰ひとり怪しまないんです。

駅まで来て、公衆便所にはいつて小便をしてから、左の手に血がついてゐるのに気がつきました。それを丁寧に洗つて、顔も洗ひましてね、ハンカチで拭いたんですが、暑いのでボタンを外さうとして、ふと見ると、霜降りの上衣の左半分のところが瓢簞《ひようたん》の形に大きく黒ずんでるぢやありませんか。たつぷり血を吸つてゐたんです、醤油の皿にひたした中華饅頭の皮みたいに。どういふ具合にぶつかつたのか、見当もつきませんけど。返り血を浴びたのかもしれませんね。上衣の袖も、左のほうがかなり汚れてました。ズボンは大丈夫だつたんですが。ええ、こんな恰好でどうしてつかまらなかつたんだらうと思ひましたよ、まつさきに。それは何か騙《だま》されてるみたいな感じでした。

誰かが手を洗ひ終るのを待つて、白くて小さい水盤の前に立ち、着てゐるままで洗はうとしましたが、どうもうまくゆきません。それで上衣をぬいでつまみ洗ひをすると、赤い水がいつまでも水盤を染めつづけるんですよ。そして、用をすませた男たちが、ときどきぼくの横からちよいと指を出して、出しつぱなしの水道の水でそれを濡らし、水盤の赤い汚れにもぼくの洗濯にもいつこう無関心なまま、あわただしく立ち去つてゆく。ぼくの洗濯はなかなか終らない。霜降りの服からは赤い水が相変らずにじみ出る。ここでとつぜん記憶がとぎれるんです。……

気がついたとき、新宿の遊廓のなかを歩いてゐました。ええ、上衣はちやんと着て。晝日中なのにもうかなりの人通りで、女たちは派手な声で客に呼びかけてゐるんです。なかにはガウンのまま立つてゐる大年増もゐて、まるで病院の近くみたいだなんて思ひました。……でも、御存じでせう。何も詳しく説明することはありませんよね、あのころのあのへんのことは。

はじめて踏み込んだけばけばしい家並の街を歩いてゐると、近くの店の桃いろに塗つた戸口にゐる若い女と視線が合ひました。その女がぼくに、ゆつくりと笑ひかけましてね。ぼくも思はず笑ひました。嬉しくなつて。そして近づいて行つたんです。

こんなすばらしいことがあるだらうかと思ひましたよ。女が特別に優しくしてくれたわけぢやないのに。乳房も、臀も、腿も、それから何もかも、ひどく珍しくつて豪勢な宝物のやうな気がしました。この金がどういふ金なのかなんてこと、ちつとも考へなかつたな。時間が来て女が起きあがつても、ぼくはまだぼうつとしてゐたんぢやないでせうか。そしてその状態のまま、また別の店にはいり、それからまた別の店……とうとう四軒、梯子《はしご》をしてしまつたんですよ、今から思ふとまるで夢のやうな話ですけれど。しかも、ずいぶん短い時間のうちに。四人目の女に送られて四軒目の店を出ると、やうやくたそがれでしたから。……

いや、どうも、変な武勇伝をお聞かせして。殊におしまひのところが変ですよね。

でも、あのあとはひどかつた。もちろん部屋を借りるだけの金はなくなつて、相変らず従兄のところに厄介になるしかないし、それだけぢやなく、せつせと女を買ひますから金はいつも足りないし。沖仲仕までやつたのも多分にそのせいでしてね。つまり……あの坂が悪かつた。

しかし、人間の心つて不思議なものですね。赤い水をみつめてるところでとつぜん記憶がとぎれるのもさうですが、それよりももつとをかしいのは……あいつら二人とも死んだかもしれない、さういふことも十分あり得ると頭では認めてゐるくせに、心ではちつとも、すまないと思つてゐないことなんです。あの程度なら大丈夫だと高をくくつてゐるんでせうか。正当防衛だからと開き直つてゐるんでせうか。ほら、人殺しをした男が夢で魘《うな》されるつて、よく言ふでせう。でもぼくはただの一ぺんだつて、あの二人の夢を見たことがないんですよ、この二十何年間。

橡《とち》の花

——或る私信——

梶井基次郎

梶井基次郎（かじい　もとじろう）
一九〇一（明治三十四）年大阪市生まれ。第三高等学校を経て、東京帝国大学文学部中退。三高在学中から小説を書き始め、二五年中谷孝雄、外村繁らと同人雑誌『青空』を創刊、同誌上に「檸檬」を発表。この頃肺結核の診断を受け、病に悩まされつつ創作を続ける。転地療養先の伊豆湯ヶ島温泉では、川端康成と親交を結んだ。三二年、三十一歳で死去。『梶井基次郎全集　全一巻』（ちくま文庫）が作品を通覧するのに簡便で入手しやすい。

底本
『梶井基次郎全集　全一巻』ちくま文庫　一九八六年

一

この頃の陰鬱な天候に弱らされていて手紙を書く気にもなれませんでした。以前京都にいた頃は毎年のようにこの季節に肋膜《ろくまく》を悪くしたのですが、こちらへ来てからはそんなことはなくなりました。一つは酒類を飲まなくなったせいかも知れません。しかしやはり精神が不健康になります。感心なことを云《い》うと云ってあなたは笑うかも知れませんが、学校へ行くのが実に億劫《おっくう》でした。電車に乗ります。電車は四十分かかるのです。気持が消極的になっているせいか、前に坐っている人が私の顔を見ているような気が常にします。それが私の独り相撲《ずもう》だとは判っているのです。と云うのは、はじめは気がつきませんでしたが、まあ云えば私自身そんな視線を捜していると云う工合《ぐあい》なのです。何気ない眼附きをしようなど思うのがそもそもの苦しむもとです。

　また電車のなかの人に敵意とはゆかないまでも、棘々《とげとげ》しい心を持ちます。これもどうかすると変に人びとのアラを捜しているようになるのです。学生の間に流行《はや》っているらしい太いズボン、変にべたっとした赤靴。その他。その他。私の弱った身体にかなわないのはその悪趣味です。なにげなくやっているのだったら腹も立ちません。必要に迫られてのことだったら好意すら持てます。しかしそうだとは決して思えないのです。浅墓《あさはか》な気がします。

女の髪もだんだん堪《たま》らないのが多くなりました。――あなたにお貸しした化物の本のなかに、こんな絵があったのを御存じですか。それは女のお化けです。顔はあたり前ですが、後頭部に――その部分がお化けなのです。貪婪《どんらん》な口を持っています。そして解《ほぐ》した髪の毛の先が触手《しょくしゅ》の恰好《かっこう》に化けて、置いてある鉢から菓子をつかみ、その口へ持ってゆこうとしているのです。が、女はそれを知っているのか知らないのか、あたりまえの顔で前を向いています。――私はそれを見たときいやな気がしました。ところがこの頃の髪にはそれを思い出させるのがあります。わげがその口の形をしているのです。その絵にたいする私の嫌悪はこのわげを見てから急に強くなりました。

こんなことを一々気にしていては窮屈で仕方がありません。しかしそう思って見ても逃げられないことがあります。それは不快の一つの「型」です。反省が入れば入る程尚更《なおさら》その窮屈がオークワードになります。ある日こんなことがありました。やはり私の前に坐っていた婦人の服装が、私の嫌悪を誘い出しました。私は憎みました。致命的にやっつけてやりたい気がしました。そして効果的に恥を与え得る言葉を捜《さが》しました。ややあって私はそれに成功することが出来ました。しかしそれは効果的に過ぎた言葉でした。やっつけるばかりでなく、恐らくそのシャアシャアした婦人を暗く不幸にせずにはおかないように思えました。私はそんな言葉を捜し出したとき、直ぐそれを相手に投げつける場面を想像するのですが、この場合私にはそれが出来ませんでした。その婦人、その言葉。この二つの対立を考えただけでもすでに惨酷でした。私のいら立った気持はだんだん冷えてゆきました。女の人の造作をとやかく思うのは男らしくないことだと思いました。もっと温かい心で見なければいけないと思いました。しかし調和的な気持は永く続きませんでした。一人相撲が過ぎたのです。

　私の眼がもう一度その婦人を掠《かす》めたとき、ふと私はその醜《みにく》さのなかに恐らく私以上の健康を感じたのです。わる達者という言葉があります。そう云った意味でわるく健康な感じです。性《しょう》におえない鉄道草という雑草があります。あの健康にも似ていましょうか。――私の一人相撲はそれとの対照でだんだん神経的な弱さを露《あら》わして来ました。

　俗悪にたいしてひどい反感を抱くのは私の久しい間の癖でした。そしてそれはいつも私自身の精神が弛《ゆる》んでいるときの徴候でした。しかし私自身みじめな気持になったのはその時が最初でした。梅雨が私を弱くしているのを知りました。

電車に乗っていてもう一つ困るのは車の響きが音楽に聴えることです。（これはあなたもいつだったか同様経験をしていられることを話されました。）私はその響きを利用していい音楽を聴いてやろうと企てたことがありました。そんなことから不知不識《しらずしらず》に自分を不快にする敵を作っていた訳です。「あれをやろう」と思うと私は直ぐその曲目を車の響き、街の響きの中に発見するようになりました。しかし悪く疲れているときなどは、それが正確な音程で聞えない。——それはいいのです。困るのはそれがもうこちらの勝手では止まらなくなっていることです。そればかりではありません。それはいつの間にか私の堪らなくなる種類のものをやります。先程の婦人がそれにつれて踊るであろうような音楽です。時には嘲笑的にそしてわざと下品に。そしてそれが彼等の凱歌のように聞える——と云えば話になってしまいますが、とにかく非常に不快なのです。

電車の中で憂鬱になっているときの私の顔はきっと醜いにちがいありません。見る人が見ればきっとそれをよしとはしないだろうと私は思いました。私は自分の憂鬱の上に漠とした「悪」を感じたのです。私はその「悪」を避けたく思いました。しかし電車には乗らないなど云ってはいられません。毒も皿もそれが予《あらかじ》め命ぜられているものならひるむことはいらないことです。一人相撲もこれでおしまいです。あの海に実感を持たねばならぬと思います。

ある日私は年少の友と電車に乗っていました。この四月から私達に一年後《おく》れて東京に来た友でした。友は東京を不快がりました。そして京都のよかったことを云い云いしました。私にも少くともその気持に似た経験はありました。またやって来た匆々《そうそう》直ぐ東京が好きになるような人は不愉快です。しかし私は友の言葉に同意を表しかねました。東京にもまた別種のよさがあることを云いました。そんなことをいう者さえ不愉快だ。友の調子にはこう云ったところさえ感ぜられます。そして二人は押し黙ってしまいました。それは変につらい沈黙でした。友はまた京都にいた時代、電車の窓と窓がすれちがうとき「あちらの第何番目の窓にいる娘が今度自分の生活に交渉を持って来るのだ」とその番号を心のなかで極め、託宣《たくせん》を聴くような気持ですれちがうのを待っていた——そんなことをした時もあったとその日云っておりました。そしてその話は私にとって無感覚なのでした。そんなことにも私自身がこだわりを持っていました。

二

或る日Ｏが訪ねてくれました。Ｏは健康そうな顔をしていました。そして種々元気な話をしてゆきました。

Ｏは私の机の上においてあった紙に眼をつけました。何枚もの紙の上に waste という字が並べて書いてあるのです。

「これはなんだ。恋人でも出来たのか」と、Ｏはからかいました。恋人というようなあのＯの口から出そうにもない言葉で、私は五六年も前の自分をふと思い出しました。それはある娘を対象とした、私の子供らしいしかも激しい情熱でした。それの非常な不結果であったことはあなたも少しは知っていられるでしょう。

——父の苦り切った声がその不面目な事件の結果を宣告しました。私は急にあたりが息苦しくなりました。自分でもわからない声を立てて寝床《ねどこ》からとび出しました。後からは兄がついて来ておりました。私は母の鏡台の前まで走りました。そして自分の青ざめた顔をうつしました。それは醜くひきつっていました。何故そこまで走ったのか——それは自分にも判然《はっきり》しません。その苦しさを眼で見ておこうとしたのかも知れません。鏡を見て或る場合心の激動の静まるときもあります。——両親、兄、Ｏ及びもう一人の友人がその時に手を焼いた連中です。そして家では今でもその娘の名を私の前では云わないのです。その名前を私は極くごく略した字で紙片の端などへ書いて見たことがありました。そしてそれを消した上こなごなに破らずにはいられなかったことがありました。——しかしＯが私にからかった紙の上にはwasteという字が確実に一面に並んでいます。

「どうして、大ちがいだ」と私は云いました。そしてその訳を話しました。

　その前晩私はやはり憂鬱に苦しめられていました。びしょびしょと雨が降っていました。そしてその音が例の音楽をやるのです。本を読む気もしませんでしたので私はいたずら書きをしていました。その waste という字は書き易い字であるのか――筆のいたずらに直ぐ書く字がありますね――その字の一つなのです。私はそれを無暗《むやみ》にたくさん書いていました。そのうちに私の耳はそのなかから機《はた》を織るような一定のリズムを聴きはじめたのです。手の調子がきまって来たためです。当然きこえる筈だったのです。なにかきこえると聴耳《ききみみ》をたてはじめてから、それが一つの可愛いリズムだと思い当てたまでの私の気持は、緊張と云い喜びというにはあまりささやかなものでした。しかし一時間前の倦怠《けんたい》ではもうありませんでした。私はその衣《きぬ》ずれのようなまた小人国の汽車のような可愛いリズムに聴き入りました。それにも倦《あ》くと今度はその音をなにかの言葉で真似《まね》て見たい欲望を起したのです。ほととぎすの声をてっぺんかけたかと聞くように。――しかし私はとうとう発見出来ませんでした。サ行の音が多いにちがいないと思ったりする、その成心に妨げられたのです。しかし私は小さいきれぎれの言葉を聴きました。そしてそれの暗示する言語が東京のそれでもなく、どこのそれでもなく、故郷のしかも私の家族固有なアクセントであることを知りました。――おそらく私は一生懸命になっていたのでしょう。そうした心の純粋さがとうとう私をしてお里を出さしめたのだろうと思います。心から遠退《とおの》いていた故郷と、しかも思いもかけなかったそんな深夜、ひたひたと膝をつきあわせた感じでした。私はなにの本当なのかはわかりませんでしたが、なにか本当のものをその中に感じました。私はいささか亢奮《こうふん》をしていたのです。

　しかしそれが芸術においてのほんとう、殊に詩においてのほんとうを暗示していはしないかなどＯには話しました。Ｏはそんなことをもおだやかな微笑で聴いてくれました。

　鉛筆の秀《ほ》をとがらして私はＯにもその音をきかせました。Ｏは眼を細くして「きこえる、きこえる」と云いました。そして自身でも試みて字を変え紙質を変えたりしたら面白そうだと云いました。また手加減が窮屈になったりすると音が変る。それを「声がわり」だと云って笑ったりしました。家族の中でも誰の声らしいと云いますから末の弟の声だろうと云ったのに関聯してです。私は弟の変声期を想像するのがなにかむごい気がするときがあります。次の話もこの日のＯとの話です。そして手紙に書いておきたいことです。

　Ｏはその前の日曜に鶴見《つるみ》の花月園というところへ親類の子供を連れて行ったと云いました。そして面白そうにその模様を話して聞かせました。花月園というのは京都にあったパラダイスというようなところらしいです。いろいろ面白かったがその中でも愉快だったのは備えつけてある大きなすべり台だと云いました。そしてそれをすべる面白さを力説しました。ほんとうに面白かったらしいのです。今もその愉快が身体のどこかに残っていると云った話振《はなしぶ》りなのです。とうとう私も「行って見たいなあ」と云わされました。変な云い方ですがこのなあのあはＯの「すべり台面白いぞお」のおと釣合っています。そしてそんな釣合いはＯという人間の魅力からやって来ます。Ｏは嘘の云えない素直な男で彼の云うことはこちらも素直に信じられます。そのことはあまり素直ではない私にとって少くとも嬉しいことです。

　そして話はその娯楽場の驢馬《ろば》の話になりました。それは子供を乗せて柵をまわる驢馬で、よく馴れていて、子供が乗るとひとりで一周して帰って来るのだといいます。私はその動物を可愛いものに思いました。

　ところがそのなかの一匹が途中で立留ったと云います。Ｏは見ていたのだそうです。するとその立留った奴はそのまま小便をはじめたのだそうです。乗っていた子供――女の児だったそうですが――はもじもじし出し顔がだんだん赤くなって来てしまいには泣きそうになったと云います。――私達は大いに笑いました。私の眼の前にはその光景がありあり浮びました。人のいい驢馬の稚気《ちぎ》に富んだ尾籠《びろう》、そしてその尾籠の犠牲になった子供の可愛い困惑。それはほんとうに可愛い困惑です。しかし笑い笑いしていた私はへんに笑えなくなって来たのです。笑うべく均衡されたその情景のなかから、女の児の気持だけがにわかに押し寄せて来たのです。「こんなお行儀の悪いことをして。わたしははずかしい」

私は笑えなくなってしまいました。前晩の寝不足のため変に心が誘われ易く、物に即《そく》し易くなっていたのです。私はそれを感じました。そして少しの間不快が去りませんでした。気軽にOにそのことを云えばよかったのです。口にさえ出せば再びそれを「可愛い滑稽なこと」として笑い直せたのです。しかし私は変にそれが云えなかったのです。そして健康な感情の均整をいつも失わないOを羨《うらや》しく思いました。

三

私の部屋はいい部屋です。難を云えば造りが薄手に出来ていて湿気などに敏感なことです。一つの窓は樹木とそして崖とに近く、一つの窓は奥狸穴《おくまみあな》などの低地をへだてて飯倉《いいくら》の電車道に臨む展望です。その展望のなかには旧徳川邸の椎《しい》の老樹があります。その何年を経たとも知れない樹は見わたしたところ一番大きな見事なながめです。一体椎という樹は梅雨期に葉が赤くなるものなのでしょうか。最初はなにか夕焼の反射をでも受けているのじゃないかなど疑いました。そんな赤さなのです。しかし雨の日になってもそれは同じ。いつも同じでした。やはり樹自身の現象なのです。私は古人の「五月雨《さみだれ》の降り残してや光堂」の句を、日を距《へだ》ててではありましたが、思い出しました。そして椎茜《しいあかね》という言葉を造って下の五におきかえ嬉しい気がしました。中の七が降り残したるではなく、降り残してやだったことも新しい眼で見得た気がしました。

崖に面した窓の近くには手にとどく程の距離にかなひでという木があります。朴《ほお》の一種だそうです。この花も五月闇《さつきやみ》のなかにふさわなくはないものだと思いました。しかしなんと云っても堪らないのは梅雨期です。雨が続くと私の部屋には湿気が充満します。窓ぎわなどが濡れてしまっているのを見たりすると全く憂鬱になりました。変に腹が立って来るのです。空はただ重苦しく垂れ下っています。

「チョッ。ぼろ船の底」

或る日も私はそんな言葉で自分の部屋をののしって見ました。そしてそののしり方が自分がでに面白くて気は変りました。母が私にがみがみおこって来るときがあります。そしてしまいに突拍子もないののしり方をして笑ってしまうことがあります。ちょっとそう云った気持でした。私の空想はその言葉でぼろ船の底に畳を敷いて大きな川を旅している自分を空想させました。実際こんなときにこそ鬱陶《うっとう》しい梅雨の響きも面白さを添えるのだと思いました。

四

それもやはり雨の降った或る日の午後でした。私は赤坂のAの家へ出かけました。京都時代の私達の会合——その席へはあなたも一度来られたことがありますね——憶えていらっしゃればその時いたAです。

この四月には私達の後、やはりあの会合を維持していた人びとが、三人も巣立って来ました。そしてもともと話のあったこととて、すでに東京へ来ていた五人と共に、再び東京においての会合が始まりました。そして来年の一月から同人雑誌を出すこと、その費用と原稿を月々貯めてゆくことに相談が定《きま》ったのです。私がAの家へ行ったのはその積立金を持ってゆくためでした。

最近Aは家との間に或る悶着を起していました。それは結婚問題なのです。Aが自分の欲している道をゆけば父母を捨てたことになります。少くも父母にとってはそうです。Aの問題は自ら友人である私の態度を要求しました。私は当初彼を冷《ひや》そうとさえ思いました。少くとも私が彼の心を熱しさせてゆく存在であることを避けようと努めました。問題がそういう風に大きくなればなる程そうしなければならぬと思ったのです。——しかしそれがどちらの旗色であれ、他人のたてたどんな旗色にも動かされる人間でないことを彼はだんだん証して来ております。普段にぼんやりとしかわからなかった人間の性格と云うものがこう云うときに際してこそその輪郭をはっきりあらわすものだということを私は今において知ります。彼もまたこの試練によってそれを深めてゆくのでしょう。私はそれを美しいと思います。

Ａの家へ私が着いたときは偶然新らしく東京へ来た連中が来ていました。そしてＡの問題でＡと家との間へ入った調停者の手紙について論じ合っていました。Ａはその人達をおいて買物に出ていました。その日も私は気持がまるでふさいでいました。その話をききながらひとりぼっちの気持で黙り込んでいました。するとそのうちに何かのきっかけで「Ａの気持もよくわかっていると云うのならなぜこっちを骨折ろうとしないんだ」という言葉を聞きました。調子のきびしい言葉でした。それが調停者について云われている言葉であることは申すまでもありません。

私の心はなんだかびりりとしました。知るということと行うということとに何ら距《へだた》りをつけないと云った生活態度の強さが私を圧迫したのです。単にそればかりではありません。私は心のなかで暗にその調停者の態度を是認していました。さらに云えば「その人の気持もわかる」と思っていたからです。私は両方共わかっているというのは両方ともを知らないのだと反省しないではいられませんでした。便りにしていたものが崩れてゆく何とも云えないいやな気持です。Ａの両親さえ私にはそっぽを向けるだろうと思いました。一方の極へおとされてゆく私の気持は、しかし、本能的な逆の力と争いはじめました。そしてＡの家を出る頃ようやく調和したくつろぎに帰ることが出来ました。Ａが使《つかい》から帰って来てからは皆の話も変って専《もっぱ》ら来年の計画の上に落ちました。Rのつけた雑誌の名前を繰り返し繰り返し喜び、それと定《き》まるまでの苦心を滑稽化して笑いました。私の興味深く感じるのはその名前によって表現を得た私達の精神が、今度はその名前から再び鼓舞され整理されてくるということです。

私達はAの国から送って来たもので夕飯を御馳走になりました。部屋へ帰ると窓近い樫《かし》の木の花が重い匂いを部屋中にみなぎらせていました。Aは私の知識の中で名と物とが別であった菩提樹《ぼだいじゅ》をその窓から教えてくれました。私はまた皆に飯倉の通りにある木は七葉樹《とちのき》だったと告げました。数日前RやAや二三人でその美しい花を見、マロニエという花じゃないかなど云い合っていたのです。私はその名をその中の一本に釣られていた「街路樹は大切にいたしましょう」の札で読んで来たのです。

積立金の話をしている間に私はその中の一人がそれのための金を、全く自分で働いているのだという事を知りました。親からの金の中では出したくないと云うのです。――私は今さらながらいい伴侶と共に発足する自分であることを知りました。気持もかなり調和的になっていたのでこの友の行為から私自身を責め過ぎることはありませんでした。

しばらくして私達はAの家を出ました。外は快い雨あがりでした。まだ宵《よい》の口の町を私は友の一人と霊南坂《れいなんざか》を通って帰って来ました。私の処へ寄って本を借りて帰るというのです。ついでに七葉樹の花を見ると云います。この友一人がそれを見はぐしていたからです。

道々私は唱いにくい音譜を大声で歌ってその友人にきかせました。それが歌えるのは私の気持のいい時に限るのです。我善坊《がぜんぼう》の方へ来たとき私達は一つの面白い事件に打《ぶつ》かりました。それは蛍を捕《つか》まえた一人の男です。だしぬけに「これ蛍ですか」と云って組合せた両の掌の隙を私達の鼻先に突出しました。蛍がそのなかに美しい光を灯していました。「あそこで捕ったんだ」と聞きもしないのに説明しています。私と友は顔を見合せて変な笑顔になりました。やや遠離《とおざか》ってから私達はお互に笑い合ったことです。「きっと捕まえてあがってしまったんだよ」と私は云いました。なにか云わずにはいられなかったのだと思いました。

飯倉の通りは雨後の美しさで輝いていました。友と共に見上げた七葉樹には飾燈《かざりとう》のような美しい花が咲いていました。私はまた五六年前の自分を振返る気持でした。私の眼が自然の美しさに対して開き初めたのもちょうどその頃からだと思いました。電燈の光が透いて見えるその葉うらの色は、私が夜になれば誘惑を感じた娘の家の近くの小公園にもあったのです。私はその娘の家のぐるりを歩いてはその下のベンチで休むのがきまりになっていました。

（私の美に対する情熱が娘に対する情熱と胎《たい》を共にした双生児だったことが確かに信じら

れる今、私は窃盗に近いこと詐欺《さぎ》に等しいことをまだ年少だった自分がその末犯したことを、あなたにうちあけて、あとで困るようなことはないと思います。それ等は実に今日まで私の思い出を曇らせる雲翳《うんえい》だったのです。）

街を走る電車はその晩電車固有の美しさで私の眼に映りました。雨後の空気のなかに窓を明け放ち、乗客も程よい電車の内部は、暗い路を通って来た私達の前を、あたかも幸福そのものが運ばれてそこにあるのだと思わせるような光で照されていました。乗っている女の人もただ往来からの一瞥で直ちに美しい人達のように思えました。何台もの電車を私達は見送りました。そのなかには美しい西洋人の姿も見えました。友もその晩は快かったにちがいありません。

「電車のなかでは顔が見難いが往来からだとかすれちがうときだとかは、かなり長い間見ていられるものだね」と云いました。なにげなく友の云った言葉に、私は前の日に無感覚だったことを美しい実感で思い直しました。

五

これはあなたにこの手紙を書こうと思い立った日の出来事です。私は久し振りに手拭《てぬぐい》をさげて銭湯へ行きました。やはり雨後でした。垣根のきこくがぷんぷん快い匂いを放っていました。

銭湯のなかで私は時たま一緒になる老人とその孫らしい女の児とを見かけました。花月園へ連れて行ってやりたいような可愛い児です。その日私は湯槽《ゆぶね》の上にかかっているペンキの風景画を見ながら「温泉のつもりなんだな」という小さい発見をして微笑《ほほえ》まされました。湯は温泉でそのうえ電気浴という仕掛《しかけ》がしてあります。ひっそりした昼の湯槽には若い衆が二人入っていました。私がその中に混ってやや温まった頃その装置がビ………と働きはじめました。

「おい動力来たね」と一人の若い衆が云いました。

「動力じゃねえよ」ともう一人が答えました。

湯を出た私はその女の児の近くへ座を持ってゆきました。そして身体を洗いながらときどきその女の児の顔を見ました。可愛い顔をしていました。老人は自分を洗い終ると次にはその児にかかりました。幼い手つきで使っていた石鹸のついた手拭は老人にとりあげられました。老人の顔があちら向きになりましたので私は、自分の方へその子の目を誘うのを予期して、じっと女の児の顔を見ました。やがてその子の顔がこちらを向いたので私は微笑《ほほえ》みかけました。しかし女の児は笑って来ません。しかし首を洗われる段になって、眼を向け難くなっても上眼を使って私を見ようとします。しまいには「ウ……」と云いながら私の作り笑顔に苦しい上眼を張ろうとします。そのウ……はなかなか可愛く見えました。

「サア」突然老人の何も知らない手がその子の首を俯向かせてしまいました。

しばらくして女の子の首は楽になりました。私はそれを待っていたのです。そして今度は滑稽な作り顔をして見せました。そしてだんだんそれをひどく歪《ゆが》めてゆきました。

「おじいちゃん」女の子がとうとう物を云いました。私の顔を見ながらです。「これどこの人」

「そりゃあよそのおっちゃん」振向きもせず相変らずせっせと老人はその児を洗っていました。

珍らしく永い湯の後、私は全く伸々《のびのび》した気持で湯をあがりました。私は風呂のなかである一つの問題を考えてしまって気が軽く晴々していました。その問題というのはこうです。ある友人の腕の皮膚が不健康な皺《しわ》を持っているのを、ある腕の太さ比べをしたとき私が指摘したことがありました。すると友人は「死んでやろうと思うときがときどきあるんだ」と激しく云いました。自分のどこかに醜いところが少しでもあれば我慢出来ないというのです。それは単なる皺でした。しかし私の気がついたのはそれが一時的の皺ではないことでした。とにかく些細なことでした。しかし私はそのときも自分のなにかがつかれたような気がしたのです。私は自分にもいつかそんなことを思ったときがあると思いました。確かにあったと思うのですが思い出せないのです。そしてその時は淋しい気がしました。風呂のなかでふと思い出したのはそれです。思い出して見れば確かに私にもありました。それは何歳くらいだったか覚えませんが、自分の顔の醜いことを知った頃です。もう一つは家に南京虫《なんきんむし》が湧いた時です。家全体が焼いてしまいたくなるのです。も一つは新らしい筆記帳の使いはじめ字を書き損ねたときのことです。筆記帳を捨ててしまいたくなるのです。そんなことを思い出した末、私はその年少の友の反省のために、大切に使われよく繕《つくろ》われた古い器具の奥床しさを折があれば云って見たいと思いました。ひびへ漆《うるし》を入れた茶器を現に二人が讃めたことがあったのです。

紅潮した身体には細い血管までがうっすら膨れあがっていました。両腕を屈伸させてぐりぐりを二の腕や肩につけて見ました。鏡のなかの私は私自身よりも健康でした。私は顔を先程したようにおどけた表情で歪ませて見ました。

Hysterica Passio――そう云って私はとうとう笑い出しました。

一年中で私の最もいやな時期ももう過ぎようとしています。思い出して見れば、どうにも心の動きがつかなかったような日が多かったなかにも、南葵《なんき》文庫の庭で忍冬《すいかずら》の高い香を知ったようなときもあります。霊南坂で鉄道草の香から夏を越した秋がもう間近に来ているのだと思ったような晩もあります。妄想で自らを卑屈にすることなく、戦うべき相手とこそ戦いたい、そしてその後の調和にこそ安んじたいと願う私の気持をお伝えしたくこの筆をとりました。

草の響き

佐藤泰志

佐藤泰志（さとう　やすし）

一九四九（昭和二十四）年北海道函館市生まれ。國學院大學文学部卒。七七年『移動動物園』が新潮新人賞候補、八二年「きみの鳥はうたえる」から八五年「オーバー・フェンス」まで五度芥川賞候補、八九年『そこのみにて光輝く』が三島由紀夫賞候補となるが、いずれも受賞には至らなかった。九〇年東京都国分寺市の自宅近くで自殺、四十一歳。

底本

『きみの鳥はうたえる』河出文庫　二〇一一年

その六月、どんなあてもなかった。雨ばかり降っていた。たまに晴れ間が覗いても長続きしなかった。

雨は視野を切り裂くみたいだった。彼は濡れたランニングシューズで、アスファルトを蹴り続けた。野球帽のひさしを目深に被ると、眼鏡のレンズに水滴がこびりつくのを防ぐことができる。かわりに視界が極端に狭められた。それで道の曲り角や急なカーブを描いた場所では、不意の車に気を配る必要があった。そんな時でも顔を雨に晒さずに耳をそばだたせ眼をいっしんに凝らして、ひさし越しに道を見つめる。

ランニングの最中は、心臓からくりだされる血液のように、快感が身体中を駆けめぐる気がした。全身の皮膚が興奮してひりつく。何よりも、真っすぐに自分の内側にある沈黙に突き進んでいるといった感覚は新鮮だ。

走っているあいだはとてもよく考えごとができて、夜ベッドに横になってからよりずっといろいろ学べるというあるイギリス人の書いた小説の一節は本当だ。走り終って、呼吸が静まるまで腰に両手をやってその場をうろうろ歩き回ったり、深呼吸したり、軽いジョギングをしたりしながら、彼は時々その小説の一節を思い浮べた。走っている時視界は洗われたようになって物がよく見え、感じることで直接外界に触れることができるという体験は真新しかった。少なくとも無駄にあれこれ考えなくて済んだし、それだけでも、その言葉は真実だった。

最初に遊園地の前からバス通りを走り出す。しばらく走ると、ちょっとした広場になっているバスの折返し場にでる。そこを走り抜ける時、バスが一、二台止っていることがあって、運転手たちはそれぞれ勝手にくつろいでいた。くつろぎ方で性格が判った。そこを駆け抜けてアスファルトの道を二百メートル行くと急な曲り角で、けやき並木のある大正天皇の墓のある参道に繋っていた。

雨がしぶいて右手の草むらを濡らしているアスファルトの道を曲り、けやき並木の参道に駆け込む。水を吸った砂利がランニングシューズの底で踏みつけられて音をたてる。右手は墓所の門までずっと草むらと濃い雑木林だった。参拝する人間たちの食い残した食物を漁って住みついた猫が何匹もいた。彼らは参道に沿った浅くて極端に狭いみぞに身を隠していたり、金網でできたゴミ箱に入り込んで食料にありついていたりする。繁みにひそかにひそんでいる猫が彼の足元を時々、すばやい身ごなしで駆け抜けたりした。注意力を集中していれば、身動きもせずに狭くひそんでいる猫の気配さえ感じることができた。しかし今夜は、車道や梢や草を濡らす雨の音が猫の気配を消していた。雨はそれでもいくらか小降りになった。

ウィンド・ブレーカーは安物で雨を弾き返す力がなかった。水を吸い込んで皮膚のようにぴったりと肩や胸に張りつき、身体の表面を冷たくした。しかし身体の芯はむしろ熱っぽくなって、まるで彼になにかを訴えかけているような気さえした。

参道はゆるい線を描いて左寄りにカーブしている。歩道はたっぷり雨を吸収して彼の足裏を柔らかく打ち続ける。何箇所か水溜りができていて大股で跳び越えねばならなかった。着地する時呼吸は不規則になった。胃袋まで跳ねあがるような気がして、すぐさま呼吸を整えることに努めた。

車道には何台も車が駐車していた。土曜の夜なら、一晩中喚きながら車やオートバイを乗り回す暴走族の連中、ポニー・テールの娘やリーゼントの小僧たちがたむろして、うかれている場所だった。彼らの他に駐車している連中といえば、ホテルやモーテルのかわりに、車内であわただしく愛撫したりセックスに夢中のカップルだった。時々車道を走ると何台かに一台は必ず走り寄って来る影にびくついて、不意にライトを点けたりする。

今夜も何台か止っていた。彼は脇見もせずに墓所の正門めざして走っていた。そこまでで、一・五キロ走ったことになる。ところどころ、ごつごつしたけやきの軟体動物の足みたいに見える根っこが地面に露わになっていた。足を痛めないために水溜りでのように弾みをつけて跳んだ。すると長々と伸びた自分の影が地面から離れて浮びあがる。土はぬかるみ柔らかすぎて、彼は参道の二往復めから、車道のアスファルトを走ることにした。鉄の門の一番外れが視界に入ってきた。今のところ、一・五キロにたどり着く頃には、苦痛が頂点に達するのを彼は知っていた。最初の頃は一キロ走るだけで立ちどまりたくなったものだった。そんな誘惑をねじ伏せる術があるかどうか心配だった。肺活量の少なさや、足の筋肉の弱さをしばしば罵ったりもした。心臓が身体中に大量に血液を送り込んで、皮膚を上気させる。しかし今ではそのあたりにさしかかると、たとえ雨がどんなに彼を濡らしても全部の毛穴がひらいて汗が吹きでるはずだ。疲労が快感に取ってかわり、身体が苦痛に馴染むのを感じる。いくらでも走れるぞ。子供の時、冬の材木置場の傍らで目撃した癲癇持ちの男みたいに、大の字になって泡を吹きだしながらぶったおれるまで、僕は走れる。

　門が次第に近づいて来る。そこでＵターンして、参道の反対側に駆け入るのだ。雨に洗われた鉄の柵が鮮やかに見える。ただ、黙々と辛抱して走り続ければいいのだ。すると物のほうでこっちに近づいて来る。それにしても、なんと雨ばかり降る月だろう。彼がはじめて走った夕暮れにも、小雨がぱらついて、髪や耳朶《みみたぶ》や首筋をしっとりさせたものだ。

　近くにプールはあるか？　神経科の医者はカルテを書き終った後で狭いデスク越しに訊いた。もしプールがあれば、一日三〇分泳ぐのが一番効果的だ。彼の名前が書き込まれた真新しいカルテの上で指を組んでいる医者の皺のきざまれた手を見て、それから顔をあげると首を振った。質問されて答えるまで、のろのろした間があるのを感じて彼はまごついた。医者は忍耐強かった。それなら走ることだ、と医者はきっぱりとした声でいって、振り返って書類棚に手を伸すとパンフレットを摑んだ。これを良く読みなさい。とにかく今夜から走りなさい。医者は彼にかわって断固として決断していた。エアロビクス運動――運動療法の栞――水色の紙に刷られたパンフレットのタイトルをぼんやり見つめた。三週間のあいだ仕事を休みなさい。雑念を入れないこと、勿論、本を読んでもいけない。ただ走ること、生活を規則正しくして薬を必ず飲むこと。ひとつひとつ彼は頷いた。機械的にそうしていると感じたりした。そして頷きながら彼はカルテに書き込まれた最初の質問の答えを見た。質問はあらかじめ用意されていた。彼が医者と向きあった途端、その質問は新しい患者には誰にでもする型どおりのもの、といった口調で一方的に繰出されたものだった。医者はひとつ質問をする度に患者の内側を透し見るような眼差しをした。物忘れをするか？　はい。今やったことでもすぐに忘れたりするか？　はい。自分を駄目な人間だと思うか？　はい。死にたいと思う時があるか？　はい。仕事上のトラブルはないか？　はい。本当にないかね？　医者は声を強めて、そんなことがあるはずがないといった口調でいった。彼は口ごもった。仕事場の印刷工場にある医務室で彼はこの診療所を紹介されたのだった。電話予約の手続きや何かもすべてそこでしてくれたし、医務室で喋ったことは洗いざらい医者に伝達されているはずだった。

この一年間彼は、左翼政党の日刊新聞を発行している印刷所の文選《ぶんせん》の作業場で仮名《かな》屋の仕事を続けて来た。文選工が拾って、不足した活字ケースの部分に新しい活字を埋めていくのが彼の主な仕事だった。一日中立ちっぱなしで、終業間際には鼻孔も指紋も爪も、鉛の粉ですっかり汚れてしまい、工場の地下にある風呂場で丹念にタワシでこすらねばならないほどだった。くる日もくる日も彼はケースに向って活字を埋めた。日に二度、階下の鋳造の作業場まで前日に註文しておいた新品の活字を取りに行った。その時には木箱をのせた台車を押して文選工のあいだをすり抜け、キャスターの前を通り、植字工と校正の連中の足元をぬって、ケーブルで台車を下に降すのだ。工場では、彼と規定の年齢に達しない者を除く全員が党員だった。だが若すぎる連中も下部組織の同盟員だったし、要するに彼だけが違っていた。

そうやって日を送っているうちに彼は活字の埋め込み作業をしょっちゅう間違うように

なった。単純すぎる程単純な労働だった。それなのにしまいには、今までたった三本の指で何十本もの活字をいっぺんに摑むことができたのに、それも不可能になった。活字は指から崩れて足元の床板に音をたてて落ちた。彼は仕事が出来なくなっている自分を発見した。屈んでこぼした活字を拾いながら、急に眼が涙でふくらんで子供のように泣きだす自分をこらえることができなかった。床に屈んだままの姿勢で、彼はあたり構わず嗚咽する始末だった。それからやっとのことで立ちあがると字詰めの主任のところまで行って、皆んなは僕を役立たずといっている、党員でもないし、党員になろうともしない僕をくずだといっている、とほとんど喚き声でいった。皆んな？　と主任は穏やかな声でいった。確かになかにはそんなことを考えている奴もいるだろう。だがそんなことを現実に誰がおまえに話したんだ？　彼は混乱した。皆んなが陰でこそこそ話しているように僕が感じている、と彼は訂正して訴えた。馬鹿なことをいうな、と主任はメタルフレームの度の強い眼鏡を指で押しあげながら、かん高い鳥のような声でいった。長い年月にわたる文選工暮しで主任の眼はひどく痛めつけられていた。レンズはぶ厚すぎてメタルフレームでは支え切れないぐらいだった。今日は帰らせて下さい、とうなだれて涙で充血した眼を伏せてやっといった。真昼の電車の扉に立ち、外のちかちかして輝いている屋根屋根を見つめながらも涙はいっこうにおさまらなかった。駅に着いてホームから人が乗り込んで来る度に乗客たちは彼を見て、怪訝な表情をした。それからほぼ一日置きぐらいに無断欠勤が続いた。通勤の途中で全く気紛れに下車することもあった。そんな日は半日以上、足が他人のもののように感じるまであてもなく街をほっつき歩いた。うろついて何もせず、たまに自動販売器で清涼飲料水を飲み、結局疲労困憊してアパートに戻る。工場に出る日には、文選工の話す言葉のほとんどが、彼をなじり咎めだてている言葉となって鼓膜に届いた。実際に何人かに彼は食ってかかったりした。後ろにまわって僕を冷笑するのはやめろ、汚ない奴らだな、おまえらは。だがその後で彼は取り乱し、自分が被害妄想の罠にはまっているのが冷静な時にはいくらか理解できた。電車の中でさえ、シートに坐っている他人たちが彼を気違い扱いして、不自然なそぶりを見せているように思ったりした。しまいには彼は自分を気違いだと信じた。そのことを知らない奴はいないのに、誰もが触れたがらずにいると思った。食事を取らず眠りもしない何日かが続いた。三日連続して無断欠勤した後、工場へ行って、主任に、僕を助けてくれ、と頼み込んだ。空腹と睡眠不足が身体をふらふらにさせていた。工場の文選工だけの休憩所で、主任は破れて中身の覗いているソファに坐って、眼鏡の向うの眼を細めて彼の喋るのを聞いていた。助けて下さい、と彼は床板に正座していった。僕は頭がおかしい、助けが必要です、病院へ行って来ます。なおったらもう一度僕を働かせて下さい、見捨てないで僕に手を貸して欲しいのです。誰も見捨てやしないさ、医務室へ行こう、と主任はいった。主任の後について、キーボード室や何人もの作業中の文選工や刷り屋のアルバイト学生の前を通る時も、誰ひとりこっちを見なかった。暗黙の了解事項が取り交されていて、見ないようにしているのが判った。そうして彼はこの診療所へやって来たのだ。

　どうかね、仕事上のトラブルは本当になかったかね、と医者はデスク越しに再び繰返した。ありました、と彼は従順な声で答えた。何を考えたかね、と医者が続けて訊いた。性格を変えたいと思った、僕はまるで正反対の僕にならなければ助かる道はないと思った、と正直に答えた。それらの矢継ぎ早やの質問と答えが、カルテの最初のページにボールペンで書き込まれているのを彼は見つめた。

　とにかく走ることだ。医者は力強い励ましを込めた声でいった。デスクの抽出《ひきだ》しから、藁半紙に謄写印刷してあるカードを取り出した。このカードに、生活時間帯記録を正確に毎日つけなさい。ところで仕事を休むのに診断書は必要かね？　彼は頷いた。医者は診断書にゆっくりとボールペンをすべらせて、自律神経失調症と書き込んだ。そこにどんな病名を書き込まれるかまじまじと見ていた彼は、精神分裂病や何かではなかったのだ、とわずかに安堵した。……失調症のため、とボールペンを走らせながら、医者が一瞬彼を見た。僕を確かめている、と思った。

こうしてその晩から走りはじめたのだ。第一日めの距離とタイム、一・八キロ、十三分ちょうど。五分後の脈拍数百。六歳の子供と走っても勝ちめのなさそうなタイムだ。

雨は次第に小やみになり、参道を二往復した頃にはすっかりあがってしまって身を軽くさせた。ピッチは衰えなかった。四キロ走った後も、身体は前に進むばかりだった。もう三週間めに入っていた。生活時間帯記録のカードは二枚めで、睡眠や食事や薬や運動が彼の手で印されていた。つまり僕はこの三週間、闘病生活のために走っているわけだろうか？ 彼は思い、大量に送り込まれて来る空気で胸をふくらませ、息を喘がせていた。闘病生活？ 深刻な面なんか糞くらえだ。はあはあいってあがりそうになる顎をむりやり引きしめ、腕をしっかり脇にあてがって、雨のあがった車道、点々と駐車している車内灯を消した車、そして正面に強いワット数の明りで照らし出された墓所の正門、人を拒んでいる鉄の門を見つめた。

昨夜もやはり雨で、正門の脇にパトカーが駐車していた。車道からも歩道からも眼につきにくい場所で網でも張っているみたいにパトカーは止っていて、不意に彼の視界に入って来た。パトカーの中では、警察官が仮眠している夜勤のタクシー運転手みたいに休んでいた。向うでも彼の姿に驚き、暗いシートで身を動かし窓に顔を近づけてきて彼を苦笑させた。二往復し、四キロめの、墓所の正門で立ちどまると、彼は軽い整理体操をした。門に手をかけて、片足ずつ足指でアスファルトを踏んで、足首を回転させた。前の二週間で走りすぎて、アキレス腱のあたりを脹《は》れあがらせてしまっていた。今そこはサポーターでしめつけられていた。サポーターは雨に濡れて脹れて熱のある部分を気持良くさせていた。パトカーの窓があいて、警察官が何かいった。雨が声をかき消した。えっ、と彼は叫んだ。こんな土砂降りの日でも、と警察官も叫んだ。身体を鍛えなくちゃならないのかね。彼は喋るのがめんどうだった。そこで、首を振った。野球部の選手かい？　警官が親し気に叫んだ。キャッチャーさ、と彼はでたらめをいった。何だって？　と警官が、口を手で囲って訊いた。キャッチャーだよ、草野球の、と彼はがなるようにいった。深呼吸をした。名キャッチャーってわけだ、と警官が暇潰しの声でいった。

　今夜はパトカーも、正門脇の郵便ポストみたいな形をした臨時派出所にも人影はなかった。五キロで走るのをやめた。今週いっぱい五キロを走り続けたら、次週からは五・五キロにしようと思っていた。一週ごとにそうやって、〇・五キロずつふやして行くつもりだった。そして十キロの目標に達したら、その後は自由に距離をのばそうと決めていた。そこまで行くことを考えると胸がときめいた。

　雨あがりの正門前はすがすがしかった。息を鎮めるために守衛みたいに門を行ったり来たりした。脈拍数を数えると百二十だった。いくらかオーバー気味だったが、それに耐えられない数ではないと彼は判断した。野球帽を脱いで、力いっぱい水気を絞った。トレーニングウェアーのズボンの後ポケットにそれを突っ込むと、汗で粘ついた髪に手を入れてかきあげた。汗はランニングをやめた後のほうが激しく滲んだ。それから煙草に火をつけてしゃがみこんだ。あと五分後にもう一度脈拍数を数えたら、おそらく百そこそこだろう。草野球のキャッチャー、足元のアスファルトの凹みにできている水溜りを見つめてにが笑いした。バーナード・マラマッドの野球小説の主人公みたいに、齢若くして挫折を強いられ、長すぎる年月をへて、不意に登場する天才児、僕は草野球の名キャッチャーというわけだ。煙草を深々と吸った。煙が雨あがりの路上にたち込めて消え、するとアスファルトの参道がどこまでも夜の底で濡れて輝いていた。彼は静寂に満ちた中で自由を感じ取った。ひとつの季節と僕との対峙が、こうして開始されるのだ。六月いっぱい、いや一年中でも好きなだけ降るがいい。容赦なく降りしぶいて僕をさんざん濡らすがいい。僕はたじろがず、土砂降りの雨の底でも空腹の犬のようにひたすら走る。彼は必要なだけの自然な沈黙を手にするだろうし、研ぎ澄ました刃物のようによぎっていく肉体を持つことになるだろうと考えていた。水溜りで吸殻を消し、しゃがんでいる彼の頭の影めがけて投げつけた。立ちあがって車道の真中をとぼとぼ歩きはじめた。晴れ間を見つけて車から出て来ると、喚声をあげながら、スケート・ボードの練習をはじめたふたりの少年の姿が、近づいて行く彼の前で身をくねらせていた。そうして重心を取りながら彼らは時々、声を張りあげて車道を行ったり来たりしている。近づくと彼の影が、道を行き来する上半身の柔らかく動くリーゼントの少年たちの影と交わる。

*

　きみの集中力はきみが考えているよりも劣ってはいない。同じマークを指摘する心理テストでは、たったの四箇所しか間違っていない。数字計算の反復テストでも、少し休憩するだけで集中力はちゃんと元に回復しているよ。

　一時間前に彼が二階の会議室みたいな部屋で机にしがみついてやった心理テストの結果を見ながら、あけ放した窓を背にして医者はいった。窓の外は豊富にぶ厚い葉をつけた木で覆われていて、外からの陽と風が、医者の開襟シャツの両脇をはためかせていた。葉をそよがせて入り込んで来る風は涼しく、医者は自信を持った声でこういった。いいかね、きみの性格はきみの全人生でもあるんだよ、いいとか悪いとかの問題じゃない。性格を変えようと思うことはすでに間違いだし、少なくとも頭で変えようと思うことは無駄であるばかりかマイナスでさえあるんだよ。走ることは役に立ちますか、と彼は訊いた。ああ役立つとも、と医者はもっと確信のある声を出した。毎日走ることはそれだけで端的にいって辛抱のいることだよ。それだけでも意志を強くすることには役立つわけだ。要するに今よりもっと強い意志を養うことになるだろう。医者は椅子に背を凭せて腹で両手を組み、くつろいで世間話でもするように喋った。実際には非行少年をさとすような口調だった。そんな調子で喋られたりしたのは、彼がまだ十八で田舎町の高校生だった時以来絶えてなかった。

わずか二ヶ月前には連日のように降っていた雨が嘘だったように、今は朝でさえ快晴で暑い。眼に入るもの全部が照り輝いて夏を満喫している。しかし時々は気紛れな雷雨があった。その後では虹がかかったりした。それは二重にくっきりとあらわれる場合もあった。子供たちは自転車に乗ったり数人で走ったりして、虹を見あげてはしゃぐのだった。

夏になって走る愉しみをふやした。夜の他にも早朝に走ることにした。アパートの住人が勤めさきに出向く前に寝床を起きだして走った。アキレス腱の脹れもすっかりひいて、足は地面を叩きつけることに馴染んだ。気温が三〇度を越える日中には、たとえ軽いジョギングでもしてはいけないと、運動療法のパンフレットに注意事項があったが、朝走るのはそれでなくとも夜走るのとは違った快感があった。それにもうひとつの愉しみ、汗が流れて眼を痛めつけるのを両腕で拭いながら、彼は一箇所に視点を定めて、そのままでどれだけ広く視界を取れるか注意を傾けて走る。たったそれだけの試みで、彼は自分の見る世界が広められたのを感じた。

この二ケ月で距離は四キロ増し、目標の十キロまであとわずかだった。九キロ走っているわけだが、五キロを二〇分のタイムで駆けることができた。かりにひとりでなく何人かで競争するとしたら、タイムをもっと縮めることができるはずだ。多分、十七分かそこいらまで。朝晩二度、とことこ走ることで彼が何を得たのか、不思議な病気を恢復するのに役立っているのかどうか、見当はつかなかった。元の木阿弥、そういうことだってないとは限らない、と思ったりした。

しかし裸になるとふとももは以前より筋肉がついてがっしりしていたし、肺活量も脈拍数も鍛えられているのは確かだ。それで満足すべきだ、と彼は思った。少なくとも、この今は。

早朝の墓所の歩道は乾いていて、ちょうど木陰になる道は空気もひんやりしていた。食料品運搬のコンテナーを積んだトラックが駐車している。あけた窓の向うで運転手はハンドルに裸の足をのっけて休んでいる。毎朝のことだった。パン屋やハム屋のマーク入りのトラックはそうして駐車して、運転手はきまってくつろいでいた。こんな早くどうしてそんなことをしているのか理解できなかった。そして夜には六月よりもぐっと数を増した暴走族の小僧たちが、ここを占領して浮かれたりお巡りに追い回されたりしているのだ。それから、例のカー・セックスの連中だ。

朝のほうが静かだ。墓所の門まで行くと、守衛が開門の準備に詰所から玉砂利を敷きつめた庭にでて来る、眠た気に肩を落とした姿が見えた。墓所に今まで一度も足を踏み入れたことはなかったし、これからもこんな鬱陶しい場所に好奇心をそそられたりはしないと考えながら、門の前を走って反対側の歩道に駆け込んだ。肺に送りこまれる大量の空気と心臓から送り出される早い血液が、彼を敏感にさせる。風がそよぐとかすかな草いきれが鼻孔にまとわりつく。ある場所では草の匂いは極端に濃くなって彼を見舞う。きっと強い香りを出すある種の草がそこだけ密生しているのかもしれない。

何メートルかさきで、雀が地面でばたばたやっているのが眼に入った。雀の仔ではなさそうだった。六月には巣から落ちて、飢えと寒さで、濁った声で鳴き喚く不運な雀の仔は雨の歩道にはいくらもいた。その度にアパートに持ち帰って暖めてやり、卵の黄身を与えようとしたが、おおかたの仔雀はそれを拒んで餓死する道を選んだ。てのひらでわずかにもがきながら死んで行く仔雀を見ると、彼は頑固な老人みたいだと思ったものだし、餓死を選ぶのが彼には無意味でも彼らには理由があるのだろうと思ったものだ。たまにはなんとかかんとか嘴《くちばし》に黄身を突っ込んで餓死をまぬがれさせたのもいるにはいた。そのうち彼に馴れ肩や頭に止ったりするようになった仔雀も、完全に成長しないうちに突然理由もなく死んだ。死はいずれの場合でも早かった。彼は歩道で暴れている雀に向って自分のペースで走りながら、この季節に仔雀でもあるまいが、たとえそうでも、もう救いの手は延べまいとすばやく決断した。

　近づくと雀は地面からすばしっこく飛びたって巣から落ちた仔雀でないことを知らせたが、もうひとつの生き物が短い雑草の根元でもがいていた。走り抜ける時一瞥すると羽を一枚もがれて腹を見せている蟬だった。今おまえを襲っているものがめぐりめぐって僕にまでやって来る。だからこうやって朝晩僕は走っていなくちゃいけないのさ。彼はけやき並木を見た。枝葉が歩道の上にかぶさって道は薄暗くトンネルみたいだった。どんどん走って行くと、右手の草むらと雑木林が切れた部分に緑色のフェンスが見えはじめる。そこは参道よりも一段低くなっていて、野球場や広場があった。蟬で思いだしたが、フェンスの一番手前の地面で死んでいた猫は、まだうっちゃられたままだろうか、と思った。

　そこにさしかかると、灰色の猫が毛の艶を失って転がっていた。もう、二、三日にもなるだろう。猫は歯を剝きだして、次第に脂肪を失うみたいに痩せていっているようだった。腹に裂傷があって、はみでた内臓が膿んでいた。車にはねられたんだろう。彼はフェンスに沿って走った。朝野球の連中がグランドで元気のいい声をはりあげている。正面から、長年ビールの飲み過ぎといった感じの下腹を持て余したみたいな走り具合でやって来る男と出会った。彼とすれ違う瞬間、男は息を喘がせながら、それでもなんとか笑顔になろうとして、お早よう、と声をかけてきた。あやうく笑いそうになった。

走っているだけで自分の仲間だと勝手に思うのはこんな齢の男に多かった。梅雨時よりも走る人間は多くなっていたが、彼と同年輩ぐらいの青年なら、すれ違う瞬間、相手がどれだけ今まで走り込んで来たか、へばっているかどうか、走り方はどんな具合か一瞥するだけで判断しあうのだった。仲間が欲しくて走っているのなら話は別だ。そうでなければ互いに唇を嚙みしめ、無言ですれ違うだけだ。

フェンスが切れ、野球場に降りて行く階段の所で一度車道を横切って、Uターンするとまた、反対側の参道に駆けこむ。こうして同じ場所をぐるぐる回るのだ。いったい、今まで何度行き来しただろう。よく飽きないな、と気心の知れている友達は茶化し気味にいったりした。僕も同じ気持だ、こんなに自分が忍耐強いたちだとはな、と彼は軽く受け流す。他人が見たら確かに、退屈して力を持て余した犬が同じ箇所を駆け回るみたいに見えるかも知れない。

半分も行かないうちに、さっきのビール腹の男が参道の反対側を、けやきの大木で見えかくれしながらのろのろ走っていた。追いつき、すぐに追い越した。墓所の鉄門はもうあけられていて、守衛の姿はなかった。再び反対側に入り込んで走ると、例の男がすっかり顎を出して走って来るのとすれ違った。だが今度は男は声をかけずにいっそう苦し気に笑いかけようと努力しただけだった。片羽をもぎ取られた蟬は、同じ場所でじたばたしていた。

　三周目で彼が門まで行って走りやめると、ビール腹は道端の草の中に腰を降してくたびれ果て、手拭いでしきりに汗を拭っていた。男に近づかずに整理体操をした。跳躍は、熱くどくどくいっている心臓を跳ねあがらせるみたいで苦しく、気持良かった。男が時々こっちを見て何か話しかけたそうにした。深呼吸していると、向うから大型トラックが真っすぐ向って来てブレーキをかけた。運転手がビール腹に何か訊いていて、ビール腹はしきりに首をかしげていた。兄さん、何とか団地を知っているかね、ここいらあたりなんだそうだ、とビール腹が息も絶えだえといった声で彼に訊いた。あいにく覚えがなかった。トラックは一度墓所の玉砂利の庭に入り込んで、それから向きを変えると逆戻りして行ってしまった。

「毎日走っているのかい？」ビール腹が、話の糸口ができたというふうに訊いた。彼は、朝晩だ、といった。ビール腹が、ほおっと驚きの声をあげた。そして、うちとけようとしておどけて自分の腹を叩いた。

「俺はこいつを引っ込ますためだけど、兄さんはなんで走っているんだい?」

「走りたいからですよ」彼は、どいつもこいつもどうして他人のやっていることの理由を訊きださねばすまないのか、と思いながらいった。気が変になったからですよ、走るのも、いってみればリハビリテイションみたいなものなのです。そう答えればどんな顔をしたろうと、男にいった後で思うと愉快だ。

だが、口にした言葉には嘘はなかった。最初の頃には走ることは彼を強制していたが、今は彼は解き放されていた。医者は経過は良好だし、なおりが早い、といった。彼はそれでも時々、重大な精神病患者で、現実が判らなくなっているのだ、他人の話す言葉を正確に理解できない時もある、と考えたりした。するとたったそれだけのことが彼の気持を揺さ振った。どっちにしろ、と彼は汗が額から顎を伝ってアスファルトにしみを作る感触を味わって思った。僕は単純に走ることが好きになっているのだ。

ビール腹はまだ草の中にうずくまるみたいにして坐っていた。彼の答えは話のつぎ穂を与えさせなかった。それでも男はぎこちなく声をかけて来た。

「朝晩か。そんなエネルギーは俺にはないな」

男は笑った。続けていった。

「晩は仕事でくたくたさ。若いんだな。それじゃいくら走っても平気だろうな。俺みたいに苦しがりはしないな」

　ビール腹は坐って股ぐらを覗きこむようにしていた。最後はひとり言のように気のない声になっていた。彼のほうでは朝空に顔を向けて首の回転運動をしながら、どういったところで通じないな、と思っていた。必要以上に仲間を欲しがらない男もいるのだ。男がためらった声でまだ何かくちごもっていた。彼はひんやりした木陰の参道を歩いて行った。蟬はもがいていた。片羽で地面を叩いていた。ランニングシューズの爪先で、草の奥へ入れてやった。それで、雀か鴉《からす》に見つからない可能性がふえるかどうかはわからなかった。

　夜には毎晩、暴走族がたむろしていた。十数人ぐらいの小グループで、梅雨時より威勢が良かった。夜はアスファルトの車道のほうが走りやすいのを彼は知った。それからは二車線の内側を走るようにした。

　参道の入口から、暴走族の連中が派手な音をたてる花火や爆竹を鳴らすのが聞こえる。近づくと道に長々と寝転んでいる奴らや、フリスビーやスケートボードをやって愉しんでいるのや、日の丸の大きな国旗を担いで足を車に突っ込んで窓枠に尻を乗せているのがいた。ロックンロールをがんがんかけていた。スクール・デイズとかジョニー・B・グッドとか踊ろよベイビーだとかだ。彼が連中ぐらいの年齢の時にもやっぱり夢中にさせられた曲だ。アメリカン・グラフィティやジミーの映画に行くと、がちがちのリーゼントの高校生たちで占領されていて、館内は活気に満ちていた。こいつらもあの小便臭い映画館で鶏みたいに昂奮していたくちに違いない。ポップコーンをぽりぽりやりながら。

わざわざ道に腹這いになったり、寝転んで足を組み夜空を肘枕で見ている二、三人の小僧のあいだをすり抜けて彼は走った。寝転んでいる連中は、そのままの恰好で彼を眼で追った。誰もひやかして来なかった。墓所の鉄門の上を綱渡りみたいにふざけ散らして、バランスを取りながら歩いている馬鹿もいた。女の子の腰に手を回して、車に寄りかかっていた少年が不意に彼の後を追って走って来た。女の子が笑った。彼は背後で少年がどんな走り方をしているか、のびのびしたその笑い声で知った。鉄門でＵターンしかける時、門で綱渡りしていた少年も飛び降りて一緒に駆けて来た。やめなさいよ、と女の子が少し不安がった声でいった。しかし彼は走りやめなかったし、彼らもやめなかった。次々に少年たちが彼の後を追って走りだした。車の窓枠に尻を置いて半身を外に出していた少年も日章旗を担いだままついて来た。口を利く奴はひとりもいなかった。ユー・キャント・キャッチ・ミーの曲が少しずつ遠去かる。いい曲だ、懐しいだけじゃないんだ、と彼は複数の足音と呼吸が後に続くのを感じながら思った。ユー・キャント・キャッチ・ミーだぜ、勝手に後をついて来な、僕はおまえらなんかにつかまったりしない。身体の内でボリュームがあがる。どんどんあがる。くそ。いい夜だ。走るぞ。めちゃくちゃに走るぞ。五百メートル走っても彼らは無言でついて来た。ひっそりとしたただの暗がりになっているグランドでUターンして、彼らの溜りまで行くと、女の子が三人、声をかけてきた。セイジ、ばててるじゃん、と女の子のひとりがいった。うるせえ、とセイジが少年たちのなかで叫んで、それが彼らの最初の声だった。そこまで行くと脱落するのが何人かいた。残りはまだついて来た。日の丸の旗持ちはもう足をもつれさせて、今にも転びそうだった。曲はスィート・リトル・シクスティーンになっていた。血が喚きそうだった。背の高い体格のいいのが懸命に走って彼と並んだ。走りながら眼を見交した。こいつがリーダーだな、と彼は判断した。しかしどっちも喋らなかった。彼は彼らとは関係がなかった。彼らの日常も彼らの夜遊びも乱痴気騒ぎにも彼らの言葉にも。彼らは彼らで、夜、ひとりっきりで走っている男とは無関係だった。少しピッチを早めた。駄目だ、心臓がいかれるぜ、と誰かが走りやめていった。そいつは両膝に掌をつけて前屈みで喘いでいた。判ったろ？　ユー・キャント・キャッチ・ミーさ。しかしピッチを早めても、ノッポの男は頑張って彼と並んで走った。彼は沈黙を破ってもいい気持になった。なんだってあんな古い曲をがんがんやっているんだ？　映画の話でも良かった。アメリカン・グラフィティは観たか？　ドレィファスは今じゃオスカーを取ってハリウッドで幅を利かせているんじゃないか？　スィート・リトル・シクスティーンを聴いているんだから見たんだろ？　糞みたいに泣かせる映画だったな。そんな具合にだ。

最後までついて来たのはノッポとフリスビーを持っていたふたりだけだった。彼は九キロ走り終って、墓所の門で止った。さきに脱落していた奴が、思い思いの恰好でばてていた。木にもたれているのもいたし、スケートボードに頭をのせてアスファルトに伸びているのもいた。ノッポは彼が整理体操をはじめた傍で、門にしがみついて背中を波打たせながら、足元に唾を吐こうとして口を鳴らしていた。唾はなかなか出なかった。女の子が来て背中をさすってやると、ノッポは腕で女の子を押しのけて拒んだ。そして、やっとの思いで唾の固りを吐いた。それは粘ついて糸を引き、ノッポは片手で唾を切り離さなければならなかった。途中で脱落したのが歩いてやって来た。フリスビーを持っていたのが、だらしがねえぞ、と得意がって叫んだ。ノッポが門に背中を押しつけ澄みきった眼で、彼を見た。いい気分だ、といった。

「しばらくバスケの練習をサボっていたからな」

しばらく俺も仕事をサボっていたよ、と彼ははじめて喋った、ノッポが顎の汗を腕で拭って笑顔を作った。医者は三週間をすぎた後、仕事に復帰するかどうか質問した。それは医者が決めることではなく、彼自身が決断する問題だといういい方だった。一晩中、徹夜で回転している輪転機やキーボードで打たれた活字がキャスターの小窓から流れ落ちてくる様を彼は思い描いた。鋳造の鉛の焼ける匂いやひっきりなしにかたかたいって活字を作り出す機械も。印刷所の仕事はやめるつもりです、と彼はいった。それもいいだろう、徹夜仕事はこの病気に向いていない、と医者はいった。彼の提出したクリップで止めた生活時間帯記録のカードを見ていた。そして、睡眠時間も安定しているね、経過は順調だよ、といった。もっと重大な精神病ではないか、僕は取返しのつかないほど心を病んでいるのではないか、と彼は訊こうと思ってやめた。彼の喋ることはどんな些細なことでもカルテに書き入れられた。時々横文字が混った。その部分に何か彼に知らされていない秘密が隠されているように感じたりした。帰りぎわに医者が何気なく、お大事に、といったりすると彼はわけの判らない病気の真最中にいて恢復するまで長い時間が必要なのだと、不安に陥りかけることもあった。それで生活のほうはどうするかね、と医者は訊ねた。失業保険で、と彼はいった。それじゃ、ゆっくり仕事を捜すことだ、と医者はいった。あせることはないよ、人生はきみの齢ではじまったばかりも同然だからね、本も読みたければどんどん読んで構わないよ。集中力もある。充分すぎるほどある。要するに、この間までは自分でも気づかないぐらいひどく疲れていたんだね。彼は、睡眠薬は切って下さい、充分眠れますから、といった。そうしよう、薬に頼らないのが一番だ、と医者はいった。

ノッポが煙草を出して火をつけ、彼にも黙ってすすめた。元気になった連中はスケートボードをはじめた。上手だった。身体が柔らかく、自分の動きまで吸収するみたいだった。煙草を吸うと頭がくらくらした。うまいな、と彼は礼をいう替りに煙を吐き出していった。チャック・ベリーがロックンロール・ミュージックを唄っていた。齢は訊かなくてもわかった。彼よりも六、七年は奴らのほうが若かった。明日、足が痛くて歩けないわよきっと、と女の子が旗持ちの少年に子供っぽい声でいっていた。旗は奴の肩に担がれて、だらりとたれ下ってふくらはぎのあたりで揺れていた。ノッポが号令をかけた。皆んな喚声をあげた。スケートボードやフリスビーを乱暴に車に投げこんで、そして次々と乗りこんだ。何台かのオートバイにまたがって、ヘルメットのヒモをしめる連中、日の丸の旗持ちは、又、車の窓枠に坐って上半身を外にだしていた。オートバイの連中が先頭を走りはじめた。後ろにまたがった女の子が悲鳴をあげた。車は後に続いた。彼はひとり取り残されながら、車の外に上半身を出している少年の日章旗が夜のなかで、激しくなびきながら遠ざかるのを見ていた。

その後も、しばしば夜彼らに会った。何人かはやはり、黙々とあとについて走って来た。ノッポはいつも彼と並んで走った。その後で、ひとことふたこと、短い単純な言葉で話した。ロック・アラウンド・ザ・クロックだとか、シクスティーン・キャンドルズも好きだ、とノッポはいったりした。それは全部、田舎のハイスクールの卒業式の晩に朝まで車を乗り回してうかれるアメリカの少年たちを描いた映画で使われた曲だった。プレスリーも好きだ、新しがる必要なんてないからな、とぶっきらぼうな声でいった。アメリカナイズされるのだって、こっちが望むんだから悪いこっちゃないさ。そんないい方をしたりもした。それらは実際には、もっと上の年代の連中にもてはやされた曲だった。その後で彼も夢中になり、その時の自分を彼はありありと思い返せた。そのほうが新しいのかも知れないな、今、ジョン・レノンだって唄ってるだろ、と彼は答えたりした。自分がいいと思うものだけでいいんだ、とノッポはいった。

　しかし長く話すことはいつの場合もなかった。あの星は何かな、ずい分赤いな、とノッポが夜空を指さしていって、星のことは知らないと彼が答えて、それだけで終りの晩もあった。その後できまって彼らは、調子づき、うかれて、車やオートバイに乗っては消えた。走った連中は汗みずくで、乾ききらないうちに通りを突っ走って行くのだ。彼のほうは、奴らの溜り場から離れた場所で愛撫しあったりするために駐車している車の傍を通って歩き、汗をアパートの部屋まで持って帰るのだった。

　ある朝、珍しくアスファルトの車道を走った。そこは朝でも、けやきの影になっている土の歩道に較べると陽が当って暑かった。日中ほどではないにしても、涼しくはなかった。ビール腹の男にはあれから一度もあわなかった。男が走ったのはあの日こっきりだったのかも知れない。パンやハムの名前の入ったコンテナーを積んでいるトラックはやはり木陰で涼んでいた。汗がぼたぼた落ちた。そして彼のかけている眼鏡のレンズにこびりついて溜ったりした。

そういえば、あの朝の蝉も、フェンスの脇でよじれて腐っていた猫もいつの間にか姿を消した。蝉はやっぱり鳥についばまれてしまったのかも知れない。二度と飛びたてず、力つきてしまったのだけは確かだ。彼は今、そのあたりを走っていた。

車が一台駐車していた。すれ違う時フロントガラス越しに、シートを倒して眠りこけているカップルが見えた。まだ子供だった。女の子はつるつるした首筋を正面に向けて、腕を額にかざすようにして眠っていた。男の子は横向きになって口を軽く閉じていた。朝の陽が車内に満ちていた。夜のあいだずっとここにいて、セックスをしたり喋ったりして、それから眠ったのだろう。彼は走り抜けながら、ふたりのことを思って微笑した。足が軽くなった。汗は彼を狩りたてた。こんな朝には例のビール腹みたいなのには出会いたくなかった。あの車の中のふたりも見せたくなかった。誰もがそれぞれに一夜をすごすのだ。彼もだ。それからゆるやかに朝になって、そうして照りつける光や暑さの中で日をすごすわけだった。失業保険を取りに行く日だった。職業安定所は三階建てで清潔で、クーラーがよくきいていた。

　電車を降りて改札をでると、映画館や果物屋やディスカウントの店のあるごたごたした通りを歩いて行く。職安のドアをあける時の気分を思った。自分が何者か、見当のつかない気になるのだ。帰りには必ず映画館に立ち寄った。そこではいくらか、殺伐として荒っぽい感じになった。仕事を持たずにいることがどんなものか、以前にも経験してよく知っていた。腰がふらついてむしろ苛立ち、風が吹けばそっちへくるりと身体の向きを変える風見鶏のようなものだった。今日、職安で仕事を見つけよう。条件のいい仕事に当るように、せっせとファイルをめくってみよう。今でも隔週に出向く診療所では、彼がデスクの前に坐る度に、それとなく、仕事に就く気はまだ起きないか、就くほうがむしろいいのだ、といったいい方で医者は促すのだった。仕事をする理由もしない理由もなかった。今日、本腰を入れて仕事を捜してもいいわけだ。

　二度、三度と同じ場所を走り、そのつど、車で深々と眠っているふたりを見た。最後の時は、女の子は少し寝返りをうって、顔を横向けていた。顎の形がなめらかで、耳は輝いていた。起きて動き回っている時の彼女を想像させる寝顔だった。夏はこうしてまだ終っていない。だが走っていれば自然に何かが経過して行く。走るのは単調だ。だが同じ光景ばかりではなかった。感じ取れるものだけがあった。それは身体にとどまらずに、彼の走るペースに合せて背後にすぎて行く。

彼は足に力を込めた。足裏が張りつめて、爪さきがアスファルトを強く弾みをつけるように踏む。世界を蹴って息を切らせ、犬のようだと感じる。

*

夜が早くはじまる頃になった。徐々に夕暮れが空を染め部屋に入りこんできて、古雑誌の山やステレオやハンガーに架けて壁に吊ってあるズボンの輪郭を曖昧にする頃になっても、彼は明りもつけなかった。部屋でごろごろしながら同じレコードを何度も聴いて、走る時刻を待っていた。空腹だったが牛乳を飲んだだけで我慢した。走れば空腹も忘れる。例のノッポや日の丸の旗持ちは今頃、どんなふうに夜を準備しているのだろう。彼らが作り出す乱雑な夜を。最初の出会い以来、彼らは距離を取ることを心得ていて、行くぞ、というノッポのぶっきらぼうなひと声で、すばやく彼を置いてきぼりした。彼も走ることを誰ひとりすすめたわけではなかった。走りたくない夜にはノッポもただ、彼を眺めて爆竹の火花の中に立っていた。いずれにしろ、つべこべ喋るなんて間抜けさ、と思っているのは共通していた。それは爆竹の火花と煙に浮きだされるノッポ特有の、澄みきってためらいのない眼や表情、投げやりでだしぬけな話し振りで容易にわかった。

部屋はぶどう色で彼は畳に腹這っていた。残暑がいくらか彼を苦しめた。さっき研二が来て、一時間程話して帰った。三年前に知り合ったのだ。一日、どれだけの数の食器を洗うのか、と研二は今の仕事を快活に訊いてきたりした。ひとりにつき最低三個、いや湯飲みを入れると四個で、学生の数はまず五百人はくだらないから確実に二千個以上だ、と彼は他人事のようにいった。仕事の現場を離れると本当に他人事のような気がした。研二はあきれて口をすぼめると音をたてて息を吐いた。彼もにが笑いした。自分でやっているのに想像できない数量だった。

研二は部屋に入るなり服を脱いで、裸になっていた。自分の部屋のようにくつろぐやり方は好ましかった。まる一年活字をいじっていた奴が今度は学食で、頭の悪い大学生相手に二千個の食器洗いか、と研二はいった。半分は機械だ、と彼は説明してやった。学生たちはがつがつと食い終るとステンレスの水槽に食器を放りこんで行くのだ。僕はそれを鳥籠みたいな道具で掬いあげる。湯が籠からたれて腕を濡らす。それからベルトコンベアーに食器をばら撒いてやると、あとは一メートル程の筒の中に送りこまれて、降り注いでいる熱湯が洗い流してくれるのだ。筒を通り抜ける頃に僕は受け口へ行って、熱くなった食器を拾い、別々に仕分けする。僕の手間はそんなぐらいなものだ。身体はぐっしょり水を吸ったみたいに疲労困憊するが、といってどうということもない程単純だ。それにめったにないが暇な時には誰かが受け手になってくれるし、物を相手にするのは僕の性にあっている。彼はそう話した。新米がやることになっているわけだな、と研二は合点した。

三年前に知り合った頃には、研二はまだ学生で、今は高校の英語教師をしていた。実際にはどうみても教壇で、ノッポや日の丸の旗持ちみたいな高校生を相手にしているようには見えなかった。肩幅があって骨格が頑丈で、太い健康な声で喋った。その頃には彼は今とは別の町に住んでいて、そこの福祉会館のプールで、夏、顔見知りになったのだ。最初は日曜日のきまった時刻に顔を合せるだけで、無論、口など利かなかった。顔だけ見知っている連中は何人もいて、いわゆる常連のひとりにすぎなかった。研二は大学の最終学年の夏休みで毎日泳いでいたが、彼はその頃、本屋の店員をしていて日曜だけだった。レジの金を少しばかりくすねたりして、給料の足りない分を補っていた頃だ。

ある日曜の午後泳いでいると、雨雲がみるみるうちに夏空を覆って陽差しを奪った。誰もが時々空を見やった。その後、不意に大量の雨がプールを見舞った。プールサイドにいた連中も泳いでいるのも、土砂降りの雨を避けて逃げ、女の子は両腕で肩を抱きながら悲鳴をあげて走り回った。監視員のアルバイト学生も早々に引きあげ、すると大つぶの雨は無人のプールの表面を叩いて無数の小魚が水面で跳ねているみたいに見えた。彼はしかし雨のプールサイドに残っていた。もうひとり残っている奴がいた。それが研二だった。雨で顔を打たれた研二はひきつった泣き顔みたいになりながら、利巧な奴らは逃げちまったぜ、と毒づいた。いつもそんな辛辣な喋り方をするのを後で知った。彼は、プールで泳ぐのに雨も晴れもないな、どっちにしろ水びたしだ、と叫んだ。そしてプールに跳びこんだ。研二も続いた。クロールで愉しみながら泳いだ。顔を出して口をあけると雨が入った。雨があがるまでふたりでそうやって泳いだ。〈利巧な奴ら〉が雨のあがった後プールサイドに戻って来るとふたりはシャワー室に降りて、着替えた。福祉会館のホールの隣りにある食堂でビールを飲んだ。そこのテーブルからも、ガラス越しにプールサイドを眺められた。陽の照っている時の陽気ではなやかな気分が漂っていて、女の子達は腰を振って歩き回っていた。常識家だよあいつらは、と研二はビールを流し込んでいった。反射神経さ、と彼は宥《なだ》めるようにいった。飼いならされているだけだ、と研二はいった。俺たちにだってそんな所はある。彼はいった。研二はあいづちを打った。でも俺達は泳ぐさ、とそれからいった。そうだな、と彼は同意した。

その夏と次の夏もそんなふうで、日曜に一緒に泳いだ後はビールを飲んでプールサイドを眺めてすごした。

今年の六月には研二がいなかったら、どうなっていたかわからなかった。多分、線路脇の草むらか河原で気を失っていたろう。印刷所の保健室で診療所を紹介された後、彼はその足で研二を訪ねた。身体中がひどく熱っぽくて、物につかまらなくては歩けない程だった。衰弱しきっていて、眼はうつろだった。彼はその眼で物を見て、眼に移るものは全部架空の世界で、僕が頭に描いているものだけが真実で現実だと思ったのを覚えている。そう思うと気分が楽になったのも。そして、それは間違いで、自分が何かにはまり込んでいるという葛藤が続いて起きて、苦しんだことも。

彼は研二の所でめちゃくちゃに喋った。泣いた後で、大声で笑ったりした。外に出よう、のんびり散歩でもしようと研二はいった。ふたりで商店街を歩き、河原伝いに駅まで行った。道々、何度となく彼は力を失って道にうずくまった。研二は立ち止って、黙って傍にいた。入院したら、彼は泣いていった。入院するものだとばかり思っていたのだ。故郷の両親に知らせてくれ、他にも何人か伝えて貰いたい人がいる。彼は草むらにうずくまり、河原の向いでラジコンの飛行機が飛んでいるのを見て懇願した。いいとも、と研二はいった。飛行機はぶんぶん音をたて、銀色に輝いて同じ所を何度も旋回していた。腹がすいたな、何か食おうか、と研二がいった。食堂には入れない、恐いのだ、と彼はいった。

それじゃ、パンでも食おうといって、研二が歩きだすと彼はその後について歩いた。食料品屋で、牛乳とパンを買うと河原に戻って土手に坐り、ふたりで食った。研二は顎をあげて空を見つめてゆっくり噛んでいた。それから、ひとりで帰れるか、とパンを噛みながら研二はいった。駄目だよ、電車には乗れない、と彼は訴えた。じゃタクシーで帰ろう、送るよ、と研二は穏やかな声でいった。もし僕がタクシーの中で暴れたら、どんなことをしてでも静かにさせてくれ、殴ってでもいい、と彼は頼んだ。なぜだ？　と研二は、時々見せる少年のように相手に心を許した笑顔で訊いた。恐いんだ、部屋にいても息が苦しくなる、心臓が半分になったみたいで、今にも人間でなくなりそうで暴れ狂うような気がするんだ。わかった、と研二は頷いた。だがタクシーの中で彼は正体もなく眠っただけだった。

翌日、診療所にも研二はついて来た。彼が問診を受けているあいだ、研二は固い待合室の椅子に坐って待っていた。何だっていわれた？　と開口一番研二はいった。自律神経失調症だそうだ、でも本当だろうか？　彼はいった。舌がもつれ、言葉はたどたどしくなっていると思った。医者のいったとおりでいいのさ。研二は笑った。今晩から走るようにって。そうか、と研二はいった。俺の従兄弟も同じ病気になったよ。従兄弟の場合は陽気になるほうだったがな。今、田舎に帰って元気でいるよ。

彼が走りはじめてから時々研二は訪ねて来た。六月のことについては何も触れなかった。将棋を指したり、一緒に映画を見たりした。

夜が完全に訪れ彼は立ちあがると電気をつけた。明りの下でサポーターを足首にはめた。研二が忘れていった煙草をくわえた。今日も病気のことはひと言も話題にならなかった。人に向ってはもはや、健康だという他なかった。それ以外のどんな有効な言葉も持っていない自分が見えた。カルテはふえ続けて厚さを増していたし、角はすり切れはじめて、最初のページは黄ばんでいた。医者は薬を切らなかったし、もう診療所に来なくていい、ともいいはしなかった。調子はどうかね。まあまあです。働いているかね。ええ。少し太ったようだね。五キロも太りました。

ランニングシューズをはいた。外へ出ると準備体操をした。アパートの他の住人は、彼が走っていることをとっくに知っていた。熱心だね、とひやかし半分で声をかけるのがいた。すかっとするんですよ、走ると、と彼は答える。ストレス解消にはいいだろうね、と住人がいう。まあね、彼はいう。走る理由など、もうどうでもいいのだ、と身体をほぐしながら思った。生活時間帯記録も今ではつけていなかった。正確なタイムも脈拍も測りはしなかった。彼はただ、十キロ以上走ることだけを考えていた。夜の道に向って身構えて、第一歩を踏み出した。第一歩はいつも第一歩だった。それなりの緊張が必ずあった。走ることが絶えず新鮮な限り僕は走る。夏でも冬でも走る。しばらくたつと、外界に自然に馴染んで行く自分を感じた。こんなふうである限りだ、こんなふうで、彼はそう思った。

バスの折返し場の空地にはバスが二台停っていた。ドアをあけはなして、運転席から大声で話しあっていた。プロ野球の話だった。彼は瞬間、ひとりの運転手の声を聞き、その前をすぎて、参道に向うアスファルト道路に出た。以前には農地で、今は駐車場になっている柵がいくつも続いた。それから原っぱになる。そこはまだ夏草が繁っていて、道に葉を伸した草が顔や腕に触れる。参道の突き当りまでいつものように走ると、ノッポたちがいた。ノッポは彼と並んで走った。

その晩から、ノッポたちは平日の夜には姿を見せなくなった。夏休みは終ったのだ。彼らとは土曜の夜だけ会うようになった。

九月はまたたく間に過ぎた。残暑は次第に勢いを失って、十月にはバスの折返し場近くの野原に、野生のコスモスがいくつもの束になって密生した。六月から七月にアジサイを折って来て牛乳瓶に活けておいたように、彼は毎晩コスモスを一本折って来た。一晩に一本、熱をおびたようにまだ熱っぽく汗ばんだ腕で、繊維の強い丈夫な茎を引きちぎる。みるみるうちに牛乳瓶はコスモスでいっぱいになった。彼はそれをステレオのスピーカーの前に置いていた。半ばねぼけまなこで朝ごとに水をかえてやった。

そうした土曜日の晩、参道で例の日の丸の旗持ちの少年が、たむろしていた仲間たちから離れて一緒に走って来た。トンビみたいにとがった顔と痩せた頬にふさわしい鋭い眼つきをしていた。今では彼らの仲間で、走るのはノッポとこいつだけで、あとの連中は興味を失っていた。夏のはじまりと終りとの境に、仲間の顔ぶれもいくらか変っているようだった。

今夜はノッポは他の仲間と何かやっていて、走るつもりはないらしかった。奴は気ままだ、と彼は思った。好き放題に振舞っていて、自分の欲求に忠実だ。ノッポの性癖が仲間にも行きわたっている。多分今は、出発前にぶらぶらその辺を歩き回っているか何かだ。女の子と草のなかかも知れない。二度目に奴らの所へさしかかった時、よく捜したが、しかしノッポはいなかった。やっぱり草のなかだ。何人かがしゃがんで、走っているふたりを見ていた。音楽もなかった。黙りこくって、気がふさいでいるみたいだった。

「何かあったのか」走りながらいった。

「ありゃしないさ、何も」旗持ちが苦し気な息づかいの下で、怒ったように眼を参道に注いで答えた。

奴が車の外に身体をだしてひるがえさせる日章旗は、一台の車のボンネットに広げてかけてあった。日章旗の赤丸は古い血のように黒ずんで見えた。オートバイのハンドルには、模様のついたヘルメットがぶらさがっていた。

走り終ると、旗持ちは汗をたらして息をはあはあいわせながら、墓所の門によじのぼって向う側に降りた。砂利の音が歩く度にした。荒っぽい、怒りにみちた歩き方をしていた。彼は門の鉄柵越しに、前屈みになって歩き回る痩せた旗持ちを見た。腰に手をあてがって、時々苛立って夜空を見あげては、溜息みたいに息を吐く。夏の前に、まだ勢いづいていなかった頃の連中を思いださせた。

彼は、門のひんやりした鉄の感触をてのひらで受けとめながら、よじのぼって墓所の庭に身をひるがえした。はじめて墓所の庭に足を踏み入れた。昼間には参拝に来る老人たちや観光旅行の団体バスでいっぱいになる場所だ。庭は奥行きがあって広々としていた。右手は池のようだった。行くとやはりそうで、走った後の敏感になっている臭覚が水の匂いを暗がりで嗅ぎあてた。よどんでいて、生臭い感じだった。蛍光ランプの明りで、何箇所かに集ってじっとしている鯉か何かが、眼を凝らすとかすかにわかった。旗持ちの少年は無言で、再び庭をぐるぐる走り回りはじめた。何かが奴を突き動かしていた。最初砂利の音はゆるやかに聞こえ、それから間隔が短くなってスピードを早めたのがわかった。犬殺しに不意打ちで首輪をはめられた野犬みたいに、その身体の動かし振りは声もなくもがいて反抗しているみたいだった。

彼は砂利の上に腰を下して、動き回っている少年の身体を見つめた。やみくもで手に負えなくなっているな。彼はうずくまるような姿勢でいた。診療所へ行く前の日、研二と河原を歩きながら、何度もそうやってうずくまったのを思いだした。頭上で光が渦をなして、痛めつけるように感じさせたものだ。ひとりの時でも、歩くことができずにあの頃はうずくまったものだった。そんな時には空を見あげた。今は静かだった。落着いていて心を騒がせるものはなかった。途方に暮れることもない。

「皆んな来いよ」旗持ちが外の連中に叫んだ。旗を持って来い、とそれから付け足した。

門をよじのぼる時、女の子たちには助けが必要だった。背中から両脇を支えて貰って、ヘルメットを被った女の子は門にあがった。日章旗が旗持ちの少年に手渡された。走っている車の外ではそれは音をたててひどく抵抗感があるように見える。今はぐったりして、風のない日の鯉のぼりのようだった。彼は見ていた。ライターを取り出して旗持ちがそれに火を点けるのを。旗はすぐに勢い良く燃えあがった。喚声があがり、誰かが爆竹を鳴らした。火薬の匂いがすばやくあたりに立ち込めて、地面を這うようにして彼の場所にも届いて鼻孔を刺戟した。連中が炎と爆竹の明りの中で喚きはじめる頃、彼は立ちあがって外へでた。泣くなよ、と旗持ちの少年の声がした。女の子を肩車してやっていた。女の子は肩車されたまま泣きじゃくっていた。そんなこといったって、と女の子は答えた。いいから泣くな、と少年はいって、もっと爆竹はないのか、あったら全部鳴らせ、と大声を出した。燃える日章旗の炎に照らされて濃い煙が包んでいた。小雨が降りはじめて髪を濡らし、視界が潤いをおびて、連中のはしゃぎ回る声や爆竹の音が次第に遠去かる。足元で埃の匂いが急に地面から湧きあがる。雨の降りはじめの時はいつもそうだ。彼は六月でそれを知っていた。長い時を走り抜けて来たような気がした。彼は爪さきジョギングで、広々とした道をジグザグにステップを踏むみたいに走ってみた。完全に連中の声が消えてしまった頃、埃の匂いにかわって、雨のすがすがしい香りだけが身体を取り巻き夜の底で彼も地面も草も生きて輝くようだった。

　待合室にはいろいろな人間がいた。他人の世話を焼きたがるどもりの老婆や、僕の躁鬱病は四年周期でやって来る、とそればかり話している色の白い太った男もいた。鏡を恐がる少年もいて、誰も本当は自分が病気だとは信じていないような会話だった。

　どこがお悪いのって訊くから、ここよって、指さすと相手はとっても不思議な顔をするのね。女が自分の頭を指さして喋っていた。疲れを知らない喋り方で、頻繁に、とってもを使って身振り混りで話した。診察券を木箱に入れて、その女の横を通ってソファに坐ると背中を壁に押しつけた。患者たちは顔馴染みになると、お互いに病気のことをあれこれ話すのが好きだった。根掘り葉掘り他人のことも知りたがった。治療に通っている期間とか、何種類の薬を飲んでいるかだとかだ。そうでないのもいた。彼はそのひとりだった。

誰とも顔馴染みになろうともせず、順番の来るのをおとなしく辛抱強く待っている患者だ。

先週のあいつらは、何だってあんなふうに口数少なく、空腹の時のように苛立っていたのだろう。燃えあがった日章旗に照らされてあいつらの顔は赤らんでごつごつして見えた。ノッポがいたら日章旗を燃やしたりしただろうか。

耳には女の得意気な声が入って来た。女は自分が左翼的で民主的な劇団の女優だと喋っていた。わたしはとってもヴィヴィアン・リーが好きなのね。女は子供っぽい作った声で喋っていた。僕もとってもあんたのお喋りが好きさ、と彼は壁一面にベタベタ貼ってある健康保険改悪反対だとか、署名を求めるポスターだとかを眺めた。まるであの文選工の休憩所みたいだった。そこでは二本の活字を使ってやる賭事ばかりしていた。活字の○と×、正と悪、勝と敗などの二本を床に投げ捨ててどちらかを選ぶ。×や悪や敗を拾った文選工が運のない連中で、毎朝当番の工員がいれる一杯百円のコーヒーを奢らねばならないのだ。そのコーヒー代のあがりは党活動の資金としてカンパされるのだった。賭事は一度流行すると禁止命令がでるまで皆んなを夢中にさせた。停電の時にはまるで子供のようにはしゃいで、暗がりで活字をぶつけあって遊んだりした。工場に入る前の厳密なチェックや通りを全て映しだす受付けのTVカメラ、しばしばやって来て通りで演説を繰返す右翼の宣伝カー、鋳造での鼻を麻痺させるようなこげ臭い鉛の焼ける匂い。鋳造の坊さんというニックネームの男は今でも、次の競馬のことを考えながら、かたかた鳴っている鋳造機の前に一日突っ立って活字を作っているはずだ。

　ヴィヴィアン・リーと気取ったいい方で女がまだ喋っていた。ヴィヴィアン・リーも神経を病んでずっと闘病生活を続けて、それから、とっても素晴しい女優に立ち直ったんですのよ。ほお、ほお、と周囲の患者たちが頷いていた。でたらめをいえ、ヴィヴィアン・リーが神経を病んでいたなんて初耳だ。欲望という名の電車で、義弟のマーロン・ブランドに強姦されるブランチの痩せこけた頬は肺結核のせいさ。死んだのもそのせいじゃないか。彼は心の中で、お喋りな女優を揶揄した。

　夜間診療は週に一度しかなく、患者がたてこみはじめた。女優が一切お構いなしに喋りまくっていた。嘘を並べたてるブランチみたいだよ確かにあんたは。違いはせっぱつまっていないってことだ。マイクが次々患者を呼んでいた。今晩は、といって椅子に腰かける彼に医者はいうだろう。調子はどうかね？　まあまあです。運動はしているかね？　ええ、毎晩走っています。その問診の繰返しが、僕を健康に導くわけだろうか。僕は無言でたんたんと走っている。いったい何を病んでいるというのだろう。その夜にもアパートに帰ると彼は走った。参道にも点々と車が停っていて静かだった。

　次の土曜日にはノッポたちは誰もたむろしていなかった。あたりはしんとしていて、あてがはずれたような気分になった。ちょうど十キロで走るのをやめた。もっと走ろうと思えば可能だったがそうしなかった。腰に両手をあてて墓所の門の前を歩き回って、この間爆竹と日章旗を燃やしていたあたりを見つめた。ありありとその光景が浮んだ。何度も繰返し思い浮べたりするだろうと感じた。帰りがけ、いつものようにコスモスを引きちぎった。バスの折返し場では、運転手がハンドルに両腕をのせて、こっちをぼんやりした表情で見ていた。

さらに一週間が過ぎて再び土曜になっても、参道は静まり返っていた。時々、ジョギングをやっている男に出会うぐらいだった。それと眼の前を駆け抜けたり全神経を集中して身構えて威嚇の声を絞りだす眼を光らせた猫。ノッポたちは多分、たむろする場所をかえたのだ。彼は走りながら墓所の前を通過するたびに、あの夜の燃えあがる日章旗と気むずかしげに炎と煙の中央に突ったっていた旗持ちの少年を思った。そしてノッポ特有の不意なやり方、気まぐれで説明なしのやり方を思った。

こうして何日間かがすぎた。彼はもう、ノッポたちのことを以前ほど思い出さなかった。研二は時々訪れて来た。まだ走っているのか？　研二は悪意のないひやかし混りの声でいうのだった。あんがいおまえも努力家なんだな。努力？　と彼はにが笑いしていった。そんなんじゃないよ。それならなぜそんなふうに走ってばかりいるんだい？　まるでストイックに見えるぞ、失恋した男が女の前でわざとつれなく振舞うみたいに、と研二がにやにやしていう。うまいいい方を思いついたと思っているのか、英語の教師らしいな、と彼は陽気にやり返した。本当のことをいったまでさ、と研二はいった。そう見えるのなら、きっとそのとおりなんだろう、と彼はいった。俺は失恋の真最中で、気を紛らすために走っているのだ、欲求不満の解消ってわけだよ。そんな会話の後で肩を並べて街をぶらつき、映画を見たりビールを飲んだりした。

　失業保険を貰った後必ず立ち寄った映画館に坐って、研二はその頃の彼の話を聞いて、どんな気持だった？　と訊いた。いいかげんな人間になるような気がしたよ、すさんだ、やり場のない感情にみまわれて、気違いのほうがましだとさえ思った、と彼は冗談半分でいった。教師をやめていつかそんな気分を味わってみたいな、と研二は休憩時間の明るい照明の下でいった。世の中には働きたがらない男もいるし仕方なく働いている男もわんさといる、それから働かないと尻がむずむずする男もいるし、多分俺はその最後の部類だ、と彼はいったりした。それから、さっき自動販売器で買ったチケットをもぎりの女の子に渡す時、白痴の男が指を不器用に動かして、次週の映画のパンフを折って渡してくれたのを広げて眼を通したりした。

　研二がポップコーンを買って来て、ふたりで齧《かじ》った。見終って映画館をでるとさっきの白痴が唇をあけて、壁に背を凭せて足元にぼんやり視線を投げかけていた。真新しい冬のコートに両手を突っこんでいて、それがふたりの親しみのこもった笑いを誘った。そういえば秋も終りなのだな、と彼は思った。あくびを嚙み殺すと眼尻に涙が滲んだ。いつもあしているのか、と研二が白痴を見ていった。仕事をしていない時はな、と彼はいった。仕事ってパンフを折るだけか？　時々掃除もしているよ。研二は歩きだして、あのコートまさか自分で買ったわけじゃないだろう？　といった。あのもぎりの女の子でも見たててやったのじゃないか、と彼はいった。でもひどかったな、と研二が映画のことをいった。下らない映画を見させられる時ぐらい自分が阿呆に思える時はないよ。彼は同意して笑った。駅前でハンバーガーを食った。清潔な店内で女の子は愛想が良かった。それから互いに反対の方角に向って進む電車に乗って別れた。

冬にさしかかる頃には次第に、星が鮮明に見えはじめ空気は冷えて走り良かった。しっかりと地面を蹴って走りながら時々次の季節のことを思った。運動の服装のことや寒さのことなどだった。日々は変化がなかった。毎日、ベルトコンベアーの清浄機にへばりつくようにして食器を洗った。診療所に行く日だけ、自分がまだそういう場所でのひとりの患者だということを思い出す始末だった。その他の時は、朝晩の精神安定剤やビタミン剤を飲む時でさえ意識しなかった。多くのこと、走ることも学生食堂での労働もまたたくまに習慣になってくれる、と考えると心が穏やかになる時もあった。

そんなある晩、墓所に走って行くと、門にたてかけたオートバイに身を寄せている男がいた。正面を向いてしきりに足で路面を蹴っていた。近づくとあの旗持ちの少年で、上眼づかいに彼をじっと見続けていた。ノッポたちのことは忘れていた。それもこれも必要な習慣のひとつだなどと思いながら、オートバイの前を無言で走りすぎた。旗持ちが彼の後を追って以前のように走って来た。しばらくは口を利かずに走った。吐く息が夜気のなかでも白くこごえるのが間近の冬を絶えず彼に知らせた。旗持ちの少年はノッポのように敗けまいとして並んで走って来た。旗持ち退屈男め。彼はこみあげてくる笑いを押えた。子供の時に親しみてのひらを汗ばませて見た時代劇のことを話して冗談をいっても通じないほど、年齢のひらきがあった。誰も同じように順番に齢を取ってきたのだ。どういう風の吹き回しだ？　彼は前を見つめたまま訊いてみた。セイジと呼ばれていた少年やノッポのことも。旗持ちは口を噤《つぐ》んでまるで聞いていないみたいだった。ノッポはバスケに熱中しはじめたのか、プレスリーにも、と彼は再度訊いた。走りながら旗持ちがトンビみたいな例の眼で見て、あの夜以来の押し黙った怒りをあらわした。

「死んだよ」と彼にいった。

「なに？」彼は走りやめた。少年も立ち止った。彼は、ノッポがアキラという名前だったのを知った。

「本当か？　かつぐんじゃないだろうな」

旗持ちが頷いた。そしてそれ以上に何か訊かれまいとしているように、黙って走りはじめた。追いかけるのは今度は彼のほうだった。

「事故か？」

「ベランダからぶら下ったんだ」

不意の報せに彼はどうしていいかわからず、路面を見つめた。言葉を失いかけそうになった。あの晩がそうだったのだ。墓所の庭に踏みこんで日章旗を燃やし、荒れ回って、女の子を肩車したり鳥のように奇声をあげて好き放題していたあの夜。あれが彼らの追悼の夜だったのだ。

何故、あの時話してくれなかったのか？　彼は穏やかに抗議した。

「あんたのことを考える余裕がなかった」それにあの晩俺は身体中で途方に暮れるぐらい怒り狂っていて、誰とも口を利きたくなかったのだ、できることならひとりでいたかった、といった。

それじゃ何故今頃——と彼は訊きかけた。

「まだ走っているかと思って」少年は短く唇をほころばせて微笑した。

「見てのとおりさ。へこたれちゃいないよ」

「暫く振りだと辛いな」

「十キロでやめておこう。あと、二、三往復だ」

「やっぱり走ってたんだな」息が苦しげだった。

最初の日、ノッポと一緒に旗を担いだまま走って来た奴のことを彼は親しみ深く思い起こした。スィート・リトル・シクスティーンやジョン・レノンのペギー・スーの曲も一緒に。駆け抜けるように知りあっただけだった。死んだと告げられるまでノッポの名前さえ知らなかった。ノッポのほうでは彼の名前も知らずじまいになったわけだ。ただ走っている男、夜になると走っている男で僕はノッポにとっては終ったのだ。

走り終ってふたりで話した。旗持ちはオートバイに身を寄せた。彼は路面に坐って鉄の門に背中を押しつけた。背骨が冷えた。参道のアスファルトはぽつぽつ立っている夜の街灯の下で美しかった。俺はもう子供じゃない、友達がひとりあんなふうに死んだのに子供でいれるはずがない、と旗持ちの少年はいった。彼は恥じらいのこもったその声に耳を傾けていた。話すことは多くはなかった。しょっちゅう行く映画館のあの白痴の男の真新しい冬のコートのことなど、話した。映画は俺もよく見るよ、と旗持ちの少年は足元を見ていった。

「真冬にも走るのか」とそして彼に訊いてきた。

「ああ、勿論だ」

彼は石を拾って、街灯の明りに浮き出ている別の石めがけて投げた。旗持ちはガムを嚙んでいた。何故、死んだのだろう？　彼は訊きたくて訊けずにいた問いを口にした。旗持ちの少年は訊かれるべき問いを聞いたという表情で彼を見つめ、ガムを口から取り出すと墓所の鉄門にはりつけた。吸うか？　と彼は煙草を差し出した。しばらくのあいだ俺たちもそればかり考えていた、頭から離れなかった、と旗持ちが首を振って煙草を拒んでいった。

「結局、判らないんだ」朝になったら、アキラは自分の家のベランダからぶら下っていたのだ、それだけだよ、と続けて腹を立てていった。

彼は立ち上った。ノッポらしいな、とかろうじて彼はいった。ノッポとはこんなふうにして話した。それもたまにだった。ノッポの齢を訊こうかと思ってやめた。旗持ちの少年のいうとおりだった。奴はもう子供ではなかった。自分が不意に大人になったと感じた日はいつだったろう、と考えた。彼らの齢には、彼は年齢が若すぎるということだけでそれは罪みたいなものだと感じていたものだった。

いつ終るともなく走っているだけの自分とノッポやノッポの仲間たちとの、走っているあいだだけの奇妙で、寡黙な友情を思った。旗持ちが赤いヘルメットをかぶった。オートバイのエンジンをふかしながら、他人の気持に触れやしないよな、といった。ノッポなら、やっぱり同じことをいうだろう、と彼はいった。だといいな、行くよ、と彼に笑いかけながらいった。汗はもうひいていた。ああ、と彼は頷いた。

＊

トレーナーのうえに灰色のヨット・パーカーを着ると身体が重く感じられた。十一月になってから軍手をはめて走った。前に進む度に、ヨット・パーカーのフードが肩でぱたぱたいった。冬は風が強かった。走るといっそう、そう感じられた。風はまるで彼に集って来るみたいで、頬をかすめ両耳で音をたてた。完全に冬の季節に入ってから、月の左下に赤い大きな星がひとつ必ずくっきりと見えた。それが移動して他の場所にあらわれる頃には冬の季節も終るのかも知れなかった。一度プラネタリウムへ行ってみようと本気で考えると愉快だった。その頃は月と星ばかり見あげて走った。ノッポのことはすでに遠くなった出来事のようになってしまっていた。

診療所に二週間振りで出かけた。木曜で週一度の夜間診療のある日だった。診療のはじまる六時より相当早く着いたのに、ドアを押すと外来患者の靴がすでに十足ぐらい並んでいた。彼はテレビの下のボックスから漫画の本を引っ張りだして読んだ。二階の多分彼が最初の頃心理テストを受けた部屋で、看護婦や薬剤師たちの爆笑が起っていた。待合室のソファの隅で女がひとりぐったりして坐っていた。彼女は長い髪で顔が見えなかった。新しい外来患者が何人か入って来た。顔見知りの者たちは互いに挨拶の言葉を交しあう。女がソファのうえでだるそうに身体を動かして顔を壁に向けて長々と寝そべり、ふくらはぎの所でソファの下にたれ下っている黒いスカートがたわんだ。彼女はそうして壁を向いて寝そべったまま身動きひとつしなかった。

　診察がはじまり受付けもその奥のカーテンで仕切られた薬剤室もあわただしくなった。受付けがカルテをそろえて診察室へ持って行ったり、書類棚のファイルを整理していた。何人か順番にマイクで名前を呼ばれてソファを立った。彼は空腹で胃が痛んだ。寝そべっている彼女の名前が呼ばれた。彼女はのろのろ動いて、スリッパをつっかけた。髪をかきあげると、いつかの晩、ヴィヴィアン・リーのことを喋っていたあの舞台女優だという女だった。憔悴しきっていて、顔は土色だった。髪も皮膚も汚れている感じだった。眼を伏せて無表情に彼の前を通った。そういえばここのところずっと彼女は診察に通っていなかったようだ。

診察は長かった。彼は空腹を満たすことを考えていた。次は彼だった。廊下でその舞台女優とすれ違った。あの時のお喋りな彼女ではなく、半ば死人みたいに消耗していて何も感じないふうだった。また新しくやり直さねばならないのだ。

問診を終えると、待合室で薬がでるまで待った。舞台女優はさっき同様放心してぐったりしていた。彼は心が入り組んで、自分にも他人にもそれが見えないように感じた。彼はここに居るのに、心はどこか他の場所へ行きそうで不安になった。この僕も彼女のように振り出しに戻らない保証はこれっぽっちもない。しかし、心の在り場所を失ったままでいという気もした。女優が呼ばれ、受付けで薬を貰っていた。一度ねじ伏せられて失意の殻に閉じこめられたらそうやすやすと立ち直れない、と彼女の背中を見て思った。彼が呼ばれ、薬を受け取った。いつもどおりです、と薬剤師はいった。玄関でかがんでワークブーツの紐をしめると女優より先に外に出た。

その夜のランニングは六月にはじめて、走ることを命じられた夜に似ていた。

振り出しに戻りたくなかった。参道の入口のカーブしている地点の草むらは枯れて見通しが良くなった。野球場のあるフェンスがそこへさしかかると光った。車が一台、彼の脇を通った。ヘッド・ライトが彼を照らし出し、引き伸ばされた影がめまぐるしく交錯した。唇は寒さでかじかんで引きつっていた。夜気のなかでも息が白く吐き出されるのがわかった。空気を吸いこむと咽喉がそのつどひんやりと新鮮になる感じだ。汗が滲み出す頃には、身体は軽くなった。

参道には相変らず車が何台か止って夜の底でひっそりとしていた。真昼には走っている人間には誰ひとり会わなかった。春になるまで冬眠中の生きものみたいに、どこかでおとなしくしているのだろう。

帰り、バスの折返し場で研二とばったり出会った。ドアを閉めて寒さしのぎをしているバスの運転台の前で立ち話をした。訪ねたが部屋にいなかった、多分走っているのだろうと思って捜しに来たのだ、と研二はいった。

「今日は何キロだ？」

「十二キロだ」

「残飯の匂いがするぞ。油の匂いも」

「敏感だな。仕方がないよ、一日中調理場で動き回っているんだからな」

学生食堂では僕はまるっきりネズミみたいなのだ、てんてこまいで、休み時間には脱水状態の半病人みたいにくたくたになる、と彼は急速に冷めていく皮膚を感じて話した。盛りつけられた皿がびっしり並んでいるカウンターの前で、十二時をすぎると学生たちは盆を持って列を作る。彼よりも一年さきに入った同僚と、学生はまるでどこかの国の避難民で僕らはその救済に乗り出した人間みたいだ、などと冗談をいいあったりした。同僚はめぼしい女子学生には親切だった。いい思いをしたがっていたし、そのことに夢中だった。

バスがクラクションを鳴らして発車を知らせた。声をたてて笑いあって研二と彼はバスの前から移動した。バスは道路に乗りあげ、五〇メートルと離れていない最初の停留所で止った。テールランプが浮びあがるように輝き、乗客はひとりだった。いつまでバスの眼の前で立ち話なんかしているんだって顔をしていたな、と研二が運転手のことをいった。

「クラクションの鳴らし方で苛々していたのがわかったよ」

「行こう」彼は促した。

折返し場を横切った。バスのいなくなった折返し場は広々とした感じで、ふたりは肩をぶつけあい、小走りになって、互いに脇腹をこづいてふざけあった。そこは、狭苦しい畑と隣接していて、その境は、線路わきに立ち並んでいるような、コールタールを塗った棒杙《くい》で区切られていた。

「調子はどうだ？」棒杙の最後にさしかかる時、ふざけあうのをやめて研二はいった。

研二がそんなことを訊くのは、一緒に診療所までついて来てくれた日以来、はじめてだった。

「順調だ」と彼は、急激に人前もはばからずに泣いたり、不意にうずくまってしまったりしながら研二と歩いたあの頃をすばやく思い出した。どうしてああなるのか、どうしてあんなにも心はひ弱いのか今でも理解できない、と彼はいった。

「覚えてるか。河原の向うでラジコンの飛行機が旋回していたのを」研二がいった。

「あの時のことはひとつ残らず覚えているよ。自分がどんな突拍子もないことを考えたかもな。だけど、話したくない」

「医者には話すんだろ?」

「いや」彼は笑顔でいった。いたずらっぽい笑いになった。

「どっちにしろ、あれから走りっぱなしだな」

「もう一年だ。四つの季節を走った勘定だよ」

少しのあいだ沈黙が訪れた。ダッフル・コートに両手を突っ込んでいた研二が幾分肩をひそめた。走りながら時々、どんどん悪くなっていて、まっしぐらに狂人に向って突き進んでいるような気のする時がある、と彼はいった。

「いいじゃないか、もう」

「そうなんだ。もし僕が時々、思ったり感じたりするように完全におかしくなって、病室に閉じ込められても後悔しないよ」

それも僕の生命のひとつの軌跡には違いないのだから、と考えながら彼はいった。そうなったら退屈しないように毎日手紙を書いてやるよ、と研二は寒さで身をふるわせながら冗談をいって、彼も気軽にそれに応じた。

「毎日走っていると、いろいろなものが見れるよ。同じ場所ばっかり走っているけど、見るものは同じじゃないな」

ノッポや旗持ちの少年や彼らにつきまとっていた少女たち、短いぶっきらぼうな会話やひと夏だけの不思議な交流。

「俺は暇な時はごろごろしているよ」研二の声は、三年前土砂降りのプールではじめて口をききあった時と同じく、太い健康な声だった。それから勤め先の高校が冬休みに入ったら、スペインへ旅行に行くつもりだ、といった。

「どうしたんだ急に。日本が厭になったのかい」彼は僕の声は陽気だ、と感じた。

「前々から考えていたんだ」そのために一年間こそこそ金を貯めていたのだ、やっと目標に達した、と研二はいった。

英語の教師なのだからイギリスにでも行くのが本当じゃないか、なぜよりによってスペインなんか、というと、研二は、スペインが好きだからさ、と簡単に答えた。

「俺がいなくても泣くんじゃないぞ」

「馬鹿いえ。おまえこそ、スペインで心細がって泣くなよ」

研二がまたふざけて彼の頬をこぶしでこづいた。

「まっさきにカタロニアに行こうと思っている」

「その頃も僕はきっと走っているだろうな」

遊園地の柵の前を通ると、彼のアパートが夜に紛れて輪郭を曖昧にさせながら視界に入って来た。今日新しいレコードを買った、帰ったらたっぷり聴かせてやるよ、と彼はいった。カタロニアに着いたら絵葉書を出す、と研二はいった。


大学が冬休みに近づくと次第に学生たちの数も減って、仕事は楽になった。あいかわらず皿ばかり洗っていて、湯と業務用の洗剤で指がふやけているうちに僕の青春は終りそうだなどと時々考えた。そして冬休みに入ると、めっきり仕事は減って、身体は持て余し気味の感じだった。やって来るのはゼミに出席する学生や職員やサークル活動に熱心な学生だけだった。

ある日、調理場に研二から電話がかかって来た。彼はのんびりと、脂がぶ厚くこびりついてすべりやすくなった調理場の床に、大量に粉の洗剤をまいてデッキブラシでこすっている最中だった。今日、スペインへたつ、と研二は話した。絵葉書を忘れるな、と彼はいった。今飛行場だ、あと一時間で出発する、正月は向うですごして帰って来る、と研二はいった。来年の夏にはまた福祉会館のプールで泳ごう、その後でやっぱりビールを飲むのだ、と彼はいった。鬼が笑うぞ、と研二はいった。それから、土砂降りの最中でもな、と付け加えた。泳ぐ前に四階の体育館でバドミントンもみっちりやりたいな、と彼はいった。そうしよう、できたら女の子を入れてダブルスで、と受話器の向うで研二が充実した声で笑った。

その夕暮れ時、ゆっくりとしたペースで走りながら、彼は多くのことを思った。六月のしのつく雨の晩にやっと人生の目的を見つけた男みたいに黙々と走り抜いたことも。その時彼は腹をたてていたのだ。理由もなく自分に。神経を病むなんて女みたいだ、と彼は思ったりしたのだ。それに、夏には朝走ったこと、車のタイヤに引き裂かれた猫の、血を吐こうとでもしているように歯を剝きだしていた死骸や、ひと晩を車の中ですごしてリクライニングを倒して眠っていた女の子と男の子や、そしてなんといっても奴ら、うかれて騒いであちこちでトラブルを起こし顰蹙《ひんしゅく》を買っていたノッポやその仲間。ベランダからぶら下ったノッポはきっと汚れきった棒みたいに見えただろう。あれで夏はしめくくりをつけられたのだ。彼はペースを早めた。いつもより風が冷たく皮膚を掠《かす》める。途中で、走りながら、ヨット・パーカーのフードをかぶりヒモをきつくしめた。足に力をこめて踏みだすと、ふくらはぎの筋肉がすばやく伸縮する。振り出しに戻るのはまっぴらだ。僕はこのまま走るだろう。

空気は冷たかったが星はくっきりとそれぞれに美しく、身体の中心は熱っぽい。走り続けるうちにそれは全体に広がった。夜気に触れているのはフードから出ている眼と鼻だけだった。熱ある眼で冬の樹々を見つめ枯れた草をランニングシューズで踏みしだく。怒りに似た感覚が身内に広がり、何キロでも今夜は走り続けていようと決めた。何キロでも、とにかく僕が怒りを持っているとしてそれが本当のものになるまでは。

墓所の鉄門は夜気に包まれて鈍く鉄色に輝いて、何台か止っている車はどれも窓を閉ざしている。どこかで不意にスィート・リトル・シクスティーンやスクール・デイズやユー・キャント・キャッチ・ミーが響いてきて、喚声をあげながらノッポの一団が現われるような気がした。転げ回るように走って来て、彼とともにつかず離れず参道を駆けめぐり、無言で片手をあげて挨拶しあう。走り終った後でノッポはいうのだ。なにをやりたいのか、ってことさ、それだけだよ、俺にとって大事なものは。その声はいかにも奴らしく、落着いた、ぶっきらぼうな声で、どんなふうにでも理解してくれ、とでもいいたげだ。ノッポもまた、彼が奴らぐらいの頃に、年齢が若すぎるというだけで、それを罪みたいなものだと感じていたように、感じていたのかもしれない。

何往復めかには彼はとても冷静になっていた。僕は走る。冬が終り、梅雨時の激しい雨のさなかにも走る。そして夏には研二と一緒に福祉会館で泳ぐだろう。そのプールまで彼はいくつかの駅を電車ですぎなくてはならない。人の気持に触れないといった旗持ちの少年の言葉は本当だ。この冬にも、何度か雪が降ったり、ひどい寒さが見舞ったりするだろうし、そうした晩にも僕は走るだろう。

彼は唇を引きしめた。真っすぐ見つめる。風は走っている彼の周囲に湧き起こるようだ。ノッポのことは考えまい。奴には奴のやり方があったってことだ。ユー・キャント・キャッチ・ミーってことだ。彼はあいつを捕まえることができなかった。彼ばかりでなく誰もがだ。理由も、死、そのものも。あいつはなにかを決めただけなんだろう。人を戸惑わせたり、ぎこちない思いをさせたりは絶対にしない、あの澄んだ瞳で、明け方、ノッポはベランダから通りを見つめたのだ。暗い参道でこぶしを握りしめ、スピードをあげて彼は走り続ける。ゴールなんか、いらない。彼は思った。ノッポにはなにもいわなかった。なぜ彼が走っているか、などと。くる日もくる日も、なぜ、走る必要があるのか、などと。

編者解説

岡崎武志

毎年春になると、新入生や新社会人が大挙して上京してくる。みな、東京という大都市に不安と夢を抱えて一歩を踏み出していく。私も春を迎えると、何となく切なくなるのは、彼らと同じ上京者であるからだ。一九九〇年三月、大阪から東京へやってきた（厳密に言えば埼玉県）。すでに三十三歳を目前にして、知り合いも仕事のあてもない決断だった。以来、ずっと「上京者」を意識し、よそ者の視点で東京という街を眺めて来た。

「上京者」というテーマで『上京する文學』『ここが私の東京』（ともに、ちくま文庫）、『憧れの住む東京へ』（本の雑誌社）と三冊の本を世に送り、つねにその人がどこから東京へ出てきて、どこに住み、東京をいかに享受したかを考える癖がついてしまった。東京で生まれ、ずっと住んできた「東京人」と、人生の岐路に東京を選んで住み始めた「上京者」とでは、この街がまるっきり違って見えているはずだ。ここに集めた十一編は、いずれも著者が「上京者」。彼らが生きた東京についての作品を、以上のことを念頭において読んでみてほしい。

なお、林芙美子については『上京する文學』で、司修、富岡多恵子、佐藤泰志については『ここが私の東京』で、浅川マキについては『憧れの住む東京へ』でそれぞれ論じている。

生方敏郎「東京初上り」

生方敏郎は「東京朝日新聞」記者を経て、雑誌等に各種の随筆を発表した。「東京初上り」はユーモア小説のスタイルを借りた東京ガイドで、三人のお上りさんの目を通して昭和初年のモダン都市東京を活写している。目的は上野公園で開催された博覧会見物。これは大正十一年（一九二二）の「平和記念東京博覧会」を指す。明治期の博覧会は、第一回内国勧業博覧会（一八七七年）を嚆矢とし、第五回（一九〇三年）まで東京で三度、京都、大阪でそれぞれ一度開かれ、地方からの見物客を大量に誘導した。「平和記念東京博覧会」はその後の開催で規模も大きく、約五カ月の会期中に約一一〇〇万人の入場者を記録した。東京から三〇里離れた養蚕の村から上京した本右衛門と芋子夫人、娘のおとめ嬢はその中の三人だったわけである。本書では抄録だが、開会三日前に東京へ乗り込むところから始まる。護国寺付近に住む甥の家に、事前に連絡もせずに押しかけるのだから乱暴だ。駅頭で客引きをする車夫を断り、護国寺まで歩く道中、「山下から広小路までの道幅の広さ！　両側の家のイルミネーション！」に驚いている。上野公園で開かれた博覧会でも、夜間にイルミネーションが点灯し壮観だったと伝えられている。また東京瓦斯《ガス》の展示ではガス燃料の宣伝がされ、電気やガスといった新しいエネルギーが近代化の象徴であったこともつけ加えておきたい。

稲見一良「終着駅」

「東京初上り」の終着駅は上野であったが、こちらは東京駅。「赤帽」と呼ばれる荷物係が登場する。客の荷物を所定の場所へ搬送する「ポーター」のことで、二〇〇〇年に上野駅、二〇〇一年に東京駅とそれぞれ廃止されたが、現在はヤマト運輸により東京駅で復活しているとのことである。主人公の治三郎は島根県浜田市の出身。故郷では喧嘩ばかりをして職を失くし、狭い土地に居づらくなり、叔父（彼も上京者）の雷三を頼って二十年前に上京してきた。顔も名前も知られた故郷に住めなくなった時、東京はいい逃げ場所だった。雷三も十八歳で上京してきた日、丸の内側の赤レンガの東京駅を見て「その壮麗な姿に感動」した。叔父の仕事がたまたま「赤帽」だったため、その職に就いた治三郎だがすでに衰退にあった。週刊朝日編『値段の明治大正昭和風俗史』（朝日文庫）の「上巻」に、塩月弥栄子が「赤帽の料金」という項で、百人いたのが十六人になったと書く。「終着駅」では「今はわたしをふくめて六人だけになりました」と雷三に語らせている。

稲見一良は大阪市の出身。詳細な履歴は不明だが、三十代後半に上京してきた。『帖の紐』というエッセイ集で、赤帽を小説に書くと決め、東京駅で仕事ぶりを取材したと明かしている。この道三十四年の最古参が雷三のモデルだろう。「駅は出会いと別れ、喜びと悲しみの人生の舞台である。いずれは消えてなくなる赤レンガの東京駅と赤帽へのオマージュとして、ぼくは小説の題名を『終着駅』とした」と書く。稲見は一九九四年二月、長いガンとの闘病を経て亡くなった。「終着駅」というタイトルは、その点でも意味深である。

林芙美子「耳輪のついた馬」

林芙美子には、何といっても上京および東京小説の傑作『放浪記』がある。長編であるため、ここでは自伝的短編（昭和七年発表）から採った。全十五節中、上京するのはようやく十三節と前段階が長いが、「ぜっぴとは云わンが、わし東京さ行って働いてみたか」と母に宣言するまでの思いつめた気持ちと、上京してからの解放感がうまく対比されている。

　長らく出生地を下関とされたが、その後の研究により門司生まれと分かる。芙美子は放浪生活を含め、複雑な生い立ちと生育経過を持っている。逆に言えば、どこにいてもそこが自分の立ち位置となる強さを持っていた。上京したのは大正十一年（一九二二）。本作でも明かされているが、大学へ通うため東京へ出ていった恋人の背中を追ってのことだった。

「十九歳の初冬、霧の濃い朝、八汐は飄然と東京の街を歩いていた」と「十四節」冒頭にあるが、これは数え年で、八汐（芙美子）はまだ十八歳。翌年九月に東京は関東大震災で壊滅する。頼りとした恋人は不実で見捨てられ、たった一人になった時から芙美子の本領は発揮される。財布には二十五円あまりしかなく、田舎から送ってもらった蒲団にくるまり故郷を思い出す十八歳。そんな中でも「どうにかなろうたい」と故郷の言葉で開き直るのだ。なお「上野の公園には、平和博覧会が出来た」とあるのは、「東京初上り」で杢右衛門が見た、あの「平和記念東京博覧会」のことである。

司修「赤羽モンマルトル」

　画家で装幀家の司修は群馬県前橋市で中学を卒業、進学せずに地元で働き、昭和三十三年（一九五八）に上京してきた。最初滝野川、のち赤羽に移り住み、そこでの体験をベースに書かれたのが連作短編集『赤羽モンマルトル』である。ここでは、二十年ぶりにこの地を再訪しながら当時を回想する表題作を載せた。「赤羽モンマルトル」とは、一九三〇年代に小熊秀雄ほか貧しい芸術家たちがアトリエを建て、寄り添って暮らした「池袋モンパルナス」になぞらえた名称。司の作品では「赤羽」が選ばれたことが面白い。東京の中にあって文学的主題になりにくい町だからである。大衆居酒屋の聖地もしくは高台にある団地群以外に話題となることは少ない。しかし鉄道路線図を見れば、北関東や東北方面から上京する時、埼玉県との県境となる荒川を越えて、最初の東京として迎えられるのが赤羽なのである。

　終戦直後に建てられた木造のぼろアパート「巴里館」で、大家となる妖怪じみた老婆を始め、個性あふれる不思議な住人たちに囲まれ、「僕」（司がモデル）が少しずつもまれて大人になっていく。再訪した「僕」に、昔の知り合いが「巴里館」についてこう語る。「だからおかしいのばっかり集まっちゃうんだ。全国から集まっていたからね。日本人の見本市みたいだったからな」。これも東京だからこそ起こりえる現象だろう。

坂口安吾「二十一」

　坂口安吾の作品群にあって、あまり話題にならない一編であるが「上京」というスポットライトを当てると、がぜん輝いて見える。安吾は出身の新潟市から十六歳で上京、地元中学で反抗的な落第生となり、東京の私立豊山中学校に編入してのことだった。卒業後に代用教員となり、これを辞めて東洋大学に入学したのが二十歳。昭和二年（一九二七）、交通事故に遭い頭を強く打ち、以後後遺症のためか頭痛と被害妄想に苦しむ。「そのころ二十一であった。僕は坊主になるつもりで、睡眠は一日に四時間ときめ、十時にねて、午前二時には必ず起きて、ねむたい時は井戸端で水をかぶった」と書き出される本作は、そのあたりの苦闘と回復するまでの日々を写し出している。

上京して最初に住んだのは豊多摩郡戸塚町大字諏訪（現在の新宿区高田馬場および西早稲田）。その後、転々と居を移し東京を放浪する。「その頃は良く引越した」と本作にもある。「二十一」の時代は「板橋の中丸」。現在の最寄り駅は東武東上線大山駅。「池袋で省線を降り、二十分ぐらい歩くと田園になり、長崎村という所を通りこし、愈々完全に人家がひとつもなくなって」とあるが、その後、鉄道が開業するなどして、人家が増え始める。若き安吾は池袋から歩いた。小説は時代の証言者ともなるのだ。

浅川マキ「プロデューサー」

「そうだ、この季節だ、東京に暮らし始めたのは。仕事を探して国電のプラットホームで何台もの電車をぼんやりと見送った。（中略）それは、神田にある小さな自動車のタイヤ販売の会社に勤めてからも、いっそう増した。夜の銀座をただ歩いた」

そう書いたのは希代のブルース歌手・浅川マキ。本名は森本悦子。北陸の漁師町から歌手になるため家出してきた。一九六二年のことで二十歳になったばかりだった。町で唯一の映画館で見た邦画の、内容より映し出される東京・有楽町の風景に魅せられたのだ。一九六八年十二月、雨の新宿、「蠍座《さそりざ》」という地下のライブハウスに真っ黒な衣装で降臨し、伝説になる。伝説になる以前の東京での生活が「プロデューサー」に書かれている。出典の『幻の男たち』は、関わった男たちからマキの姿を照射した小説。

浅川マキと言えば、その背後に寺山修司がいて、その光源はあまりに強力で影となるが、じつはデビュー当時から伴走し、伝説にまで押し上げたのが音楽プロデューサーの寺本幸司だった。寺本の部屋を訪れた時、たくさんの本が積まれているのを見て「わたしの育った町には、本屋が一軒もなかった」と言う。本屋も映画館も酒場も人もよりどりみどりの東京で、森本悦子が浅川マキになっていく。デビューシングルが「東京挽歌」という演歌だったというのもすごい。

富岡多恵子「十二社の瀧」

浅川マキより先立つこと二年早く、一九六〇年に大阪から上京してきたのが、当時は詩人という肩書だった富岡多恵子。降り立った最初の東京は新宿。無名の貧しい画家が新宿駅よりはるか西のアパート（住所はかつて新宿区淀橋、のちに渋谷区に編入）で富岡の到着を待っていた。男の名は池田満寿夫。「十二社の瀧」は、どう転んでも未来に展望がない若い恋人たちの物語である。ただし、男の姿は消されてしまっている。

「十二社」とは、現在、西新宿四丁目あたりの旧地名で、神社や滝、池を有する江戸時代からの景勝地であった。長らく「新宿十二社天然温泉」という施設がここにあり、かろうじて地名として残されたが閉業後にそれも消えた。本作で、その江戸時代に郊外の行楽地だった「十二社」についてくわしく説明がされている。「東京での度重なる宿替えは、結局いつも異国を流れているという意識」を植え付け、「したがって東京で住んだ土地への愛着も特別なかった」と書く割には、たっぷり「十二社」について筆が費やされている。

一九六〇年代末には、アングラ、ヒッピーなど若者文化の拠点となる新宿だが、富岡がいる頃はまだ文化的辺境の地だった。むしろ、江戸の香りを残す「十二社」や、同じ「シモタ屋」に暮らした初老の浪曲師（著者好みの人物）の印象とともに、やや時代離れした東京の姿を見ることができる。

重松清「東京に門前払いをくらった彼女のために」

著者自身の一九八〇年代の上京生活を映した短編集『鉄のライオン』からこの一編を。拙著『上京する文學』がちくま文庫入りする時、解説を重松さんにお願いし、自身の上京話を書いてもらった。一九八一年に山口県から大学入学のため夜行寝台「富士」に乗ったという。本作の「僕」も「西から上京した」。ただし、新幹線と在来線を乗り継ぎ、七時間以上かけての長旅だった。恋人との待ち合わせ場所が「ユースホステル」なのも時代を感じさせる。学生時代の安価な簡易宿泊所として、大いに利用されたのである。

興味深いのは、冒頭で東京の鉄道路線が克明に記されていること。その際、山手線の新宿から池袋まで北へ向けて走るラインを「山手線のオモテ」、池袋から巣鴨を経由し御徒町へ向かう側を「山手線のウラ」と表現していることだ。これは地方出身者ならではの切り口であろう。そして「東京に来たからには、やっぱりオモテ側に住まなきゃな、と決めた」とある。

「上京者」について調べていて気付くのは、不思議に西から来た人は東京の西側に住む傾向があることだ。

丸谷才一「だらだら坂」

丸谷才一は故郷の山形県鶴岡市から昭和十八年に予備校へ通うため上京し一年を暮らす。

次の上京は四年後、東京大学英文科に入学した際のこと。「だらだら坂」の主人公は大学受験に失敗した地方出身の浪人生で、従兄のアパートに同居しながらアルバイト生活を続けている。そんな若者が渋谷道玄坂で不良たちにからまれて喧嘩をする話。丸谷は私小説を書かないが、上京して予備校に通った体験が重ねられている。

まだ敗戦の記憶が生々しい、焼け跡の残る渋谷で不安定な身分の若者が事件に巻き込まれる。相手の匕首で刺し「人を二人、殺したかもしれない」男が、道玄坂を歩きながら「しかし誰もぼくのことなんか気にかけないんですね。一人だつてぼくを見ないで、まつたくの無関心で、平気で歩いてゐるんです」。これが東京である。坂についての克明な描写があって、作者が「坂」好きであることを示す。故郷の庄内平野はのっぺりと平だったのに対し、東京が坂だらけであることに強い関心を持ち、幾度となく文章に書いている。なにしろ、長く住んだ目黒のマンション前にある坂を、勝手に「さんま坂」と名付けたほどだ。

梶井基次郎「橡の花」

梶井基次郎は旧制三高（京都）を卒業し、大正十三年（一九二四）に東京帝大へ進学。最初本郷、のち中目黒、飯倉片町と下宿を変遷する。この飯倉片町時代に、東京での体験をもとにした光り輝く短編「泥濘」「路上」「雪後」などを発表。いずれも同人雑誌への発表だったが、珠玉のような傑作群は後世の作家に多大な影響を与えた。書簡体による「橡の花」も飯倉片町へ居を移した大正十四年の作。「以前京都にいた頃は毎年のようにこの季節に肋膜を悪くしたのですが、こちらへ来てからはそんなことはなくなりました」とある通り、宿痾となった結核が梶井の身体を滅ぼし、研ぎ澄ました鋭敏な感覚を作る。

下宿は「一つの窓は奥狸穴などの低地をへだてて飯倉の電車道に臨む展望です」と描写される。現在、飯倉の老舗レストラン「キャンティ」の裏あたり。近くに島崎藤村の家もあった。坂の傾斜や小暗い土地の空気はそのままで、私はときどき、梶井を偲んでこのあたりを散策する。

佐藤泰志「草の響き」

佐藤泰志は生前ほぼ無名で、芥川賞候補に五回挙がりながら力尽きて自死した。近年になって再評価の機運が高まり、ほぼ全著作が文庫化され五作が映画になった。奇跡の復活といってよい。佐藤は函館の出身で、大学に通学するため一九七〇年に上京する。在学中に同棲を始めた女性と結婚。故郷の函館と往復しながら、国分寺市を中心に東京西側に住み続けた。「草の響き」は、佐藤の分身とも言える主人公の「彼」が、心を病んで診療内科へ通院しながら、治療のため走り始める姿が印象的だ。未来の不安や焦燥を蹴散らすように走るうち、次第に走ること自体が目的化する青年は、作中にも匂わされるアラン・シリトー『長距離走者の孤独』を想起させる。「大正天皇の墓のある参道」とあるので、西八王子の多摩御陵が舞台のようだ。学生食堂で皿洗いするシーンなどは、佐藤が東京・国立市にある一橋大学の学生食堂で調理補助員をしていた体験が見え隠れする。ラストシーンで、走り続けながら「彼」は「ゴールなんか、いらない」と思うが、佐藤にとっての東京のゴールは何だったろうか。

本書は中公文庫オリジナルです。

本文中に、今日の人権意識に照らして不適切な語句や表現が見られますが、執筆当時の社会的・時代的背景と作品の文化的価値に鑑みて、そのままとしました。

中公文庫

上京小説傑作選《じょうきょうしょうせつけっさくせん》

2023年4月25日　初版発行

編　者　岡崎《おかざき》　武志《たけし》

発行者　安部　順一

発行所　中央公論新社
〒100-8152　東京都千代田区大手町1-7-1
電話　販売 03-5299-1730　編集 03-5299-1890
URL https://www.chuko.co.jp/

DTP　ハンズ・ミケ
印　刷　三晃印刷
製　本　小泉製本

Published by CHUOKORON-SHINSHA, INC.
Printed in Japan　ISBN978-4-12-207351-7 C1193

中公文庫既刊より

各書目の下段の数字はISBNコードです。978－4－12が省略してあります。

お-88-1
古本道入門 買うたのしみ、売るよろこび
岡崎武志

古本カフェ、女性店主の活躍、「一箱古本市」……。いま古本がおもしろい。新しい潮流と古きよき世界を橋渡しする著者が、魅惑の世界の神髄を伝授する。

206363-1

さ-77-1
勝負師 将棋・囲碁作品集
坂口安吾

木村義雄、升田幸三、大山康晴、呉清源……、盤上の戦いに賭けた男たちを活写する。小説、観戦記、エッセイ、座談を初集成。〈巻末エッセイ〉沢木耕太郎

206574-1

し-39-3
空より高く
重松清

廃校になる高校の最後の生徒たる「僕」の平凡な省エネ生活は、熱血中年教師の赴任によって一変した——きっと何か始めたくなる、まっすぐな青春賛歌。

206164-4

な-52-5
文豪と東京 明治・大正・昭和の帝都を映す作品集
長山靖生 編

繁栄か退廃か？ 栄達か挫折か？ 漱石、鷗外、鏡花、荷風、芥川、谷崎、乱歩、太宰などが描いた珠玉の作品を通して移り変わる首都の多面的な魅力を俯瞰。

206660-1

な-78-1
中央線小説傑作選
南陀楼綾繁 編

井伏、太宰をはじめ多くの文士が居を構えた「中央線」沿線。私小説からミステリまで、鉄道が織りなす時間と風景を味わう傑作アンソロジー。文庫オリジナル。

207193-3

は-54-4
愉快なる地図 台湾・樺太・パリへ
林芙美子

旅だけがたましいのいこいの場所——台湾、満洲、欧州など、肩の張らない三等列車一人旅を最上とする著者の若き日の旅。文庫オリジナル。〈解説〉川本三郎

207200-8

ま-17-13
食通知つたかぶり
丸谷才一

美味を訪ねて東奔西走、和漢洋の食を通して博識が舌上に転がすは香気充庖の文明批評。序文に夷齋學人・石川淳、巻末に著者がかつての健啖ぶりを回想。

205284-0